Stelle di Carta
ANTONIO FUCA'

L'Oste gentile

Tempo fa mi capitò di trovarmi a camminare per una strada poco trafficata, di quelle con l'illuminazione che va e che viene, coi marciapiedi un po' rotti ai lati. Gli alberi si muovevano e sbuffavano per il vento e la pioggia; cercai quasi di nascondere la testa in mezzo alle spalle, alzai l'impermeabile alle orecchie, aumentando l'andatura, nell'impaziente ricerca di un balcone o di una tenda sotto cui potermi riparare. Ma a quanto pare la fortuna rispose in modo più gentile di quanto avessi potuto desiderare. Pochi passi più avanti, con le scarpe ormai zuppe di acqua e di fango, vidi delle luci, una porta e quella che sembrava decisamente l'insegna di una taverna. "Locanda del poggio silvestre", lessi. Per la situazione sarebbe andata più che bene.

Entrai speditamente, chiusi la porta alle mie spalle, mi fermai un attimo; c'era proprio un temporale lì fuori, e i brividi mi scorrevano ancora lenti sulle braccia. "Buonasera!", vidi il signore al bancone avvicinarsi.

"Buonasera!", risposi con la giacca sudicia in mano, cercando con gli occhi un posto dove potermene liberare.

"Non si preoccupi signore, dia pure a me", disse il locandiere porgendomi gentilmente la mano.

"Grazie", risposi, e lui, dopo averla presa, la ripose in un armadio di legno posto sulla sinistra, vicino al bancone. "Proprio un tempaccio fuori, eh?".

Diede gli ultimi ritocchi alla giacca sulla gruccia.

"Già, poi d'improvviso! Non mi ha neanche lasciato il tempo di tornare".

"Abita qui vicino?"

"No, no. Avrei dovuto prendere l'autobus, ma ormai mi sa che convenga aspettare la corsa successiva".

"Oh, bene, allora nel frattempo lei è il benvenuto. Si accomodi pure dove vuole. Le posso servire qualcosa di caldo?". Si rivolse nuovamente verso il bancone.

"Ehm… magari un tè, se è possibile". Tirai verso di me una delle sedie dei numerosi tavoli liberi.

"Guardi, proprio il tè non l'abbiamo, ma, giusto per scaldarsi un po', abbiamo una zuppa di verdure molto buona, così mette anche qualcosa nello stomaco. Si può fidare, la fa mia moglie!".

Appoggiò le mani al bancone guardandomi con aria sottilmente persuasiva.

"D'accordo, mi fido. Se la fa sua moglie! Ma quindi siete in famiglia qui."

"Naturalmente! Già da dieci anni. Siamo un piccolo locale a conduzione familiare, non possiamo fare molte cose o servire tanti clienti, ma quei pochi che si trovano anche solo a passare da qui, facciamo di tutto per lasciarli sempre soddisfatti!". Adesso aveva un'aria orgogliosa. Risoluta.

"Allora spero che io possa essere uno di quei clienti!"

"Resterà contento signore! Abbia un po' di pazienza. Adesso vado di là a riferire l'ordinazione, e torno subito per apparecchiare. Nel frattempo vuole che le accenda il televisore?".

Solo in quel momento notai un piccolo televisore posto su di una mensolina in alto sulla destra.

"No, grazie, si figuri non occorre."

"Come vuole. Ah! Quasi dimenticavo: si sieda pure a quel tavolo vicino la porta, è quello con la vista migliore sul locale!".

"Questo dice?"

"Proprio quello! Torno subito allora! Mi aspetti lì!"

Non mi diede neanche il tempo di rassicurarlo sul fatto che non sarei scappato incurante della tempesta, forse per sfuggire alle sue troppe attenzioni. Non so, non mi parve avesse spesso a che fare con dei clienti... d'altronde, come lui stesso mi aveva fatto intendere, dovevo essere uno dei pochi da molto. Con quel tempo poi, erano tutti rintanati nelle proprie case; fuori non avevo visto anima viva.

Mi misi comodo, sistemai la sedia, il tavolo con vista, e cominciai a trovare un po' di sollievo nel tepore e nella luce tiepida di quella stanza. Non sapevo cosa fare; il locandiere non era stato poi così rapido come aveva ampiamente promesso, così iniziai a guardarmi un po' intorno. Dalle finestre e dalla porta si sentiva ancora gridare forte il vento. Confesso che provavo un certo sollievo al pensiero di poter osservare quei vortici di foglie senza essere costretto a subirli come avevo dovuto fare fino a poco prima. Nella locanda non c'era nessuno; i tavoli erano deserti, adesso pure il bancone. Sembrava quasi di essere in un luogo mistico e tenebroso per quanto silenzio squarciava l'aria. Fortunatamente l'ambiente era tutto sommato piacevole, e io cominciavo decisamente a riscaldarmi. Volsi lo sguardo all'orologio sulla parete di fronte: le 20.20. "Ormai uno è andato. Se perdo anche l'altro posso tornare a piedi... o dormire qui, ma non mi sembra proprio il caso", riflettei.

"Eccoci qui! Scusi l'attesa ma abbiamo avuto qualche problemuccio in cucina".
"Non si preoccupi, tanto ci vuole ancora un po' di tempo per il prossimo autobus... Non ho particolarmente fretta".

Lo tranquillizzai, avendolo visto arrivare tutto trafelato con tovaglia, piatti, bicchieri e posate, tutte tenute in due mani un po' tremanti, e sinceramente molto poco rassicuranti circa la sorte di tutta quella fragilità di vetro e ceramica.

"Ecco qui signore, d'ora in poi saremo più veloci", e mentre continuava un po' frettolosamente ad apparecchiare, continuò: "Sa, in questo periodo mia moglie è abbastanza stressata; abbiamo avuto moltissimi clienti, e, giusto oggi, prima che lei arrivasse, non sapevamo più dove mettere le persone! Abbiamo persino dovuto aggiungere un tavolo laggiù, incastrato fra la porta e il muro, per accontentare un paio di amici venuti dal nord. Tenevano particolarmente, durante il loro soggiorno, a provare il nostro famigerato "pane, imborghesito in salsa francese, con cotoletta del lombardo", davvero una prelibatezza, gliela consiglio personalmente! Insieme alla minestra è la specialità della casa!".

E mentre parlava, si dava da fare con indaffarato fervore per completare la sua opera raffinata di apparecchiamento della tavola. Dato che sembrava ormai essere quasi giunto al termine e la voce aveva momentaneamente smesso di spumeggiargli dalle labbra, ne approfittai per rispondere.

"Certo… magari se c'è tempo… come secondo; carino il nome però! Li inventa sua moglie?". Chiesi con aria un po' perplessa. Sui nomi, cominciò a sorgermi qualche dubbio. E non solo su quelli.

"Ah no signore! Quella è una decisione comune, quasi sacra! Per valorizzare ogni cibo, sa, bisogna che, oltre ad un buon gusto, esso abbia anche un nome significativo, memorabile, quasi letterario! In tal modo nella mente del cliente non resterà tanto il sapore del piatto, quanto la sua raffinata essenza onomastica! Non è geniale?".

Aprii leggermente le braccia, come se aspettasse un compiaciuto plauso di approvazione. Aveva ormai finito di apparecchiare, e stava a guardarmi con uno sguardo che sembrava proprio aspettarsi qualcosa da me.

"Ah, ma lei è proprio un filosofo della ristorazione!". Cercai di soddisfare la sua sete di affermazione personale.
"Già, è vero! Proprio un filosofo, ha ragione!". Il suo viso si illuminò di un'improvvisa ispirazione.
"Verissimo… una filosofia semplice, ma geniale al tempo stesso. Le faccio i miei complimenti! D'altronde, un sapore svanisce dopo poche ore. Ma un nome. Un nome riecheggia in eterno. Non crede?". Continuai ad avvalorare le sue idee.
"Ma lei dev'essere un professorone di qualche scuola importante, o di qualche università, come minimo! In pochi minuti ha colto cosa volevo dirle, esprimendo il concetto in un modo anche migliore di come fino ad adesso ero riuscito a fare io stesso! Si vede che è una persona intelligente! Ad ogni modo, 'Il gran tripudio di

verdeggianti ortaggi ed erbe melliflue' è già in preparazione, e fra una decina di minuti sarà tutto per lei!" – concluse, e voltandosi un attimo verso una sedia, la avvicinò a lui.

"Oh, meraviglioso allora. Ma… il tripudio verdeggiante di cosa, scusi?" – chiesi immediatamente, quasi d'istinto. Evidentemente a me, grande professore di un qualche importante istituto o esimio universitario, doveva essere sfuggito qualcosa.

"Certo!", rispose appoggiandosi alla sedia che aveva appena recuperato. E continuò: "Tripudio di verdeggianti ortaggi e erbe melliflue… naturalmente è la minestra che lei aveva chiesto. Adesso che sono certo che lei non è uno di quelli che fanno problemi, ma anzi, una persona colta ed intelligente, posso chiamare le cose con i nomi a loro più congeniali, come le ho spiegato prima".

"Ah!", capì a cosa si riferiva: "Quindi sta alludendo alla minestra di prima. Effettivamente "minestra", è decisamente un termine bruttino. Richiama alla mente un qualcosa di povero, odioso. Maleodorante in certi casi. Una di quelle cose che si mangiano quando proprio non se ne può fare a meno!". Mi chiarì le idee, e nel frattempo cercavo di capire dove volesse arrivare.

"Esatto! Minestra, minestrone, passato di verdure… si rende conto anche lei di quanto siano cacofonici! Molto meglio un nome che renda giustizia alla fatica che mia moglie impiega per prepararlo; in questo modo sembrerà un piatto raro e prelibato, quando, effettivamente, lo è poco o niente! Lei ha proprio capito cosa voglio dire: ormai ci avevo perso le speranze!" – mi disse, elogiando ancora una volta il mio proverbiale intuito.

"Perché aveva perso le speranze? Cosa intende?"

"Voglio dire che lei è uno dei pochi, anzi, dei pochissimi, che capiscono cosa voglia dire. Gli altri clienti non si pongono neanche il problema: arrivano, consumano, e vanno via, senza intuire la grande arguzia che aleggia nei loro palati. Non si rendono conto di nulla: "Per me un piatto di sottili note di pentagramma, in salsa rossa di ortaggio sanguigno; a me una fetta di armento del sole, con delicato contorno di frittura dorata, per favore", e così via. Non si stupiscono se, dopo aver consumato tutto quel fiato per nominare una pietanza, viene portato loro un semplice piatto di pasta al pomodoro, o una fetta di vitello arrosto con delle patatine; anzi, credo che percepiscano una discreta realizzazione personale nell'addentare un cibo che hanno ordinato esercitando una tale fatica retorica. Intendo dire, degustare un armento del sole, provoca una maggiore soddisfazione che mandar giù un volgare pezzo di carne, strappato da un bovino qualsiasi! I clienti sono contenti, a me e a mia moglie conviene! Per non contare che nostro figlio può crescere con le cure migliori, dati i maggiori guadagni della locanda".

Lo interruppi.

"Suo figlio? Ha un bambino quindi! E quanti anni ha?".

"Eh! Ormai parecchi direi, ma sa com'è... per me e mia moglie rimarrà sempre un bambino. Certo, gli vogliamo davvero un mondo di bene, ma ci rendiamo conto che ha dei limiti. Lui va ancora a scuola, ma è arrogante, supponente, superbo, conosce un sacco di parole, paroline e paroloni, senza però sapermi neanche spiegare cos'è che stia studiando e a cosa possa servirgli. Insomma, personalmente non sono tanto contento di come stia conducendo i suoi studi e della personalità che sta sviluppando grazie ad essi, ma so che i professori lo ammirano molto, e non si sono mai lamentati di lui, né del suo studio, né tantomeno dei suoi comportamenti. Onestamente non so come facciano a non rendersi conto di quanto vuoto ci sia nell'animo di quel ragazzo, quante false conoscenze, quanto poco abbia effettivamente capito della storia dell'uomo, della sua filosofia, della sua letteratura, delle sue scoperte! Non capisco come facciano a valorizzare tanto uno studio così, così... retorico, senza alcun significato! Beh, ma in fin dei conti, mio figlio è contento. E' più che convinto di essere molto bravo in ogni campo della conoscenza, ormai persino più dei suoi stessi professori, da quanti anni è che si trova in quella scuola!".

Lo interruppi di nuovo, cercando di essere il più cortese possibile.

"Ma scusi... com'è possibile? Se è così bravo ed è ormai così grande, perché non ha ancora finito la scuola? In che classe va?". Rimasi abbastanza colpito da quella vicenda.

"Eh! A me lo dice! Frequenta l'ultimo anno. Il problema è che lo frequenta ormai da almeno tre anni; non mi chieda perché. La sua spiegazione è che ha paura. Nonostante tutta la sicumera e l'arroganza sviluppata in questi anni, nonostante la piena fiducia dei professori nei suoi confronti, nonostante il suo studio eccezionale e i paroloni, non vuole proprio saperne di uscire da quella scuola. Puntualmente, pur mantenendo un regolare e brillante corso di studi tutto l'anno, si rifiuta di presentarsi agli esami finali, sicché non ottenga il diploma, dovendo ripetere l'anno. Ormai siamo rassegnati! Quando cerchiamo di farlo ragionare non fa altro che dire che non si sente pronto per uscire: 'Io che ne so cosa c'è lì fuori? Qui mi apprezzano e mi elogiano. Non mi hanno certo preparato ad affrontare nulla di quello che potrei trovare fuori di qui! Mi piace stare a scuola: studio, mi interrogano e mi mettono un bel voto; cosa potrei chiedere di più?', ecco cosa non fa altro che ripetermi. Io cerco di farlo ragionare, gli dico che è un ragazzo in gamba, che è preparato, che ha una grande personalità, ma non vuole sentire ragioni. Recentemente gli ho chiesto almeno di spiegarmi il perché, se normalmente è così sicuro di sé, abbia poi così paura di non essere adeguato al mondo. Mi ha risposto: 'Papà, io non sono sicuro di me. Io qui ho soltanto la dannata certezza di quello che vogliono da me, di quello che devo fare per farli contenti. Nient'altro!'.

"Si rende conto?" – continuò il locandiere – "Una scuola fondata sul contento dei professori e del profitto estetico... possibile che non cerchino di insegnare qualcosa di più a questi ragazzi?".

Si placò per un momento, sconsolato. D'un tratto rialzò gli occhi, e riprese:

"Ai miei tempi non era così però, eh! Si studiava sì, il giusto; gli insegnanti ci valutavano a suon di registro, ma per loro non eravamo soltanto voti, dei numeri segnati in delle caselle di una specie di tabella! Siamo cresciuti con dei valori noi, con dei principi! E studiavamo anche di più di questa generazione! Adesso siamo persone affermate, certo, nel commercio, ma possediamo una certa cultura! I nomi di cui elegantemente contorniamo le nostre pietanze ne sono un perfetto esempio! Come legare l'arte al vil denaro... lei non crede?". Il suo sfogo sembrò terminare lì. In realtà avrebbe potuto ricominciare da un momento all'altro. Era meglio rispondere in fretta e con un sorriso.

"Naturalmente... lei ha ragione... come sempre!".

"Sono molto contento sa? Lei è giovane, ma sembra essere molto maturo per la sua età! davvero molto equilibrato! Si vede che lei è della vecchia scuola!".

"Caro!", si levò una voce un po' metallica dalla porta bianca che doveva condurre alla cucina.

"Eccomi! Subito!", rispose il locandiere. "Scusi signore, credo proprio che sia tutto pronto. Torno immediatamente. Attenda soltanto un minuto!", disse frettolosamente alzando un dito e accorrendo alla cucina.

Ed effettivamente questa volta fu molto rapido. Ebbi appena il tempo di riflettere un attimo su tutto quel che mi aveva detto, che già ritornava con una scodella fumante fra le mani.

"Ecco a lei signore, l'attesa è finita! Si scaldi un po' adesso. Buon appetito, anche da mia moglie!".
"Grazie! Siete molto gentili!"

L'oste gentile (formula che da quel momento avrebbe sostituito nella mia mente il suo vero nome, rimastomi ignoto) a questo punto si voltò compiaciuto verso il bancone, lo aggirò, e cominciò a cercare qualcosa, portando la testa sotto di esso. Il mio sguardo lo seguì, distrattamente incuriosito, nella sua ricerca repentina e misteriosa. Nel frattempo immersi il cucchiaio nella mia minestra, o tripudio di verdeggianti ortaggi e non ricordo cos'altro, girandola per constatarne un po' la consistenza. Liquida, dall'aspetto non troppo invitante, ma, tutto sommato, non sembrava male. Alzai il cucchiaio, ben colmo di liquido verdastro, lo portai alla bocca, soffiai un po' e… "Ahi! Decisamente troppo caldo." – pensai – "Meglio aspettare un altro po', prima di ribagnarci la lingua".

"Oh, ecco qui!", nel frattempo l'oste tirò fuori un panno azzurro; sembrava proprio uno straccio qualunque, e iniziò con un certo zelo, a pulire il suo bancone di legno scuro. "Buona la zuppa, eh? Che ne dice?". Si rivolse a me, mentre energicamente strofinava, quasi fosse un dilettevole passatempo.

"A dire il vero è ancora troppo calda. Credo sia meglio aspettare un altro po'!", risposi, credendo di dovermi scusare in qualche modo.

"Fa bene! L'eccessivo calore oscurerebbe il suo sapore eccellente. Desidero che, per quanto sia una semplice zuppa, ne assapori tutte le sfumature! D'altronde la povera Petra è così stanca" – e così dicendo prese un prodotto detergente dal solito posto misterioso nascosto sotto il bancone. Poi continuò: "Il minimo che possa fare per lei è far sì che anche il più piccolo piatto che prepara venga valorizzato!". Disse così, e spruzzò tre o quattro volte il liquido blu per tutto il bancone; si sentiva un buon odore forte di menta.

"Non si preoccupi di questo. Appena si raffredda un pochino la assaggio immediatamente. Starò ben attento al sapore allora!".

Cercai di tranquillizzarlo, avendo anche un discreto interesse a salvare il palato dall'ustione. Lui sorrise gentilmente.

"Quando vuole! Poi mi dà un suo parere, ci tengo molto!", disse calando leggermente la testa per vedere dove strofinava. Approfittando di quel suo raro momento di silenzio, gli feci una richiesta:

"Magari nel frattempo potrebbe portarmi un po' di pane... con dell'acqua magari".

"Oh, certo! Scusi! Il fatto è che avendo trovato una persona così affabile e arguta con cui parlare, mi sono quasi dimenticato che lei sia anche un cliente a tutti gli effetti! Tenevo così tanto a che lei assaggiasse la minestra, ahem cioè... il tripudio di ortaggi e verdure, che ho dimenticato di portarle il resto" – e mentre si scusava, aveva già lasciato la pezza e girato le spalle per recarsi in cucina.

"Un attimo solo, e sono da lei!" aggiunse, scomparendo nella porta.

"E sarà di attimo in attimo che perderò anche l'ultimo autobus." Pensai, con una certa impaziente rassegnazione. Poi mi balenarono in mente altre riflessioni, più velleitarie.

"Ma non aveva detto che l'importante è il nome, e che del gusto si può anche fare a meno? A meno che non c'entri qualcosa col fatto che sostiene di essersi dimenticato che sono un cliente anch'io, quindi tiene effettivamente ad avere un parere sincero. Oppure, al contrario, vuole un'ulteriore conferma della sua teoria... o soltanto vuole convincersi che i suoi piatti non siano poi tanto male, e, che oltre al nome, abbiano anche un buon sapore". Non sapevo che pensare al riguardo. Il tipo era sicuramente singolare, come le sue teorie d'altro canto. Per non considerare le sue affermazioni riguardo l'affluenza al locale: prima sostiene di ricevere poche persone, subito dopo lamenta un eccessivo carico di lavoro e un'enorme stanchezza da stress. E poi, con questa moglie! Deve volerle molto bene. La nomina spesso. Ha fatto un nome prima. Petra. Sarà stata lei a chiamarlo dalla cucina? E poi che nomi strani hanno?". Seguitavo con le mie riflessioni, un po' inutili, un po' imposte dalle circostanze. Ad un tratto dalla porta riemerse la figura del locandiere.

"Eccoci!".

Lo vidi precipitarsi verso il mio tavolo come una scheggia. In mano recava una bottiglia e un piccolo cestino di vimini in mano. "Eccoci!" ripeté, adoperando nuovamente quella sorta di improbabile pluralia maiestatis. "Mi scuso ancora tantissimo!". Ripose la bottiglia e il cestino verso il centro del tavolo. "Allora! Assaggiata?". Me lo chiese ancor prima che avessi il tempo di ringraziarlo.

"Eh, sì... cioè, ancora no! Mi sono lasciato trasportare da alcuni pensieri, e ho dimenticato di assaggiare. Comunque adesso rimedio subito... dovrebbe essersi raffreddata un po' adesso." Così, pronunciate queste parole, riportai il cucchiaio ad immergersi nel liquido verdastro, questa volta conducendolo più velocemente alla bocca. Lo sguardo del locandiere sembrava impaziente, ma non disse una parola, quasi temesse che un qualsiasi suono potesse distrarmi da una corretta degustazione della pietanza. Quando il liquido invase la bocca completamente avvertì una piacevole sensazione di calore, ma non molto di più.

"Sicuramente mangiabile... ma non molto diversa da quelle nelle buste che si comprano al super mercato; manca anche un po' di sale veramente". Pensai.

"Davvero buono! Faccia i miei più sentiti complimenti alla cuoca, se li merita proprio!". Dissi.
"Oh! Sono veramente contento! Sollevato direi anche, dato che, una persona raffinata e arguta come lei, temevo potesse cogliere qualche imperfezione nella nostra cucina!", espresse con queste parole una gioia che, dai suoi occhi, appariva ancora più grande. E aggiunse:
"Riferirò con molto piacere i suoi complimenti a mia moglie! Ma, del resto ci è abituata... ne riceve già così tanti!".
"Ne sono convinto!", dimostrai così la mia piena fiducia alla sua ennesima lode per la moglie. Spezzai un po' di pane, e cercai di sapere finalmente qualcosa di più su questa donna famigerata: "Ma senta... sua moglie, mi pare di aver capito si chiami Petra, giusto?".
"Certo, proprio così!" rispose, risoluto e repentino.
"Ma... – ero un po' imbarazzato – non è un nome tanto consueto...", non riuscì a finire la frase.

D'altro canto sapevo che mi avrebbe interrotto.

"No, infatti! – prese una sedia, si avvicinò, e abbassò un po' il tono della voce - Diciamo che è un soprannome che le ho dato sin da quando ci conoscemmo, a scuola, tanti e tanti anni fa; ormai ho quasi perso il conto del tempo". Nel frattempo si sedette, e continuò: "Lei si chiama Beatrice, ed è sempre stata una donna forte, volitiva, piena di risorse... insomma una di quelle donne che alle volte ti fanno quasi vergognare di essere un uomo. Ma, nonostante questa sua irriducibile volontà di affermazione personale, è sempre stata anche generosa, disponibile verso gli altri; pensi che, sin dai primi tempi in cui ci frequentavamo, non si poteva mai stare in pace. Le spiego meglio. Ma vedo che non mangia più! Finisca pure, non si curi della mia presenza! Dato che ha chiesto, le racconto questa piccola cosa, e poi prometto di lasciarla in pace" – e, dicendo così, si avvicinò ancora di più con la sua sedia alla mia, cercando di preservare in tal modo la riservatezza dell'inconfessabile segreto che stava per rivelarmi.

"No, non si preoccupi... racconti pure, sono curioso", risposi. In realtà mi ero già pentito.

"Allora... - cominciò a parlare, quasi sottovoce – i primi incontri della nostra frequentazione avvenivano a scuola, come avrà già potuto capire, no?". Risposi alla sua domanda retorica guardandolo, e annuendo col cucchiaio infilato nella bocca; forse il mio interessamento alla vicenda aveva appena subito un irreparabile smacco alla sua credibilità. Forse. Ma lui proseguì incurante: "Bene! Quindi ci davamo appuntamento al termosifone nel corridoio che conduceva dalla sua classe alla mia, per stare un po' insieme durante l'intervallo. Ebbene, lei arrivava sempre in ritardo; a volte, persino, l'intervallo finiva, e lei non si faceva neanche vedere. Questo perché la cercavano sempre tutti! Quando tentavamo di stare un pochino in pace da soli, c'era sempre qualcuno che sopraggiungeva, di fronte, alle spalle, da ogni parte, tutti per chiederle consiglio; perché, oltre ad essere molto brava a scuola era anche molto saggia. E tutti ne approfittavano! "Beatrice, come si risolve questo esercizio di qua; come si traduce questo termine, di là; Beatrice, per favore, puoi aiutarmi a ripetere?". Ma a ripetere un corno, pensavo io!".

Batté un pugno sul mio tavolo. In quel punto del racconto si era particolarmente infervorato, tralasciando anche il consueto linguaggio aulico e misurato adoperato fino a quel momento, ma utilizzando al contempo una voce sempre più bassa e attenta a non farsi sentire. La mia zuppa stava quasi per finire; ma se avessi smesso di mangiare si sarebbe offeso e, con quegli occhi di fiamma viva che gli si erano accesi sotto la fronte, era meglio non turbarlo ulteriormente. Iniziai con disinvoltura a ingurgitare del pane. Lui continuò.

"Mi scusi signore, ma questa faccenda io non l'ho mai potuta tollerare! Si figuri! Non dimenticherò mai quella volta in cui, in occasione del mio primo regalo, per dimostrarle che per me era più di una semplice amica, arrivò la solita ragazzina di turno con un foglio in mano, e me la rapì, a tradimento, mentre io cercavo di trovare le parole giuste con cui accompagnare il mio pensiero, che, per l'appunto, mi rimase in tasca, fin quando non decisi di darglielo fuori, lontano da scuola. E lei non ci crederà, ma anche in quella circostanza il mio tentativo si avvicinò quanto mai pericolosamente al fallimento: eravamo in una bella piazza, di quelle classiche, con gli alberi, le aiuole fiorite e le panchine; io avevo appena finito di farle un gran discorso, molto ricercato, che nella mia testa avevo già ripetuto decine e decine di volte. Non mi sembrava neanche vero che finalmente fossi lì, davanti a lei, che mi guardava un po' timida e un po' curiosa, con quel regalo, sempre nella stessa tasca, pronto a esprimere tutto il mio amore. Ma ecco, l'impensabile.

Ad un tratto, da un angolo nascosto in fondo alla piazza, dei movimenti nelle foglie cominciarono a inquietarmi profondamente, come un orribile presentimento su per la schiena. Eccoli! Dai cespugli, li vedevo uscire uno ad uno, da ogni parte, ognuno con in mano un qualche oggetto, ognuno pronto a richiedere qualcosa di assurdo, un'altra volta. Ma questa volta fu diverso! Ormai ci ero troppo abituato per lasciarmi fregare a quel modo: "Un'imboscata!" – urlai – "Via di qui! Corri!", e afferratala per un braccio, la trascinai via da quel luogo di ordimenti!".

Si placò per un attimo. La narrazione era stata tanto avvincente e sentita da avermi parecchio coinvolto, nonostante l'iniziale riluttanza. Anche il pane era terminato e adesso erano rimaste soltanto una scodella vuota e delle posate disordinatamente gettate al suo interno.

"E poi... poi che accadde? Riuscì finalmente a consegnarle il regalo?".
"Oh, ma senz'altro! Ci mancherebbe altro! A me, caro mio, non la si fa! Inizialmente ammetto di aver peccato di troppa timidezza e di non essere riuscito a prendere immediatamente la situazione in mano, ma con il tempo e l'esperienza non c'è impresa che possa ardire di restar incompiuta!", e mi sbatté eroicamente una mano sulla spalla. "Caro mio, alla fine prevalsi sull'orda, e lei, in premio mi donò tutto il suo amore!".

Il tono da ciclo carolingio diveniva sempre più accentuato, e la sua impresa si caricava sempre più di un valore senza eguali.

"Bravo lei! Non tutti in una situazione tanto critica avrebbero avuto la prontezza e l'arguzia di una fuga così efficace. E poi? Che faceste? Sin dall'inizio aveste in mente di aprire insieme un'attività commerciale?", chiesi, un po' per stemperare l'atmosfera fino a quel momento carica di puro fervore cavalleresco.
"Effettivamente no..." rispose, ormai quasi del tutto placatosi. "... Sa, Petra proseguì gli studi, e anche con

un certo successo! Ha conseguito in brevissimo tempo la laurea in lettere e filosofia, ottenendo la massima valutazione possibile. Eh sì, mia moglie è sempre stata una donna in gamba!".

"Eccolo… ecco che ricomincia con la moglie. Ma perché continuo a dargli discorso?". Non era certo un pensiero molto carino, ma la fretta cominciava a premere sul mio cervello, sempre meno disposto ad ascoltare. Di lì a poco sarebbe passato l'ultimo autobus della serata, e non potevo assolutamente pensare di perderlo.

"Signore!" - mi richiamò immediatamente all'ordine – "qualcosa non va?".
"No, no! Assolutamente" – risposi – "… solo che…".
L'aggiunta fu operata più nella mia mente che a parole.

Il locandiere proseguì senza indugio nella sua narrazione.

"Ecco, quindi, come stavo dicendo si laureò in lettere e filosofia; io invece purtroppo fui costretto da mio padre ad interrompere gli studi. Mio padre, uomo onesto e laborioso, sa, lavorava come operaio per una ditta di costruzioni, ma doveva provvedere, con quel poco che riceveva, a sfamare quattro bocche, compresa mia madre, così che, una volta terminato il liceo, essendo per altro il primo genito, dovetti assolutamente cercare di essere d'aiuto anch'io alla mia famiglia; quindi

24

decisi di lavorare con lui fino a che non avessi potuto trovare qualcosa di alternativo per portare un sostegno economico altrettanto valido. E pensi che mio padre non voleva neanche che interrompessi così gli studi.

Mi fece una vera e propria guerra perché andassi anche io all'università, dicendo che la situazione economica non era poi tanto drammatica e che, con qualche sacrificio, avrebbe potuto garantirmi di studiare il tempo necessario. Ma sa, con un fratello più piccolo da mantenere, non potevo gravarlo di tutte queste responsabilità, così preferì rinunciare ai miei studi. D'altro canto, l'università, con tutti quegli esami, tutti quei libri... senz'altro ti può fornire ampie competenze specifiche, ma vogliamo mettere a confronto un sapere prettamente settoriale col piacere della cultura e dell'inventiva? Alla fine, nonostante aiutassi in cantiere, riuscì anche a leggere abbastanza, il che mi diede l'ispirazione per aprire questa bella locanda!".

Lo guardavo annuendo, e mentre annuivo guardavo l'orologio posto sulla parete di fronte con la coda dell'occhio. Ma in realtà ero troppo affascinato dall'incredibile serie di incongruenze del soggetto che mi stava di fronte. Mentre lo ascoltavo parlare era come se la curiosità per le sue parole comprimesse il fastidio che sempre più fischiava nelle mie orecchie, come uno sfondo lontano.

"E niente, – proseguì di colpo – per fargliela breve in seguito, mettendo pian piano da parte un po' di soldi facendo diversi lavoretti qui e lì, riuscì a realizzare questo piccolo traguardo, e anche con un bel successo devo dire... non mi posso certo lamentare."

Concluse brevemente. Cominciai a sospettare che si fosse accorto della mia fretta di terminare al più presto la discussione. Non volevo offenderlo. In fondo era stato molto gentile, così gli chiesi ancora:

"E quindi sua moglie? Come mai ha deciso di seguirla in questa avventura?".
"Bella domanda signore!" – in lui si riaccese quella fiamma che ormai ben conoscevo e che, per conto mio, avevo già imparato a temere. "Amore! Cos'altro se non l'amore la spinse verso questa locanda! Lei divenne giovanissima una grande professoressa, anche di grande successo, sa! Eppure quella vita la costringeva lontano dai suoi affetti, sempre impegnata in studi e ricerche faticosissime, che la stancavano oltremodo per un compenso per il quale, alla fine, non valeva certo la pena sacrificarsi a quel modo. D'altronde, insegnando in una scuola di un piccolo paesino, pur dando corpo e anima per quel lavoro, in che guadagno avrebbe mai potuto sperare? E lei lo capì. Capì che il suo amore le mancava troppo per stargli lontano.

Così infine accettò la mia proposta di venire ad aiutarmi in questa nuova esperienza, e, come vede, non ha di che pentirsi! Da 10 anni serviamo i clienti con passione, qualità e anche una certa raffinatezza... dopotutto siamo fra i pochissimi, se non gli unici ristoratori, che vantano un certo background culturale! Visto, sono abbastanza ferrato anche nelle lingue!", disse infine con tono scherzoso. Poi continuò: "L'unica cosa che, come le ho già detto, mi preoccupa un po' è la situazione di mio figlio. Ho notato che lei è un giovane molto arguto... magari, essendo anche più vicino alla sua età, non è che saprebbe darmi qualche consiglio? Insomma, secondo lei cosa dovremmo fare con lui?", mi chiese, quasi confessandosi, e con un'aria molto apprensiva. Sembrava realmente preoccupato. Non sapevo proprio che soluzione escogitare per un caso tanto bizzarro, ma non potevo restar zitto.

"Beh... - cominciai a prender tempo – sicuramente non è un caso facile... né tanto consueto; ma, se proprio vuole un consiglio, a mio parere la cosa migliore da fare potrebbe essere..."

"Ma sa che le dico?!..." - esplose platealmente l'oste gentile, con quelle fiamme nei suoi occhi che in quell'ora scarsa in sua compagnia gli si erano accese e riaccese tante di quelle volte da bruciargli un po' le sopracciglia. "E' da un po' che questa situazione mi cruccia e mi assilla continuamente, così ho trovato da me una soluzione a dir poco geniale! Allora, mi ascolti bene e mi dica che ne pensa: ...".

Non sembrava essersi neanche reso conto di avermi non troppo garbatamente interrotto. Ad ogni modo non avevo grande interesse nel farglielo notare, né ad esprimere effettivamente una mia opinione al riguardo; d'altronde non sapevo neanche esattamente cosa gli stessi per rispondere. Probabilmente un qualcosa di senso comune, ricalcata dalle sue affermazioni di poco prima sull'importanza della vera cultura, e dell'inversa inutilità delle sterili nozioni. A quel punto ero davvero diviso: il rumore delle lancette dell'orologio su quella parete, per quanto flebile, mi ricordava inesorabile l'ultima mia speranza di rientrare a casa. L'ultimo autobus sarebbe passato di lì a breve. D'altro canto l'indiscussa curiosità che provocavano in me gli atteggiamenti e le straordinarie parole di quell'uomo di così difficile identificazione mi trattenevano su quella sedia, pronto ad ascoltare qualunque storia avesse da raccontarmi. Un'idea geniale, disse... sentiamola.

"Come le dicevo mio figlio non vuole abbandonare la scuola per andare all'università, giusto?". Annuì. "Bene. Lui non vuole lasciare la scuola perché in quel posto si sente protetto da un sapere falso e dottrinario, fatto su misura per le richieste dei suoi insegnanti, non per la sua effettiva crescita interiore, che difatti, non è mai avvenuta. Ma, d'altra parte, ho a lungo riflettuto, nemmeno io volli assolutamente intraprendere quella strada! Oltre che per i problemi economici, che al contrario per mio figlio non sussisterebbero, rifiutai sempre quel mondo fatto di esami freddi, distaccati, volti in fondo anch'essi alla ricerca disperata di un cifra da imprimere su un foglietto.

E per cosa poi? Nessuno ti garantirà mai di ottenere i risultati per cui hai studiato tanto. 'Bravo – ti diranno – hai conseguito il massimo della valutazione possibile, hai una laurea e sei un tipo in gamba. Bene allora… adesso continua a cavartela da solo e spera che qualcuno si accorga di te e di quel pezzo di carta fresca e d'orata che stringi orgoglioso fra le mani!'. E' esattamente questo che dissero a mia moglie, dopo anni e anni di fatica. E' esattamente questo che diranno a mio figlio. E io questo non lo posso permettere! Non un'altra volta… non crede?".

Si fermò a guardarmi fisso, inquietante, in attesa di una risposta che non sarebbe potuta essere assolutamente diversa dal…

"Assolutamente no! Non può!" – risposi di getto.
"Certo, non posso! – allontanò la faccia arrossata dalla fatica dell'argomento e dello sforzo retorico dai miei occhi. "Non posso permettere che mio figlio soffra come sua madre. Devo proteggerlo! Indirizzarlo verso una strada di vera passione, dove il sapere, lo studio, la cultura, non si trasformi in sofferenza, rammarico, profonda frustrazione; verso un sentiero dove i suoi sforzi siano ricompensati dai complimenti sinceri e genuini dei clienti come lei! Insomma, mio figlio mi affiancherà nel mio lavoro e inventerà tanti bellissimi

nomi per altrettante stupende pietanze! In questo modo, lo sottrarrò a un tempo dal vuoto nozionismo scolastico, e dalle future delusioni dello studio carrieristico. Seguirà la strada dei suoi genitori, servirà piatti dai nomi stupendi a una disponibilissima clientela, che, di certo, non lo potrà fare soffrire in alcun modo!".

Con queste ultime parole si era proteso nuovamente verso di me con l'occhio sfavillante. Sembrava aver finito; io lo guardavo evidentemente frastornato. D'un tratto, portando una mano al mento e la schiena di nuovo appoggiata alla sedia, riprese:

"Beh, in effetti l'unico problema è che lui non ha mai saputo cucinare... quando io e sua madre non lo potremo più aiutare come farà? Ma, d'altro canto, come dicevamo prima mio caro signor cliente, anche se non dovesse dare ai suoi piatti chissà quale sapore, sarà la vera tradizione della nostra cultura familiare a venirgli in aiuto, no? Basterà inventare ancora nuovi nomi, ancor più ricercati dei precedenti, magari cercando anche di dare un bell'aspetto alle pietanze nei piatti, e il problema si risolverà da solo!".

A queste ultime parole continuai a scuotere il mio capo su e giù, automaticamente, in segno di approvazione per le sue parole. Lui mi guardava compiaciuto. Rise soddisfatto e, colpendomi sulla solita spalla ormai indolenzita con una pacca di discreta forza, mi disse:

"Io e lei sì che ci capiamo! Se ne trovassero di più di ragazzi come lei!".

"Eh già!… E di ristoratori come lei anche!".

Il conto

Avevo sentito abbastanza. Il mio scopo dopotutto era quello di riscaldarmi un po' e di sfuggire a quel vento che dalle finestre e dalla porta si sentiva ancora scrosciare forte; la mia permanenza in quel posto aveva superato per certo tutte le mie aspettative. Guardai per un'ultima volta l'orologio sul muro di fronte: le 21.30. Mi ero (e mi aveva) trattenuto per più di un'ora. Era davvero giunto il momento di porre fine al pasto più bizzarro della mia vita.

"Guardi, è stato un vero piacere parlare con lei questa sera. Anche la zuppa, davvero ottima. Purtroppo adesso però devo proprio scappare: l'ultimo autobus passa tra appena mezz'ora e..."
"No, assolutamente, ha perfettamente ragione! Anzi mi scuso per averla trattenuta così a lungo, ma sa è raro trovare qualcuno che sappia ascoltare così affabilmente!". Ormai le sue interruzioni alle mie parole erano pressoché la base del nostro, seppur incidentale, rapporto d'amicizia. Continuò.
"La lascio andare subito, guardi... le scrivo immediatamente il conto!".

Così dicendo, scivolato giù dalla sedia con un'insospettabile agilità di movimenti, si precipitò al bancone, persino accennando ad una piccola corsetta.

Arrivato dietro il grosso tavolone di legno, aprì frettolosamente un piccolo cassetto, da dove tirò fuori un blocchetto e una penna. Aprì il blocchetto: oramai restavano pochi fogli, la maggior parte erano già stati staccati. Andò alla prima pagina disponibile, staccò il tappo della penna azzannandolo con un morso ferocissimo e cominciò a scrivere zelante, quasi come un poeta in balia di una sfuggente ispirazione. Nel frattempo pensai fosse meglio cominciare ad alzarmi per prepararmi anticipatamente. "Pago, e mi precipito incontro alla bufera!"; questi erano i presupposti eroici che mi spingevano. Dovevo fare in fretta. La generica paura di poter perdere quell'ultimo autobus, si trasformò in vero e proprio terrore incontrollato… dove avrei potuto passare la notte, soprattutto quella notte, se lo avessi mancato? Mi girai, feci per prendere la mia giacca virtualmente appoggiata sullo schienale della sedia, ma bloccai a metà il movimento del mio braccio. Non c'era. Rimasi per qualche secondo immobile, un po' spaesato, offuscato dalla fretta di andare via. Poi ricordai.

"Scusi signor oste, l'avevo per caso data a lei la mia giacca quando sono arrivato?". Sapevo di averla data a lui.
"Oh, ma mi chiami pure per nome! Siamo amici ormai! Comunque certamente, la può prendere da sé, l'ho riposta nell'armadio qui a sinistra del bancone. Scusi se non provvedo io stesso, ma sa, dato che ha fretta… - si interruppe un attimo, come distratto da quello che stava

scrivendo – le termino di scrivere il conto il più in fretta possibile!".

Disse queste parole senza mai alzare la testa da quel blocchetto, piegato con la schiena in avanti, continuando freneticamente a scrivere distratto soltanto da qualche breve intervallo di riflessione.

"Ah, bene! Certamente non si preoccupi... ehm, cioè, non ti preoccupare – cercai un po' goffamente di accontentare la sua richiesta di chiamarlo per nome, senza che lui me lo avesse mai reso noto, dandogli del "tu" – faccio da me allora!".

Mi diressi velocemente verso quell'armadio, lo aprì, vidi il mio impermeabile che si stagliava ancora un po' umido, l'unico in mezzo a una gran quantità di grucce vuote. Lo sfilai senza neanche staccare il gancio della gruccia dal sostegno di ferro, e cominciai ad indossarlo. L'oste, o meglio, il mio nuovo amico dalla singolare gentilezza, continuava a scrivere senza sosta; implacabile, consumava fiumi d'inchiostro blu, andando a destra e a sinistra col capo, come a inseguire i suoi stessi calcoli, incurante che le lenti che aveva appositamente inforcato sul naso fossero ormai tanto lontani dai suoi occhi da rischiare seriamente di vederli cader giù sul ripiano. Calcoli, sì; perché supponevo che quello stesse facendo. Ma non avevo davvero idea di che razza di conti stesse eseguendo da così tanto tempo, con una mole di impegno tanto elevata.

"Una minestra un po' insipida, una bottiglia d'acqua, e tuttalpiù un cestino di pane, (che d'altronde mi potrebbe anche offrire in nome della nostra novella amicizia). Non capisco cosa abbia ancora da scrivere il mio caro amico" – pensai un po' impaziente, un po' intimorito dai possibili esiti di quella che, sempre più, mi appariva come una piccola trattazione contabile. Avevo appena terminato di indossare il cappotto e giusto cominciato ad intimorirmi, quando d'improvviso l'oste staccò finalmente lo sguardo fisso dal quel blocchetto, per spostarlo poco più in basso, in un punto non meglio identificato sotto il bancone, da dove con gesto fermo e deciso tirò fuori un oggetto dapprima misterioso, poi rivelatosi una semplicissima calcolatrice.

"Ecco qui. Adesso giusto due addizioncine, e abbiamo fatto." – disse fra sé e sé, quasi sussurrando, con la bocca stretta. "Quasi fatto eh! Non preoccuparti, un altro minuto e ti lascio andare! Ti sto anche facendo un bello sconto data la tua cortesia!".
"Grazie! Molto gentile da parte tua!" – risposi.

Mi avvicinai al bancone. Adesso stava picchiettando frenetico con un solo dito sui piccoli tasti della calcolatrice, farfugliando qualcosa, come per chiarirsi le operazioni che stava eseguendo. "Beh… avrà una grande cultura letteraria; sarà anche ferrato nelle lingue… ma evidentemente avrà fatalmente trascurato la matematica.

Non credo ci sia bisogno di usare una calcolatrice per sommare due o tre cifre di quell'entità!" – pensai un po' infastidito. E su una cosa avevo ragione: effettivamente non ce n'era bisogno. Vidi pestare da quel dito impazzito il segno "+" una quantità di volte decisamente elevata, sicuramente molto più di quello che sarebbe stato necessario per valutare l'entità del mio consumo di quella sera. Ma su una cosa avevo torto: quel conto mi dimostrò inequivocabilmente di aver consumato molto più di quello che avrei potuto immaginare. Gli ultimi due colpi alla calcolatrice, un ultimo carattere impresso in blu sul foglietto e…

"Eccolo pronto! Desideri pagare con la carta o in contanti?".

Così dicendo strappò il foglietto dal blocco e me lo porse gentilmente. Quello che vidi mi lasciò inebetito per qualche secondo. Lessi brevemente. Il conto di quella sera, in una non troppo curata scrittura a mano, recitava più o meno così:

"Gran tripudio di verdeggianti ortaggi ed erbe melliflue
– 8 euro
Acqua argentea di fonte d'Avorio – 3 euro
Pan borgese di sementa dorate - 3.50 euro
Coperto – 2 euro
Utilizzo Armadio – 1 euro

Utilizzo pavimentazione – 0.50 euro

Consumo sedia e tavolo – 0.50 euro

Luce e riscaldamento – 1.20 euro

Utilizzo porta ingresso – 0.20 euro (entrata e uscita inclusi nel prezzo)

Utilizzo Tv – 0 euro

Usufrutto servizi igienici – 0 euro

Totale: 19.90*

*Dal totale sono escluse tovaglia, piatti, posate e bicchieri eccezionalmente offerti dalla casa".

"Qualcosa non va? Se c'è qualcosa che non ti è chiaro, dimmi pure!" – disse con apprensione il caro oste gentile, notata la mia espressione quanto mai perplessa.

"Ehm si... veramente è la prima volta che nel conto di un ristorante ritrovo voci simili!" risposi cercando di far trasparire chiaramente il mio dissenso.

"Ti riferisci ai vari servizi che hai utilizzato, vero?"

"Beh, sì! Mi sembrano abbastanza singolari a dir la verità! Tralasciando il costo di acqua e pietanze, si è accorto che, in nome della nostra amicizia, mi ha fatto pagare persino il pavimento! Anzi credo proprio io debba affrettarmi a saldare il conto: non vorrei certo incorrere in una sovrattassa da stasi eccessiva sulla pavimentazione del locale!"

"No, no assolutamente signore! Quel tipo di sovrapprezzo l'abbiamo eliminato di recente; ci si lamentavano in troppi. Quindi non si preoccupi assolutamente, per tutto il tempo che impiegherà a pagare, il pavimento rimarrà assolutamente gratuito!".

"Guarda, non me ne spiego il motivo, ma la cosa non mi fa sentire meglio".

"Ma signore, considerato l'intuito dimostratomi finora credevo avrebbe compreso il reale significato di un conto del genere – mi rimproverò, quasi preso alla sprovvista dalla mia reazione.

"Mio caro locandiere, allora deve essermi sfuggita qualcosa. Ascolto volentieri le tue spiegazioni, purché siano rapide e coincise". Tanto sapevo avrei pagato ugualmente quella cifra.

"Ma signore non capisce? Tutti i locali in realtà applicano tariffe del genere, soltanto che non vengono esplicitate all'interno del conto presentato ai clienti perché, come vede, anche i più disponibili avrebbero di che ribellarsi! La tecnica che usano è quella di aumentare immotivatamente i prezzi delle pietanze più comuni, o dei servizi generalmente riconosciuti, in maniera da ricomprenderci poi anche quelli, come l'utilizzo dell'attaccapanni, che possono apparire più inconsueti e turbare i clienti! Questo io lo so, anche perché io stesso pratico questo trucchetto con la gran parte dei miei clienti. Ma d'altronde credevo che ad un signore intelligente e fidato come voi, avrei potuto evitare questa riluttante ipocrisia, mostrandogli in tutta onestà quali fossero le vere spese da lei sostenute".

Nonostante la spiegazione, evidentemente il mio volto non aveva assunto un atteggiamento molto più rilassato: continuavo a sentirmi fuor d'ogni dubbio fregato. Forse fu notando che le mie perplessità erano tutt'altro che svanite, che decise di continuare.

"Signore, ma lei ha notato? Lo ha visto l'asterisco? Ecco, proprio qui in fondo! Non le ho neanche fatto pagare tovaglia, piatti e bicchieri! Cioè, lei ha consumato il suo pasto con tutti i comfort di un comodo tavolo apparecchiato, pagando come se avesse mangiato praticamente per terra! Io questo guardi che lo faccio soltanto con i clienti affezionati, quelli che vengono qui da anni! Eppure lei non mi sembra del tutto soddisfatto!".

E in effetti, come si poteva non esserlo. Avendo oramai compreso il tenore delle argomentazioni del mio cortese locandiere, decisi che non restava altro da fare se non continuare ad agire come avevo fatto fino a quel momento.

"Ah! Sì, eccolo, qui in fondo! No, guarda non l'avevo notato. Hai fatto bene a dirmelo. In effetti così sembra tutto molto più coerente. Grazie davvero!". Mi sforzai di rispettare la nostra amicizia concedendogli quel "tu" ormai in realtà sempre più improbabile. Gli dissi soltanto tutto quello che voleva sentirsi dire. Ormai era evidente che ogni ulteriore sforzo in senso contrario sarebbe soltanto andato ad aggiungersi al tempo perduto fino a quel momento.

"Ooh, ecco! Immaginavo non l'avesse notato. Lei signore è una persona troppo giudiziosa per lasciarsi andare a commenti così sconvenienti senza una ragione! Ma adesso vedo che ha capito. È tutto risolto!" – diceva mentre portava piano il suo braccio dietro le mie spalle, con un certo fare paterno.

"È sempre come dici tu caro il mio locandiere. Ma non avresti dovuto darmi del "tu"?"

"Oh, lei ha ragione, ma un signore rimane sempre un signore, e preferisco continuare a chiamarla in questo modo". Era ormai fuori di dubbio che fosse un abile dispensatore di lusinghe. Poi continuò: "Ma non voglio farle perdere ulteriore tempo, anzi, mi dica, paga in contanti?"

"Si grazie", risposi, e subito recuperai il portafogli da un angolo in fondo alla tasca dell'impermeabile ancora un po' umidiccio. Lo aprì, ma mi accorsi subito che la somma contenuta all'interno non sarebbe mai arrivata a coprire tutti i servizi di cui avevo usufruito; fui colpito da un panico strano, come se d'un tratto mi fossi immaginato rinchiuso a vita in quel posto a ripagare i miei debiti.

"Guardi mi spiace molto, ma ho soltanto – contai anche le ultime monete dimenticate in fondo – diciotto euro e settanta. Basteranno?"

L'oste, che nel frattempo era tornato di fretta dietro il bancone, non sembrò turbarsi troppo. Non quanto mi sarei aspettato. Anzi, senza neanche rispondere direttamente alla domanda, estrasse un altro oggetto misterioso dal suo magico sotto-bancone, esclamando:

"Non si preoccupi assolutamente! Può pagare anche con carta o bancomat!", e ripose così risoluto il macchinario sul banco.

"Ma certo! – esplosi – non ci avevo proprio pensato!". A mia volta estrassi dal portafoglio la carta, gliela porsi, e lui stesso ebbe la cura di inserirla all'interno della macchinetta.

"Ecco, adesso può tranquillamente inserire il codice" e, così dicendo, mi avvicinò l'arnese alla faccia, effettuando un'impegnativa torsione all'indietro, lasciando soltanto il braccio diritto di fronte a me, con il busto e il volto del tutto rivolti dal lato opposto.

Premetti quei tasti ormai stremato, attendendo adesso soltanto che mi venisse finalmente concesso di abbandonare quel luogo.

"E… ecco fatto, operazione riuscita!" disse a voce alta l'oste gentile, con gli occhi accesi di pura gioia fanciullesca. E continuò: "La ringrazio veramente tanto della sua cortesia e disponibilità! Torni pure quando vuole allora, tanto oramai la consideriamo un cliente affezionato!". Strinse forte la mia mano con entrambe le sue.

"Naturalmente. Contaci! È stato un piacere fare affari con te. Porta i miei saluti a tua moglie e tuo figlio e buona fortuna per l'attività!".

"Grazie mille! Hai sentito Petra, il signore ti saluta! – urlò voltandosi un po' all'indietro.

Dalla cucina non si levò alcuna risposta.

"Ha sentito? La ringrazia tanto anche lei!", e così dicendo aggirò il bancone e si diresse verso la porta d'ingresso, aprendola leggermente. "Una buona fortuna anche a lei per tutto, e mi raccomando, torni a trovarci, la aspettiamo!".

Diceva queste ultime parole, e le parole si perdevano nel vento della sera che entrava dalla porta semi aperta.

"Senz'altro, arrivederci!".

Uscì così definitivamente dal locale, e, probabilmente per sempre dalla vita di quell'uomo.

L'autobus

Mi ritrovai di nuovo sui marciapiedi rotti, a camminare veloce, col bavero alzato, e una meta lontana. Il cielo era ancora nuvoloso e tetro. La luna si vestiva di un alone lontano tra le nuvole, e un po' illuminava il cammino. Avevo ancora venti minuti di tempo per raggiungere il mio autobus, e per quanto veloce avessi dovuto camminare controvento, ero abbastanza sicuro sarei arrivato in tempo.

Un passo dietro l'altro, stando attento a non inciampare fra le radici fuori uscite degli alberi. Un passo, e poi uno sguardo in su, dove si stagliavano gli edifici neri, illuminati di verde e di giallo. Le gambe correvano, e i pensieri con loro. Si facevano trasportare dalle dolci virtù della sera, di quel tempo ventoso che sembrava divenuto poco a poco il discreto compagno della mia solitudine. Come interpretare quel che era appena successo in quel locale? C'era poi davvero qualcosa da interpretare? Sapevo soltanto che quell'uomo si era dimostrato essere tutt'altro che un amico. Per quanto si fosse sforzato di persuadermi delle sue buone intenzioni, aveva poi sistematicamente disatteso ogni sua complessa elaborazione verbale con la semplice brutalità delle sue azioni.
Quanta incoerenza in un solo essere umano. In una sola famiglia verrebbe da dire.

Un uomo che si scaglia violento contro il vuoto delle apparenze, per poi fondare un'attività commerciale sul dominio dell'inganno. Un figlio drogato da un'educazione superficiale, contro la quale rimedio dovrebbe essere succedere al padre nell'invenzione di nomi altisonanti da attribuire a pietanze dal gusto mediocre. Una moglie letterata, ridotta a una voce muta e sommessa, dietro una porta che non sembra neanche avere la libertà di poter attraversare. Camminavo e mi domandavo come certe persone fossero in realtà così abili ad individuare con discreta efficacia le più sommerse storture del mondo, per poi sguazzarci dentro un minuto dopo con un grosso sorriso suadente a rigargli il viso.

Questi e simili pensieri mi accompagnavano lungo la strada. Il senso di fastidio e rabbia si accalcavano ancora nella mia mente, e subito dopo l'incredulità accorreva a stemperarli, come se quello che avessi visto in realtà non fosse mai accaduto. Un altro passo nella notte, e poi un tonfo. Mi voltai repentinamente guardando dietro di me all'angolo di un palazzo alto e isolato. Non vidi nulla. La fretta che ancora spingeva le mie gambe veloci in avanti, si trovò così ad essere accompagnata da una indefinita paura di quella notte tanto strana, ancora così lunga da passare.
Affrettai il passo, ormai ero quasi arrivato, e in lontananza potevo vedere le luci fioche della stazione.

Un rumore alla mia destra; mi voltai, ma vidi solo la mia immagine opaca e riflessa debolmente in una vetrina con le luci spente. Cominciai quasi a correre. "La stazione è vicina" – pensai. Il forte vento mi teneva gli occhi socchiusi, una folata più forte me li fece chiudere del tutto. Quando li riaprì, lui era già davanti a me: una figura enorme, nera, allungata, disumana.

I suoi occhi nella notte si illuminavano di un rosso sanguigno, il suo alito puzzava di carne rancida e dilaniata. Mi mostrò i suoi denti bianchi come la luna, ringhiando, e poi vidi la sua anima nera come la notte venirmi incontro. Freddo e immobile come una pietra non riuscì a far niente, aspettai soltanto che il mostro mi raggiungesse per divorarmi. Chiusi gli occhi, aspettando l'impatto, pensando soltanto a proteggere il mio corpo. Vedevo il buio, sentì stridere forte, e poi uno scroscio accanto all'orecchio destro. Non succedeva più nulla. Riaprì gli occhi, e veloce mi guardai intorno, prima davanti, poi alla mia destra dove mi vidi di nuovo riflesso, poi dietro, ma niente. Rimanevano solo le foglie ad accarezzarsi l'un l'altra, trascinate sull'asfalto dall'ululato indifferente del vento notturno.

A quel punto non rimaneva altro che correre. Non guardavo neanche più il dannato orologio, non era più una questione di ritardo, ma di vita o di morte.

Dovevo tornare a casa, prima che quella notte mi risultasse definitivamente fatale. Vidi le luci della stazione ormai vivide brillare nella sera, e la fermata dell'autobus, anche quella deserta, con un veicolo grande e arancione fermo lì ad aspettare.

"Cavolo, è il 79!".

Cominciai a correre più veloce quando, ormai vicino, mi accorsi che il motore era già acceso: stava per partire. Cerco di far segno da lontano, e subito intravedo un cenno dell'autista che mi invita a sbrigarmi. Gli ultimi passi veloci, non mi guardo neanche intorno e salgo dalla porta anteriore.
"Buonasera! Grazie!", dico con la voce e il fiato spezzati dalla corsa. L'autista non sorride, annuisce, e chiude le porte. L'autobus parte, e a me sembrava di starmi lasciando alle spalle un regno ammantato di nerissime tenebre infernali.

La stazione si allontana, e le luci dei fanali infrangono la notte come frecce che si perdono lontano dagli occhi. Quella luce mi rassicurava, e nel frattempo presi posto accanto a un finestrino, lasciando che la testa si abbandonasse per un attimo contro il vetro freddo e umido.
Con la coda dell'occhio adesso si vedevano scorrere veloci le strade e le luci della città, quasi interamente deserta.

All'angolo di un incrocio col semaforo rosso, una madre premurosa faceva indossare al proprio bambino una piccola giacca a vento, poi lo prendeva per mano e insieme attraversavano la strada. L'autobus svoltò a destra, sull'asfalto bagnato, e sui marciapiedi un gruppo di amici entrava in un locale con le insegne illuminate di rosa e di blu, mentre alcune gocce cominciavano a scivolare giù lungo il vetro sottile del mio finestrino. Stava per cominciare a piovere forte, e in quella notte fredda e ventosa nessuno avrebbe voluto trovarsi da solo.

Superiamo altre due fermate desolate a cui l'autista neanche rallenta. Un lampo blu quasi mi acceca e mi fa alzare la testa prima reclinata sul vetro bagnato. Un uomo stava camminando da solo con un ombrello proprio sotto di me, e da lì a pochi passi l'autobus si sarebbe fermato per farlo salire. Le porte dell'autobus si aprono, io guardo incuriosito, e l'uomo col lungo impermeabile nero sale richiudendo ai suoi piedi l'ombrello grigio zuppo d'acqua. Non dice nulla, le porte si serrano e l'autobus riparte. L'uomo si stagliava ancora davanti le porte d'ingresso scrutando col volto rigato dalla pioggia il resto dello spazio, probabilmente cercando di individuare un posto a sedere.
La ricerca non doveva essere in realtà così difficile. L'autobus era come la città, freddo e deserto, con alcune luci sul fondo che andavano e venivano. Io feci finta di niente, ma lo tenevo sott'occhio.

Ad un tratto si mosse. Chiuse per bene l'ombrello bagnato, e lo lasciò scivolare giù insieme al suo braccio, fino a raggiungere il pavimento vicino al mio sedile. Lo appoggiò con cura, dopo di che fece un altro passo, e continuando a guardare diritto di fronte a sé, occupò il posto accanto al mio.

Il Killer

Difficilmente avrei potuto prescindere dal commentare "Ma con tutti i posti che c'erano…". Nella mia mente le bizzarre azioni del signore seduto alla mia destra venivano scrutate e sezionate con attenzione. Era alto, distinto nello sguardo, ma irrimediabilmente trasandato nell'aspetto. Gli abiti scuri che lo vestivano dovevano un tempo essere di un altro colore. Il volto era segnato da rughe profonde e scoscese, che disegnavano decise il severo contorno delle guance. Gli occhi, neri e profondi si perdevano in fondo alla via come a intravedere qualcosa di inquieto, ma che in fondo doveva conoscere bene. Dal taschino della giacca fradicia e non troppo pulita tirò fuori un paio di occhiali dalla forma arrotondata e bagnati almeno quanto i suoi capelli. Li inforcò sul naso appuntito, da cui ogni tanto scivolava giù qualche goccia di pioggia.

Io gli sedevo accanto, attento a non incrociare mai quello sguardo, a non toccare in alcun modo i suoi oggetti, a fare del tutto finta di non trovarmi realmente lì. Guardavo fuori dal finestrino, poi dritto davanti a me, poi in basso, ma mai a destra. A destra mi immaginavo soltanto una grossa lama argentata puntata contro il mio fianco, appuntita e desiderosa di trafiggermi le costole. In realtà nella mia mente la rapina era praticamente già avvenuta.

Soltanto che l'immagine si fermava al momento dell'esborso di denaro. "Mi scusi ma sarei un po' a corto di contanti... anche lei accetta la carta?". Probabilmente non avrebbe accettato. Ed ecco che mi sarei ritrovato riverso a terra in una pozza di pioggia e di sangue, con l'ultima immagine della mia vita tutta stretta fra due file di sedili vuoti.

I pensieri si perdevano e si infittivano, come la pioggia fuori dal finestrino. Proprio in quel momento l'uomo voltò piano la testa. Io guardavo dritto immobile, convinto che ogni mossa mi sarebbe potuta risultare fatale. Lui continuò a torcerla, fino a che non fu evidente che mi stava osservando. I suoi occhi scuri e lontani adesso sembravano starmi squarciando l'interno del corpo. Io non potevo muovermi. Non adesso. "Oltre che armato costui è probabilmente anche un fanatico ubriaco. Devo restare calmo. D'altronde, in caso di emergenza l'autista dovrà pure fare qualcosa, chiamare i soccorsi". Così pensavo in silenzio. E così l'uomo, guardandomi, emise un sorriso che fece rumore. Mi voltai di scatto, come a voler far intendere che fino a quel momento non l'avessi neanche notato. Vidi i suoi occhi neri scrutare i miei, e un sorriso inquietante che deviava le gocce che scendevano giù dal suo viso. D'improvviso ruppe il silenzio.

"Giovane ragazzo – disse con una voce scura e profonda – il viaggio è lungo. Permetti che ti racconti una storia".

"Una storia? – risposi affannoso – Vuole proprio raccontarmi una storia?" Domandai incredulo, attendendo ancora quella familiare coltellata.

"Oh, ma non per forza. Forse lei è uno che va subito al sodo. Preferisce che io la uccida subito?"

"Uccidermi?!" – ecco lo sapevo che ero spacciato. "No, guardi per favore io non ho niente da darle, ho solo pochi spicci e…"

"No – mi interruppe rassicurandomi con fare vagamente inquietante – ma io non ho bisogno dei tuoi soldi. Io ho soltanto bisogno di ucciderti. Ci sono dei ruoli da rispettare sai? Tu sei la vittima, io il carnefice. Niente di troppo complicato, non trovi?". Il suo sorriso si faceva sempre più tagliato e diabolico. Io guardavo i suoi occhi, e in quell'abisso non vedevo altro che la mia fine. Poi lui continuò. "Ma non c'è gusto a farlo subito, giusto? La morte arriva solo alla fine del racconto. Ed è per questo che prima io devo raccontarti una storia. Solo dopo, tu potrai morire".

La sua voce era suadente e spettrale. Pronunciava parole di morte come se avesse il controllo delle vite altrui, come se lui fosse un estraneo alla vita stessa.

"Suppongo di non avere altra scelta dunque, devo ascoltarti".

"Si. Non ti viene concessa un'altra possibilità. Adesso rilassati e ascolta con attenzione. Conosci la fiaba del Principe, la Principessa e il Dragone?"

"La fiaba del Princ..." - balbettai qualcosa, temendo di rispondere. Poi trovai il coraggio: "E' forse quella che conoscono tutti i bambini con la principessa rinchiusa nella torre del castello e un principe che arriva a salvarla? Non saprei".

"Sì...". L'uomo annuì girando soltanto il collo verso di me. Poi riprese a guardare dritto di fronte a sé e mentre continuava, sembrava guardare oltre il cielo e le nuvole intrise di pioggia. "Sì... ma scommetto che tu non conosci la vera storia. Questa è una fiaba raccontata dai vincitori. Hai mai ascoltato la versione di coloro che non sopravvissero alla battaglia?".

"Coloro che non sopravvissero? No, credo di no. Ma lei cosa intende?".

"Ah! Caro ragazzo! – esplose d'improvviso alzando il tono della voce – "ma io non intendo niente! Io racconto le storie! La fatica di intendere è lasciata poi a chi avrà la pazienza di ascoltare. Ma tu sei costretto, perché temi la morte, giusto? E allora ascolterai, e poi...".

Fu in quel momento che si espanse in una risata fragorosa, quasi contagiosa, se non fosse somigliata così tanto a un presagio di morte. "Ah! Ma mi devi perdonare caro ragazzo. Non avere paura. Ascolta la storia, poi parleremo". Almeno aveva smesso di dire che poi mi avrebbe ucciso.

"C'era una volta, in un antico regno di principi e cavalieri, un re forte e temuto dalle possenti schiere di nemici che ordivano contro la pace delle sue terre. Il Re era un guerriero. Non stava spesso al suo castello, ma combatteva a fianco dei suoi cavalieri per difendere il regno dalle minacce dei territori al di là del fiume. Le battaglie erano giornaliere, feroci. I dardi schizzavano vicino gli elmi dei soldati, stridendo e sbrecciandoli, mentre gli scudi risuonavano dei colpi della battaglia. Il re vinceva, combatteva in prima linea per la sua gente e la pace prosperava. Ma si sa che la pace trainata dalla violenza è un mostro strano: ha due teste, due volti, e un solo cervello che non sa per certo che spazio abitare.

Il popolo soffriva la fame. Le continue guerre richiedevano uno sforzo disumano non solo da parte degli eserciti che offrivano il loro sangue d'eroi, ma da parte anche della popolazione, dei contadini e dei mercanti, che devolvevano la totalità dei loro sforzi ad alimentare di grano e armi l'inarrestabile macchina di pace del loro sovrano. La famiglia del Re non era in realtà troppo più fortunata. Non soffriva gli stenti della fame ma la regina non aveva un marito e le figlie non avevano mai conosciuto loro padre. Il castello era buio e oscuro. Le risate delle bambine percorrevano spesso i vasti e desolati corridoi di pietra, fra le armature di ferro e gli scudi attaccati alle pareti. Anche se in quel castello le persone erano ancora vive, le sue stanze erano abitate soltanto da spettri inquietanti.

Intanto le stagioni passavano e le foglie cadevano lente sul viso degli uomini. Le spade si incrociavano, vibravano, ferivano, e gli eserciti non cedevano, mentre il sangue del nemico correva veloce lungo le braccia dei soldati. Era una frenesia di sangue e metallo, di rosso e di argento, di urla di coraggio e poi di morte. Ma l'ardore degli animi strideva contro gli ormai profondi solchi che attraversavano inclementi il viso del sovrano, ormai stanco e fisicamente distrutto dagli anni di battaglie ed eroismo condotta sulla prima fila del fronte avversario. Bisognava che tornasse a casa.

"Sire. Il fronte nemico non recede. Le nostre schiere li contengono a stento. Se rimane ancora qui rischierà la sua stessa vita, e il regno questo non può permetterselo. Deve tornare al castello. Da lì, una volta ristabilito, potrà riorganizzare una nuova offensiva. Mi ascolti, ne vale il destino del popolo intero!"
"Mai! Soltanto le donne e i vigliacchi si rintanano al sicuro nelle loro case! Per chi mi avete preso Comandante? Per una donna? O per un codardo? Rispondete!"
"Ma Sire, io non mi permetterei mai..."
"E non provate a rispondermi! Voi comandanti del mio esercito vi siete rivelati degli emeriti incompetenti! Non eseguite gli ordini, non avete valori, non riuscite ad organizzare una strategia che non somigli pericolosamente a quelle di un moccioso che gioca a fare la guerra, e adesso osate persino cercare di eliminarmi rimandandomi a casa?! Ma vedrete se non

ve la farò pagare! Voi lo ricordate qual è la pena per l'insubordinazione e il tradimento nel nostro regno, vero Comandante?"

"Sì. E' la vita, mio signore. Ma mi ascolti! Io parlavo soltanto…"

"Oh! Ecco! Lui parlava soltanto… Proprio così Comandante, voi parlate soltanto! E nient'altro purtroppo! Adesso mi ascolti bene: io abbandonerò la mia battaglia soltanto quando la mia anima e il mio corpo si lasceranno andare per sempre. Ma fino ad allora io resterò non soltanto il vostro re, ma anche il vostro generale sul campo. E che nessuno di voi si permetta mai più di mettere in dubbio le mie parole!".
Dopotutto, la guerra, era intimamente tutto quel che possedeva.

Il caso volle che il giorno successivo il Re, spinto a cavallo contro l'ala destra del fronte avversario, venisse raggiunto da un giavellotto che trapassò come un fulmine le luci della sua armatura, fino a raggiungere le costole e spezzargliele violentemente. Fu trasportato con urgenza al campo dove ricevette i primi soccorsi, ma le sue condizioni peggiorarono rapidamente, e questa volta, con la morte che gli sedeva davanti col sorriso spezzato e gli occhi grotteschi, il Re accettò di fare ritorno alle mura sicure del suo castello.
Gli vennero prestate le cure migliori che il regno poté permettersi, ma il Re era ormai vecchio e stanco.

La neve cadeva e si appoggiava lenta alle alte finestre del castello, e lui restava lì, seduto a scrutare il bianco, con l'unica compagnia della morte che gli sedeva accanto. E anch'ella, guardava.

"Lo vede l'inverno, Sire?" – Il Re continuava a guardare fuori, con lo sguardo spento, e non rispondeva. "Ha invaso il cielo e le sue terre. E il vostro cuore batte troppo piano per il ghiaccio che lo stringe. Non le rimane molto tempo. Inoltre... devo dire che la vostra compagnia mi aggrada".

Il Re conosceva il suo destino. Lo vedeva negli alberi stanchi e innevati sparsi nei suoi giardini.
Ma l'inquietudine cresceva, e alla sua morte, chi avrebbe continuato a lottare al suo posto? Forse le Principesse? Era fin troppo ovvio che no. E allora ci voleva un erede, ma non un principe qualsiasi avrebbe potuto sposare una delle sue figlie. Avrebbe dovuto essere un eroe, un guerriero valente almeno quanto lui, ardente del fuoco della battaglia. Fu così che all'interno delle fredde stanze del sovrano, prese pian piano corpo l'idea leggendaria che legò per sempre e indissolubilmente la figura della principessa a quella della torre più alta del castello.

Il Re impose una riunione straordinaria e si fece informare dai suoi più stretti collaboratori circa le possibilità a sua disposizione. Scelse la costruzione più alta delle terre più remote del regno, terre di creature tratte dal mito, feroci e letali, draghi e chimere. Fece catturare il più grande e feroce tra loro. Molti perirono nell'impresa, ma anche la bestia più brutale avrebbe dovuto arrendersi di fronte alle enormi schiere del sovrano.

Inutile dire che la figlia maggiore, la Principessa designata come trofeo da rinchiudere e salvare, non si prestò volentieri ai giochi del padre. Le lacrime scendevano, e i soldati marciavano verso la torre. Ma per il regno, questo e altro sarebbe dovuto compiersi. La Principessa, cresciuta da sola per i corridoi del castello, si ritrovava adesso all'interno di una cella regale, ricolma di tende e drappeggi, specchi e gioielli. Ma pur sempre con delle sbarre alle porte e alle finestre. I lavori erano ultimati, la sfida era pronta e la notizia diffusa per tutti i regni che potessero essere raggiunti dai messi del Sovrano. In palio vi era il trono del Re, e chiunque fosse riuscito, armato soltanto di lama e coraggio, a sconfiggere il drago e riportare il trofeo sano e salvo al castello, avrebbe conquistato il suo cuore, forse più di quello della Principessa. Tanto bastò per spingere schiere di principi e semplici cavalieri a tentare l'impresa, ma per anni le lande desolate della torre videro soltanto urla e sangue, non vittoria, né onori, né amore.

In quegli anni soltanto il canto lieve della Principessa della torre allietava le oscure giornate della valle desolata. Il sole non sorgeva mai realmente, perché le vaste coltri di nubi ricoprivano pressanti il cielo, sia di girono che di notte, che d'estate, che d'autunno. Le bestie feroci che circondavano la torre, non trovavano altro sollievo, se non in quel mellifluo canto solitario. E anche il Drago nero, il più cattivo e sanguinario di tutti, incatenato ai piani inferiori della torre, aveva imparato infine a goderne".

Si interruppe un attimo. Fuori continuava a piovere e sull'autobus faceva sempre più freddo.
L'uomo girò nuovamente il collo verso di me.

Il Dragone

"Mi stai ascoltando, vero?". Mi preoccupai tantissimo. Forse il mio sguardo non mostrava sufficiente interesse. "No, cioè, sì! Assolutamente voglio dire! Certo che la ascolto! Finora la storia è come la conoscevo io, forse con qualche particolare che immagino abbia inserito lei. Molto creativa la parte sul Re, perché in effetti nessuno parla mai…"

Mi interruppe, non riuscendo a contenere un'inquietante risata nascosta reclinando il capo. Giusto pochi secondi, e ritornò serio e malvagio, con la testa e lo sguardo ancora verso il basso.

"Tu. Devi stare zitto! Le parole posseggono valore. E tu le stupri ogni qualvolta imponi loro di venir fuori da quella tua bocca ipocrita e insensata. Rinuncia e taci! Tanto morirai ugualmente, alla fine del racconto. Ma adesso, comodo ragazzo. Sta arrivando la parte della storia che preferisco".

Avrei quasi voluto urlare. Insultato e minacciato, seduto e costretto ad ascoltare una fiaba per bambini, trita e ritrita, di cui per altro conoscevo già il finale. L'ultima che avrei ascoltato prima di lasciare questo mondo, ucciso da un criminale mentalmente disturbato. Non potevo sopportarlo. Ma che altro avrei potuto fare, mi chiedevo.

L'uomo che mi sedeva accanto era verosimilmente armato, o comunque violento. Io ero seduto dal lato del finestrino, e se avessi provato a alzarmi e scappare all'apertura delle porte mi avrebbe sicuramente bloccato. Avessi chiesto aiuto all'autista, non mi sarebbe certo toccata sorte migliore. Pensai che dovevo resistere e stare al gioco fino alla fine.

Poteva anche stare bluffando. Forse era soltanto un mitomane che si divertiva a terrorizzare la povera gente sugli autobus. D'altronde non potevo essere io ad iniziare la colluttazione. Paradossalmente dovevo aspettare fosse lui a dare evidenti segni di squilibrio. Fino a quel momento dopotutto era soltanto un signore un po' strano che raccontava fiabe e minacciava di morte i passanti. Ma forse, in realtà, non reagivo perché quella situazione surreale mi provocava un'attrazione dissennata e brutale, un attaccamento morboso alla storia in se stessa. Era come se io dovessi continuarla, assecondarla; portarla fino alla fine, senza oppormi. E così feci. Così dovetti fare.

L'uomo rialzò lo sguardo che contemplava il vuoto, e riprese.

"Bene. Persino l'oscuro Dragone malvagio, stavamo dicendo, amava farsi cullare dalle dolci melodie della fanciulla.

E il canto soave della Principessa viaggiava per le terre desolate e per i picchi rocciosi, e laddove la musica si posava, un fiore nasceva, fino a che la primavera non accolse anche quelle valli che, fino a quel momento, persino il sole si era stizzito a sfiorare coi suoi raggi. Era una vera e propria magia. Come magico fu quello che accadde più tardi.

Era un giorno ora armonioso e pieno di grazia. Gli uomini avevano smesso di morire, perché ormai era evidente che le chimere che abitavano le terre impervie, adesso in fiore, e la più forte fra di loro, rinchiusa nella torre, non avrebbero mai permesso che la loro primavera gli venisse strappata via con la forza. La notizia della follia dell'impresa si era diffusa, e ormai chiunque vi rinunciava prima ancora di intraprendere il viaggio, considerando la morte ben più probabile di ogni velleità di successo. La Principessa, esiliata e prigioniera, aveva portato la felicità laddove nessuno avrebbe potuto neanche sognarla; e quel canto solitario era il suo dono, la sua beffarda maledizione. Condannato a riempire gli spazi vuoti, a colorare i grigi e gli occhi opachi, sin da quando era bambina, sin da quando con la sorellina rideva e cantava, per il piacere delle armature senza corpo. E adesso il suo sacrificio donava sollievo alle più sciagurate delle creature di ogni terra, alla più orrida delle valli del mondo, adesso diventata la più bella: la più preziosa del regno intero. Il Dragone nero questo lo aveva capito.

Un giorno come gli altri la Principessa, triste e annoiata, fece la scoperta più importante di quei suoi anni di prigionia. Vi era un passaggio nel muro, accuratamente nascosto da un meccanismo che lo avrebbe celato agli occhi più esperti. Fu solo fortuna, e forse quello era il segno che il cielo, dopotutto, aveva avuto un po' di compassione per il suo destino. Le veniva forse offerta una possibilità di evadere. Si infilò sottile nel passaggio buio e umido. Non vedeva quasi niente, ma il corridoio era talmente stretto che poteva seguirne le pareti. Sbucò presto su di un piano inferiore della torre, da dove le scale scendevano ripide verso il basso, come a voler raggiungere le porte degli inferi. Ma quelle scale che scendevano rappresentavano per la fanciulla un ascesa alle nuvole, l'unica via verso una speranza, limpida e azzurra come il cielo che intravedeva e che adesso le illuminava il viso. Scese di corsa, trattenendo a stento il sorriso, per le scale che non finivano eppure scorrevano senza fatica sotto le scarpe eleganti, fino a che non riuscì a scorgere il pavimento bianco e luminoso della sala d'ingresso. I piedi lo toccarono infine, emettendo rumori netti e decisi, bussando e rintoccando come un orologio con la cassa d'argento. La porta della torre era aperta, la primavera illuminava gioiosa la stanza immensa e regale, e la libertà era soltanto a qualche passo più in là. Ristette un secondo. Non poteva credere che sarebbe potuto essere così facile. Era libera.

Un ombra. Il sole si oscura e la luce non attraversa più la stanza da parte a parte. Le ali si spiegano emettendo rumori metallici, e le catene di ferro sbattono violentemente per terra. L'aria diventa incandescente e vibra adesso di fuoco, e puzza di zolfo, mentre le zanne del Drago tagliano il marmo come il burro. Un ruggito fece tremare le pareti e il corpo della Principessa, che impietrita e sconvolta cadde per terra, all'indietro, con gli occhi sbarrati, con un grido intrappolato fra le corde vocali. Ella sapeva che un drago la stava sorvegliando, ma prima di allora non l'aveva mai visto una volta, neanche di sfuggita. Aveva cominciato a pensare fosse soltanto una trovata del padre per scoraggiarne la fuga, e nella gioia di quella visione, aveva persino dimenticato di averne mai sentito parlare. Ma il Drago nero e possente non si era affatto dimenticato di lei. Era incatenato, anch'egli privato della sua libertà, anche lui prigioniero e intrappolato ingiustamente all'interno un singolare desolato destino. Era chiaro che all'inizio fosse soltanto una questione personale. Uccideva quei pochi valorosi che riuscivano ad approdare al castello dopo solo pochi minuti di battaglia, riducendoli in cenere o strappandogli via la carne di dosso. Di certo non perché desiderasse fare un favore a quel Re lontano che lo aveva brutalmente intrappolato, né perché gli premesse difendere la figlia di quel sovrano. Lo faceva soltanto perché era nella sua natura. Solo perché, per una qualche ragione, era nato per uccidere e per sputare fuoco. Ma adesso le cose erano cambiate.

La fanciulla che passeggiava dolce e solitaria nella stanza più alta e remota della torre aveva, suo nolente, portato qualcosa di bello nella vita di tutti. Le creature della valle prosperavano, e la natura si nutriva del suo canto come le api del nettare dei fiori, e anche l'animo liquido e nero del Dragone sembrava essersi un poco acquietato. Egli a sua volta era diventato, suo nolente, il guardiano della primavera, del sole e della luce, della felicità della natura circostante. Con le sue catene, garantiva uno spazio di serenità alle valli infernali, molto più di quanto il Re non fosse stato in grado di garantire alle sue terre prosperose. Il Dragone e la Principessa non furono mai così tanto simili, in nessun'altra storia.

Le fiamme, dicevamo, ricoprivano le pareti e ogni via di scampo. La giovane Principessa atterrita non riusciva a muovere neanche lo sguardo, fisso sul mostro che la tormentava. Ma dopotutto, al centro di quel vortice di fuoco e puro terrore, l'animo della Principessa riscopriva una gemma di speranza nella prospettiva della morte: quello doveva essere il suo destino. Il Dragone l'avrebbe carbonizzata, uccisa e liberata da una vita segnata dalla solitudine, dalla tristezza, dalla sofferenza. Il suo mondo regale e brutale avrebbe potuto finalmente sciogliersi nel calore di una frazione di secondo.

Così iniziò a pensare. Era il suo destino. Il Dragone la fissava con gli occhi neri e feroci, con i denti bianchi e letali, e piano si avvicinava. La sua coda fendeva l'aria, e le ali si aprivano leggermente, per poi richiudersi. Era ormai a pochi passi da lei. Un forte ruggito ancora scompose l'aria, e la principessa strisciava all'indietro, più per riflesso, che cercando realmente salvezza. Ma l'aria si ricompose, e pian piano si fermò. Il Dragone minacciava, ma non attaccava. La fanciulla temeva di muoversi, ma vedeva il suo esecutore esitare, prendere tempo, tanto che cominciò a pensare che non l'avrebbe mai potuta uccidere; dopotutto la sua missione era proteggerla, non farla fuori. Ma questi pensieri non erano del tutto corretti. Se la Principessa avesse trovato subito quel passaggio segreto, se si fosse trovata al cospetto del Dragone qualche tempo prima, prima che il suo canto risvegliasse quella natura intorpidita, ella non avrebbe avuto scampo. La Principessa si alzò lentamente in piedi, allungando il braccio destro, come a voler contenere la furia del mostro, che intanto si agitava come fosse trattenuto dalle catene che lo inchiodavano al suolo.

"Bravo drago. Non ti agitare. Io sono la Principessa, ricordi? Tu devi proteggermi, non uccidermi". La Principessa prese coraggio, persuasa della sua teoria, e cominciò ad avvicinarsi a lenti passi al Dragone. Le parti sembravano adesso essersi invertite.
"Tu non puoi farmi del male. Sei solo un grosso cucciolone vero? Dai, adesso scansati e fammi passare.

Io devo andare via di qui adesso, ma prometto che dirò a mio padre di venirti a liberare! La mia libertà in cambio della tua. E' un accordo che conviene a entrambi, no?"

Era vero. Il Dragone per un attimo esitò, come se riflettesse sulle parole della fanciulla. Dopo anni di orrida prigionia avrebbe potuto tornare a spiegare le sue grandi ali ormai atrofizzate, rivedere il mondo a cui era stato strappato. Ma non appena la ragazza si avvicinò un po' di più alla grande porta di uscita approfittando di quell'inaspettata quiescenza, il Dragone ruggendo e sbuffando vapore vi si parò nuovamente davanti, impedendo persino alla luce di entrare.

"Brutta stupida bestiaccia! E stupida pure io che credevo che un mostro come te potesse capirci qualcosa. Lasciami passare! E' un ordine, e tu devi obbedire!"

Il grande Drago nero la guardava. Adesso sembrava quasi che la sua bocca fosse atteggiata a un sorriso. Con un movimento così rapido da venir a stento percepito dagli occhi della ragazza, il Dragone allungò il collo e le fauci enormi verso di lei. La Principessa urlò e alzò le mani a protezione del viso. Ma i denti appuntiti come una tagliola si rivolsero ai lunghi drappi della gonna elegante, strappandone via una buona porzione, rovinando irrimediabilmente il bel vestito della fanciulla.

I brandelli strappati adesso si dimenavano nella bocca della bestia, che li masticava come fossero una preda.

"Tu! – e la Principessa minacciava con un dito – tu sei un mostro completamente pazzo! Lo sai che potevi uccidermi in questo modo?". E poi, guardando quel che rimaneva del suo abito: "Ah! Guarda come mi hai ridotto! Ma almeno hai una minima idea di quanto sia costato questo vestito? Adesso che dovrei fare? Ora tu, che ti senti tanto mostro, me lo restituisci, hai capito? Perché io non ho nessuna intenzione di…".

Il Dragone masticava, e in quel preciso momento risputò quel che rimaneva del vestito sul dolce viso adirato della Principessa. La ragazza lo raccolse dal volto tenendo le vesti fradice e intrise di zolfo con due dita della mano.

"Bleah! Tu! Tu… Sappi che c'è una ragione per cui nessuno vuole stare con te! Hai capito? Me ne vado!".

E con queste parole, col viso nero di pece e i capelli bagnati, la Principessa si congedò dal Dragone, che si rimise a sedere davanti l'entrata, perché non avrebbe mai permesso che quella vezzosa primavera abbandonasse le sue terre.

I giorni passavano, e adesso la Principessa andava regolarmente a trovare il Dragone, principalmente per tentare di convincerlo a lasciarla andare via. Ma i giorni divennero mesi, e alla fine, la Principessa non chiese più al Drago di liberarla.

Pian piano i due impararono a convivere, e la ragazza cominciò pian piano a comprendere le ragioni per cui non sarebbe mai potuta andar via di lì. Si era resa conto di quanto quell'anima nera e solitaria seduta di fronte l'ingresso fosse la cosa che più le ricordava se stessa, seduta a una finestra ad attendere chi non arriva, come da piccola, così da adulta. Divennero buoni amici il Dragone e la Principessa, incatenati alla stessa porta, alla stessa primavera e allo stesso inferno. La fanciulla danzava e poi cantava, il Dragone la proteggeva e riempiva i suoi occhi d'incanto. Le loro anime si tenevano la mano, si riscaldavano a vicenda, e adesso erano un po' più serene. Nel frattempo dall'altro lato del Regno qualcosa aveva cominciato a muoversi.

La leggenda della torre più alta e remota delle lande desolate risuonava in lungo e in largo per i sette regni, tetra e minacciosa. Si narrava delle schiere di cadaveri accatastati fra la polvere grigia, poi dissanguati e divorati dalle spietate creature che vi abitavano. Di un drago nero e gigantesco, con lo sguardo infuocato e gli artigli letali. Della carne ridotta in cenere, mentre un canto sottile e lontano segnava malinconico la fine di innumerevoli giovani cuori.

Il piano del Re sembrava così essere caduto con un tonfo giù in quella stessa cenere che rimaneva dei corpi dei suoi possibili successori. Nessuno era tanto valente. Nessuno quanto lui.

Il regno sembrava destinato a cadere nella disgrazia di una successione dal corpo sinuoso e i capelli infiorati. Sarebbe mai potuta essere una giovane e debole principessa a succedere al re più sanguinario della storia? Come avrebbe potuto portare avanti le guerre del padre? Non avrebbe potuto. Non avrebbe voluto. E così dalle finestre del castello i corvi affamati osservavano il sovrano seduto a giocare al tavolo con la Morte, che perdeva, una partita dopo l'altra. Il Re era abile al gioco, ma tossiva, e non poteva quasi più alzarsi dal suo trono. Le probabilità facevano il gioco del suo oscuro avversario. Ma la Morte era in fondo la sua compagna più fedele, forse per questo si ostinava a concedergli altro tempo.

"Sire. Si ricordi che i nobili e i regali hanno molto per cui non rischiare. Vivono nella sicurezza della loro quotidiana celebrazione, non ritenendo di dover dimostrare nulla a chicchessia. Se si muovono, è soltanto perché credono in un facile guadagno, in altri onori di cui fregiare i loro stemmi. Ma io li ho presi, uno dopo l'altro. Non meritavano il vostro trono, si fidi. Invece, chi non ha niente da perdere offre la sua anima interamente. Chi conosce solo l'umiltà dei suoi averi, non ne ricerca degli altri. E la nobiltà degli intenti, è più forte di quella del sangue. Ci aveva pensato?".

No. Il Re non pensava molto. Di solito agiva, e quella strategia non lo convinceva fino in fondo. Ma d'altra parte, non rimaneva che tentare l'intentato. E poi, quale parere più autorevole di quello ricevuto? Così si faccia quindi.

Il Sovrano incaricò i suoi messi reali di spargersi per l'intero regno, nel minor tempo possibile. Venne dispiegato un vero e proprio esercito di funzionari ed esperti d'arma, con l'obiettivo di scovare il giovane più umile e talentuoso che abitasse quelle terre, l'unico in grado di poter sperare in qualcosa di più che la mutilazione di un arto o l'ustione del viso. Sorprendentemente, la ricerca non fu lunga quanto ci si sarebbe aspettati. Appena un mese più tardi i messi tornarono portando con sé un giovane gracile dai lunghi capelli chiari, smagrito dalla costante penuria di cibo, incattivito dalla perenne e ingiusta povertà della sua famiglia. Il ragazzo aveva sempre odiato il suo sovrano. Affamava il popolo, non riusciva a portare a termine l'interminabile serie di guerre in cui era coinvolto, e adesso la storia della Principessa. Ma ora le cose erano diverse. Egli era l'eletto, scelto da Dio, più che dal sovrano; o forse dalla Morte. Chi può dirlo? Ma ora era pronto a concedere un'altra chance al Re, se egli gli avesse promesso in pegno il suo trono.

Il giovane Principe, così cominciò ad essere chiamato alla corte del Re, venne sottoposto per mesi ad allenamenti disumani dai migliori maestri di spada e di lancia, costretto a soffrire forse non più di quanto fosse stato abituato a fare dalla vita; ma presto fu pronto a partire per l'impresa più pericolosa che un uomo avesse mai dovuto affrontare da solo. Al giovane venne fornito il cavallo più possente delle scuderie del Re, bianco e regale, veloce come i grandi uccelli rapaci che scendevano in picchiata dalle montagne innevate. Un armatura d'argento, grigia e specchiata, forgiata coi fulmini che attraversavano il cielo immenso, azzurro come il lungo mantello che ricopriva la schiena del condottiero. Così il Principe partì, con la benedizione della corte e del Sovrano, di cui rappresentava l'ultima speranza, e il figlio mai concessogli dal destino.

Nell'alta torre della Principessa intanto la vita procedeva come aveva sempre fatto. Il giorno successivo somigliava tanto al precedente da fare fatica a pensare di averlo mai vissuto. Non vi erano strumenti per misurare il tempo passare, se non il sole che disegnava sempre la medesima curva sull'orizzonte prima celeste, poi scuro come la notte. Il ritmo delle stagioni era stato spezzato: alla primavera non succedeva l'estate, i venti non diventavano mai più freddi di quanto non fosse piacevole al tatto, e le foglie non ingiallivano mai. Le stagioni scorrevano però sul volto della principessa, e il grano nei suoi capelli appassiva, i frutti sulle sue guance cadevano sul pavimento della stanza.

L'amicizia col Dragone era salda, e l'aveva salvata dalla più completa solitudine. Ma quella era una vita che nessuno avrebbe sopportato. Il grande Drago nero si limitava a fare il suo lavoro, le voleva bene e la proteggeva; ma non avrebbe mai potuto lasciarla andare. La meraviglia che circondava le sue valli prima desolate era qualcosa di più grande delle loro vite, qualcosa che andava salvaguardato anche se questo avesse richiesto in pegno la loro eterna schiavitù. Il Dragone aveva scelto per la Principessa il suo destino, come aveva fatto l'odioso sovrano prima di lui. E la ragazza sognava, con gli occhi perduti nell'infinità del mondo al di fuori: sognava che un giorno, alzando la testa verso l'alto, avrebbe potuto ammirare la luce delle stelle oltre il soffitto dipinto, oltre la torre infinita, illuminargli il sorriso adesso serrato. Chissà se mai un condottiero sarebbe stato tanto nobile da donargli la libertà? Forse con lui al suo fianco, per la prima volta, sarebbe potuta davvero sentirsi una principessa. Per adesso, le sue stelle le disegnava su infinite pagine bianche.

Il cavallo viaggiava e rombava come il tuono, superando gli ostacoli che potevano esser superati, riducendo gli altri in mille pezzi. Il Principe in groppa con la spada luccicante mieteva le sue vittime, le belve cadevano e sanguinavano, mentre la torre di giorno in giorno cresceva piano nei suoi occhi.

Nessuno fino a quel momento era stato capace di arrivare così vicino a quelle mura in così breve tempo. Nessuno avrebbe osato. Intorno alla torre si aggiravano le chimere più forti e sanguinarie della intera valle, e la speranza di sopravvivere ad un attacco da parte di tutte loro apparteneva soltanto alle menti dei folli e dei buffoni di corte. Il Principe si fermò al loro cospetto. La spada nella sua mano iniziò a tremare e l'armatura d'argento a vibrare sul suo petto. La verità era che la forza e il coraggio in quell'impresa non sarebbero mai bastati, e il Principe questo voleva ignorarlo. Il destino lo aveva scelto tra tanti, questo era tutto ciò che doveva fare. Non poteva tirarsi indietro dopo aver fatto tanta strada, perché se fosse sopravvissuto fuggendo, sarebbe morto ugualmente, per il resto della sua vita. Così pensava, e la mano si strinse forte intorno all'impugnatura della lama dorata.

La Creatura

"Avanti!" - ordinò al cavallo e a se stesso. Stava per lanciarsi all'attacco il Principe, ma la sua corsa venne fermata ancor prima di iniziare. Una figura nera e alata gli si parò davanti, facendo impennare il cavallo che nitriva e iniziava a mostrare per la prima volta un terrore incontrollato. La figura atterrò e richiuse le lunghe ali simili a quelle nere dei corvi; ma il Principe con la spada sguainata e il volto feroce non si faceva certo intimidire.

"Chi sei creatura?". La Creatura non rispondeva. "Sappi che ne ho uccise tante come te per arrivare fin qui. Non sarai certo tu a fermare il mio cammino! Scansati o quelle ali finiranno a penzolare giù dal mio cavallo come trofeo!". E il Principe minacciava con la spada puntata. La creatura mosse lenta il capo incappucciato.
"Non mi spiacerebbe donarti le mie ali. Ma sfortunatamente mi servono, caro Principe."
"Cosa? Mi prendi in giro? Tu parli! Come fai a conoscermi! Rispondi o sarò costretto a farti fuori!"
"Oh! Ma se esiste un unico desiderio che da millenni rende gli esseri umani fratelli e sorelle è proprio quello di combattermi ed eliminarmi per sempre dalla faccia della terra. Curiosamente però non ci sono ancora mai riusciti". La Creatura sembrava divertita dall'esposizione di una simile circostanza. Il Principe invece si irritava sempre più.

"Creatura tu parli troppo! Desisti dall'ostacolare il mio cammino, altrimenti..."

"Altrimenti cosa Principe? Mi uccidi? Provare non costa nulla. Ma ti consiglio di apprendere alcuni concetti fondamentali dell'esistenza che potrebbero tornarti utili in futuro. Ad esempio questo. Vedi, la Morte tende, come dire, a non morire. La qual cosa, non credere, non si dimostra necessariamente un vantaggio. A volte un periodo di pausa sarebbe gradito persino a me, giusto per far capire agli uomini quanto sia noiosa e inquietante la mancanza di una prospettiva finale. E magari anche per me, per imparare cosa voi intendiate per attimi di vita; questo perché purtroppo un essere infinito non percepisce i vostri attimi, non può comprendere perché essi siano tanto preziosi. Può solo intuirlo, sforzandosi di immaginare. Ma immaginare un attimo è cosa quanto mai difficoltosa mio caro Principe. Perché il mio tempo torna sempre, il vostro una volta partito, non si volta mai a guardare indietro. D'altronde..."

"Tu! Creatura ubriaca e ciarliera! Poni un freno a quella lingua insana, e smetti di spacciarti per quello che non sei! Ci hai provato, ma i tuoi assurdi discorsi non mi intimoriscono più di quegli stracci neri con cui ti acconci. Adesso scansati se non vuoi che ponga davvero fine alla tua esistenza. Mi stai solo facendo perdere del tempo prezioso!". La Creatura ristette un attimo riflettendo. Poi si riaccese schioccando le dita.

"Ecco! Il tempo prezioso! Intendevo proprio questo prima! Mio caro Principe, mi potresti cortesemente spiegare cosa intendi esattamente con questa espressione, perché è da millenni che cerco di trovare una risposta per mio conto ma, come ti dicevo, è parecchio difficile pervenire ad una soluzione soddisfacente, perché per quanto mi riguarda..." e la Creatura continuava così a disquisire, amabile e curiosa.

Ma mentre le sue parole scorrevano come un fiume l'esile pazienza del Principe si assottigliava sempre di più, finché d'un tratto non terminò del tutto. Senza emettere un suono il giovane portò una mano alla schiena, impugnò il suo grande arco da caccia ed estrasse una freccia lunga e letale dalla faretra. In un attimo prese la mira e mentre la Creatura discuteva ancora da sola, scoccò un dardo che squarciando l'aria si andò a conficcare in mezzo allo spazio nero ricoperto dal cappuccio. Doveva proprio averlo colpito in volto. La Creatura parlò per qualche secondo ancora dopo che la freccia gli si era conficcata in viso, poi si accorse che qualcosa non andava. Portò la mano fino alla fronte, e iniziò a toccare il dardo come a voler capire di che oggetto si trattasse. Poi lo estrasse.

"Ah! Si! Questa è una freccia! Devi averla persa tu! Tieni, ti potrebbe servire, anche se ne dubito", e avvicinandosi al cavallo gliela porse gentilmente. Il Principe infuriato non poteva tollerare un simile affronto.

"Tu diabolica creatura sei resistente alle frecce, ma nessuno sfugge alla mia lama!", il Principe precipitatosi giù dal cavallo, si scagliò all'attacco.

La Creatura si dimostrò molto agile, ma in effetti sufficientemente disinteressata nel proteggere la propria vita. Dopo qualche schivata, un fendente la trafisse da parte a parte. Il giovane rigirò la spada in quella che sarebbe dovuta essere la carne del mostro, ma gli sembrò di girare la spada nel vuoto: non incontrava alcuna resistenza. Così, riestratta la spada, sferrò un ultimo letale fendente alla gola dell'avversario, recidendo di netto il collo del nemico. Il cappuccio nero cadde pesantemente al suolo, sollevando un po' di polvere e rivelando il vero volto della Creatura.

"Ma... ma che razza di essere sei tu?". Il principe non vide nulla stagliarsi al di sopra delle spalle. Vi era solo uno spazio voto. Di fatto, adesso la Creatura somigliava a un cavaliere senza testa.
"Allora mentre parlavo non mi ascoltavi. Sono la Morte ti ho detto! Forse ti avrei convinto di più se sotto il cappuccio avessi trovato un bel teschio umano? Ma io non sono umano. Tanto meno posseggo un corpo. Se tagliassi via anche il resto di questi abiti, comprese le ali, diverrei del tutto invisibile, e sentiresti soltanto la mia voce. Siete voi umani che mi riconoscete soltanto per via di questi indumenti che ho addosso. Quindi li indosso ogni qualvolta desideri comunicare con voi.

Perché, caro ragazzo, ti svelo un segreto. Io, in effetti, non esisto".

"Tu sei la Morte. E non esisti." Il Principe osservava la figura senza volto, con la mente che non credeva a quel che gli occhi suggerivano.

"Esatto! Così adesso mi ascolti! Bene, da ricordarsi per la prossima volta di esperire subito il trucco dell'uomo senza testa. Ma lascia che ti spieghi meglio. Io non esisto all'interno del senso generale delle cose, come non esiste l'inizio e non esiste la fine. Essi sono solo concetti di convenzione di cui gli esseri intelligenti si sono dotati per evitare di... perdere la testa! – La Creatura si fermò, come a voler ammiccare. – "Perder la testa Principe. E' una creatura senza testa che ti parla!". Il Principe guardava più inebetito di prima. "Va bene. E' chiaro che non possiedi alcun senso dell'umorismo. Ho ragione di credere che nella vostra società essere considerati meno simpatici della Morte non venga propriamente visto di buon occhio; ma fai come preferisci. Ignora pure le battute della Morte. Date le circostanze, recupererò il mio cappuccio e riprenderò piuttosto noiosamente da dove avevo lasciato".

La Creatura si fece adesso seria e solenne. Poi riprese.

"Dunque, stavo dicendo che quello che vi porta a percepire così distintamente l'inizio e la fine di ogni cosa è quello che io amo definire "inganno del tempo", il più glorioso inganno dei racconti di tutte le età. Esso scaturisce dalla percezione parziale che la vostra coscienza possiede dei cambiamenti di stato. Una creatura nasce, cresce e poi muore. Come una stella, si forma, si espande e poi si estingue urlando nel cielo, nella luce abbagliante della sua vanesia esplosione. Ma questo è un attimo. Solo un istante passato di cui io non subisco le menzogne. E la verità mi rende una creatura destinata all'eterna dannazione. Io vedo il tempo nella sua interezza, sempre. Passato e futuro coesistono nello stesso secondo, nella mia coscienza quello che è accaduto prima e quello che accadrà dopo si stanno verificando adesso. In una simile forma, io so che la Fine non esiste, se non nella sua forma più contingente. Un esempio di forma contingente è la vostra coscienza personale: essa finirà in quanto tale. Ma la coscienza in quanto categoria dell'universo non avrà mai fine. Potremmo dire che il misterioso architetto del mondo cedette alla disperata necessità che qualcuno fosse in grado di ammirare la sua opera d'arte, il suo lungo misterioso racconto, sforzandosi in tutti i modi di comprenderlo.

L'intelligenza, la vostra coscienza, il vostro pensiero che indulge al superfluo, non avrebbe altrimenti nessun'altra spiegazione pratica, dato che non appare in alcun modo necessario al proliferare della vita all'interno del cosmo. Voi siete i suoi protagonisti e i suoi lettori, nel medesimo istante. E questo è qualcosa che necessariamente non può avere fine. Ma se la Fine in quanto tale non esiste davvero, allora io, che sono la

Fine che veste sembianze umane, non esisto, se non in questa forma e con addosso questi abiti. Decreto la fine delle vostre forme di adesso, delle vostre emozioni e sofferenze, dei vostri pensieri, ma non del pensiero. Quando la coscienza umana sarà del tutto estinta, allora io mi spoglierò degli abiti di cui mi avete vestito, e ne assumerò altri che mi verranno attribuiti da altre intelligenze. In quanto Morte continuerò ad esistere anche io eternamente sotto diverse forme contingenti, ma sotto i miei abiti non esisterà mai un corpo vero e proprio: non esisterà mai la Fine di ogni cosa".

La Creatura si fermò. Poi riprese fiato e concluse.

"Così, come di un orologio bianco e senza numeri il viandante non intravede la fine, non gli è possibile neanche partire da alcun punto. Come non esiste la fine, non può esistere neanche un inizio. Ma ogni oggetto che non abbia né un inizio, né una fine, o possiede natura divina, oppure, semplicemente, non esiste. E gli esseri umani, fra le due, hanno sempre scelto la prima opzione. La seconda porterebbe solo ad una eterna dannazione. Alla follia del creato".

Il vento soffiava e alzava erba e polvere. Il giovane Principe fissava la creatura senza reagire e con la spada ancora sguainata lasciata penzolare dalla mano destra. Non vi potevano essere più dubbi. La Creatura diceva il vero. Ella era la Morte. Il ragazzo pieno di timore e con i pensieri quanto mai confusi nella testa, ricominciò debolmente a muoversi. Poi disserrò la bocca cercando di pronunciare qualche parola, ma la scarsa salivazione e la lingua riarsa dalla sete gli permisero soltanto di bofonchiare qualcosa di profondamente incompleto.

"Ma… ma…".
"Ma dì pure caro ragazzo! Comprendo perfettamente l'insanabile turbamento e la confusione che hanno istillato le mie frettolose parole nel tuo giovane animo. Il tempo e il cosmo non sono certo argomenti che sottendono un'immediata comprensione. Ma non ritenere i tuoi dubbi! Chiedi pure, senza timore o reverenza". Così la Morte incoraggiava la curiosità del Principe, ed egli rispose.
"Sì. Ma… cosa diavolo sarebbe un orologio?".

Vi era un silenzio inquietante nel vento che soffiava. La Morte non emetteva un fiato. I due rimasero immobili e attoniti per alcuni interminabili secondi, con le nuvole che si addensavano e le loro ombre che mutavano forma sul terreno. Poi la Morte si mosse, e cominciò a saltare. Saltava di qua e di là emettendo strani rumori, come se si fosse fatta male. Una scena curiosa per il Principe, che terrorizzato da qualsiasi azione della nera figura, indietreggiò, supplicando pietà. E la Morte si fermò, voltandosi nuovamente verso il giovane terrorizzato.

"Cosa diavolo sarebbe un orologio mi chiedi? Hmmm. Vediamo. Ti ho parlato del mistero del tempo, della vera natura della fine di tutte le cose. Poi ti ho rivelato anche di non esistere. E tu mi chiedi cosa sia un orologio. Beh, sì. Mi sembra una domanda rispettabile, considerato che ancora in effetti gli orologi meccanici non sono ancora stati inventati…", e la Morte continuò a borbottare dell'altro fra sé e sé. Poi il Principe prese coraggio e cercò di interromperla.

"Ecco, sì infatti. Mi sembra una domanda logica dato che io…"

"E' logica un caz… aaahhh, per niente!" La Morte cominciò ad agitarsi e sbracciarsi risultando ben più ridicola che minacciosa. "Io ti ho svelato uno dei miei più inconfessabili segreti, ho condiviso con te le mie più profonde riflessioni sulla natura dell'universo, e tu, dell'intero mio discorso, non hai capito… cosa sia l'orologio?! Quello era solo un esempio! Va bene, forse poco azzeccato dato che ho dimenticato che in quest'epoca non esistono ancora, ma l'importante non doveva essere certo questo! Infine ho solo perso tempo! Oh, ecco vedi! Forse però sei stato quantomeno utile a farmi capire meglio cosa intendete dire voi quando vi lamentate del tempo che vi sfugge di mano! Ma mi chiedo, al di là di questo particolare, hai almeno compreso il mio discorso a grandi linee?"

"Eh! Sì! Credo di sì. Cioè, tu non esisti perché il tempo va indietro, e poi avanti, e quindi tu non hai la testa… e poi ci sono questi orologi che non esistono neppure loro che però sono solo un esempio, quindi, alla fine, chi se ne frega? Giusto?". Il Principe era in evidente difficoltà.

"Va bene". La Morte lasciò cadere lungo i fianchi le braccia che gli si erano bloccate verso l'alto durante il precedente impeto di rabbia. "D'altronde gli hanno insegnato a sparar frecce in faccia alla gente e a prenderla a spadate. Non può essere anche intelligente", tentò di consolarsi la Morte, parlando con se stessa. Poi cercò di scacciar via lo sconforto.

"Ad ogni modo, fortunatamente, io non sono venuta qui per questo. Caro Principe, omettendo di considerare le tue peculiari facoltà intellettive, ritengo quantunque tu sia l'uomo giusto per succedere al sovrano nel dominio su queste grandi terre. Le tue umili origini, la purezza del tuo cuore e le sofferenze che per i migliori anni della tua giovinezza hai patito insieme con i tuoi familiari, ti rendono un candidato perfetto; ben più di quei nobili riccastri ricolmi di spocchia e curati in viso (neanche fossero loro le principesse da salvare) che hanno affollato prima di te queste pianure. Ma spero tu abbia almeno notato quanto suicida sia la missione in cui ti sei imbarcato…".

Il Principe irruppe nel discorso.

"Certo che l'ho notato mia cara Morte! Non sono certo così stupido! Vi sono enormi bestie che infestano ogni anfratto, e un drago gigantesco che mi aspetta famelico all'interno della torre più alta. Inoltre neanche tu sei poi tanto sveglia come credi, dato che è evidente che io non mi sia imbarcato proprio da nessuna parte per venire fin qui, in mezzo a queste valli. Ho fatto tutta la strada a cavallo io!".

La Morte lo guardò seria. Poi si piegò lentamente su se stessa e trattene a stento le risa.

"Eh? Che c'è di tanto divertente? Insomma! Basta adesso! Poni un freno ai tuoi schernimenti bestiaccia!".

Il Principe aveva di nuovo perso la pazienza. Sollevò il braccio destro che impugnava la pesante spada dorata, e lo mosse con repentina maestria, scagliando la spada contro la nera figura, trapassandola ancora, senza nessun altro effetto apprezzabile.

"Visto? Se tu oltre che parlare come una marionetta, avessi poi anche un minimo di comprendonio, noteresti che ostinarsi a trafiggere le persone non è necessariamente la soluzione a ogni problema. Men che meno quando il tuo bersaglio è evidentemente incapace di morire. Comunque, hai fatto bene a gettar via quella spada. Non sarebbe servita contro i tuoi prossimi avversari molto più di quanto non sia servita contro di me. Il vero motivo che mi ha spinto fin qui è appunto questo".

La Morte mosse le sue braccia, e portò la mano sotto la veste scura, da dove tirò fuori un oggetto dall'aspetto e dalla forma che non sarebbero potute essere in alcun modo equivocate, neppure dal nostro Principe. Una lama lunga e infuocata si ergeva ora nelle mani della Creatura.

"Ecco Principe! La tua unica possibilità di avere successo nell'impresa. Questa spada incandescente e letale è stata forgiata coi poteri della Morte. Un qualsiasi essere vivente, anche il più forte e temibile, venga anche solo ferito da questa lama, verrà immediatamente consumato dalle fiamme ineluttabili del suo destino. Una volta portata a termine la tua missione, la spada verrà polverizzata dalle stesse fiamme che hanno ucciso i suoi nemici e che adesso le donano il suo potere. Questo è tutto".

La Morte si smaterializzò per riapparire in un secondo a pochi centimetri dal Principe, che attonito riceveva in mano l'arma infernale, dalle mani della Morte. La lama brillava negli occhi del giovane ragazzo, e questa lo attirava fatalmente, col fascino di una spettrale onnipotenza.

"Non sprecare la tua occasione". La Morte parlò, e si volse di spalle. Spalancò repentina le possenti ali che lasciarono cadere al suolo qualche piuma nera, e si apprestò a levarsi in volo. Ma si dovette fermare, e le ali si richiusero. "Quasi dimenticavo. La spada è maledetta. L'anima di chiunque la utilizzerà imputridirà, lentamente, e inesorabilmente. Non v'è vita nel fuoco di questa lama. Il suo immenso potere desidera in cambio la felicità che da questo potere deriva. Così, a nessun essere umano che avrà utilizzato i doni della Morte verrà concessa una vita piena e felice. Questo tienilo a mente."

"Cosa? Mi stai dicendo che se usassi questa spada, sarei condannato ad una dannazione lunga la mia intera esistenza? Ma come…"

La Morte scrosciò in una fragorosa risata prima che il Principe potesse finire.

"Ahahaha! Voi umani siete molto divertenti. Finché vi si parla di potere facile e immenso, sorridete affascinati da un'incondizionata bramosia. Ma non appena vi si dovesse accennare alle sue naturali conseguenze, il vostro sorriso muta spesso in un'irresistibile smorfia di angoscia. Ho imparato a comprendere che un grande potere irresponsabile occupa la punta della piramide dei desideri degli uomini; per questo amo aggiungere quest'ultima parte al mio discorso: prima di andare, adoro farmi una bella risata. Stavo solo scherzando mio caro Principe. Usa pure la mia spada. Non ci sono conseguenze".

"Hai un senso dell'umorismo davvero orribile! Non si prendono in giro così le persone!"

"Hai ragione caro Principe. Non c'è bisogno che io vi prenda in giro. Siete già bravissimi, anche senza di me. Perdona il mio macabro senso dell'umorismo. Ma d'altronde chi altri, se non io, può concedersi un po' di umorismo nero ogni tanto?"

La Morte spiegò nuovamente le ali, e si alzò in volo sopra la testa del Principe. Presto scomparve nello stesso nulla dal quale era apparsa.

Duello

Il Principe la osservò, fin quando non vide più nulla. Poi rimirò l'arma che gli fiammeggiava poderosa fra le mani, e provò un'indescrivibile senso di potenza e di dolce sollievo insieme, come se gli spettri del timore avessero abbandonato per sempre il suo corpo. Non la ripose neanche nel fodero, ma rimontò in sella e si lanciò all'attacco, con la spada rivolta verso il cielo, e il suo fuoco blu dipinto indietro dal vento. Le chimere non tardarono a rilevare il nemico in avvicinamento, rizzando le orecchie e lo sguardo verso le alte colline da cui si udiva il suo urlo di battaglia. Si alzarono tutte, e corsero feroci verso quel punto bianco e blu che si avvicinava veloce. Il terreno tremava sotto gli artigli mostruosi, e la terra schizzava sotto gli zoccoli del cavallo del Principe. Due furie destinate a scontrarsi, come i venti che sbattono violenti e poi esplodono nell'uragano ricolmo di pioggia.

Per la prima volta dopo tanti anni il cielo delle valli perdute ridiveniva grigio e minacciava tempesta; i tuoni scoppiavano sulle teste dei contendenti e adesso la terra e il cielo vibravano all'unisono, quasi temendo per lo scontro di cui sarebbero presto stati resi inermi spettatori. E lo scontro accadde inevitabile e sanguinoso. La fiamma blu del Principe sferzava colpi precisi e letali, le bestie enormi ricadevano al suolo senza onore, senza poter reagire, ingoiando fuoco, nel vano tentativo di respirare un'ultima volta ancora. Morirono tutte, e la loro morte fu inutile, perché non fu lasciato nessuno a piangere la loro fine.

Dalla finestra più alta del castello la Principessa osservava. Osservava la primavera sfiorire e un principe arrivare. Era emozionata. Quel che vedeva era vero? Davvero un eroe era arrivato fino a quel punto, dove da anni nessuno aveva più tentato di arrivare? Vedeva il Principe a cavallo di un bianco destriero, avvolto in un lungo mantello azzurro, prima una macchia lontana, adesso procedere distintamente verso le mura. Avanzava ormai indisturbato, e tra pochi minuti sarebbe arrivato dinanzi la grande porta d'ingresso della torre. Ne aveva visti altri come lui da quella finestra negli anni passati. Ma quel giovane aveva qualcosa di diverso.

La ragazza imboccò il passaggio nel muro senza neanche usare una torcia per orientarsi, e si precipitò giù per le scale veloce come mai aveva fatto prima di allora. Il cuore sobbalzava su e giù per quei gradini, e i pensieri vorticavano nella sua mente. Qualcuno era infine arrivato fin lì per liberarla. La sua prigionia sarebbe potuta finire, ma il Dragone... beh, lui sarebbe dovuto morire. Era il suo unico amico. Ma era anche l'unico vero invalicabile cancello che la separava dalla vita che avrebbe meritato. Comunque fosse, avrebbe almeno dovuto avvertirlo dello scontro imminente, e non rimaneva molto tempo.

Sfrecciavano le scale sotto i piedi aggraziati della principessa, e correva la mano sulla ringhiera elegante al suo fianco, ma per quanto veloce andasse, ella non giungeva alla fine; la torre sembrava proprio volerle fare il suo ultimo dispetto, prima di lasciarla andar via per sempre. Eccoli, infine, gli ultimi due e gradini, li percorse entrambi con un sol passo mentre cominciò a chiamare ad alta voce il Drago nero. "Dragone!", urlò, e nell'impeto della velocità la giovane Principessa scivolò sull'angolo smussato dell'ultimo gradino, ricadendo pesantemente al suolo. Il Dragone la udì, e si girò di scatto. La ragazza ignorò il dolore.

"E' qui!", gridò col fiato che gli restava.

Passò soltanto un secondo tra quell'urlo e il rumore sordo delle enormi porte che si spalancarono con fragore, rivelando la figura del Principe ancora a cavallo e con la spada luminosa stretta saldamente nella mano destra.

"Tu! Bestia nera e brutale, il tuo regno di terrore è finito! Lascia andare la fanciulla, e io deciderò se concederti la mia pietà e risparmiarti la vita!"

Il Dragone ne aveva sentiti tanti come lui. Non lo prese neanche sul serio. Sbuffò un fiammella purpurea dal naso e atteggiò il muso feroce ad un sorriso divertito. Il Principe non ebbe il tempo di minacciarlo ancora. Il

Dragone si lanciò a gran velocità contro il giovane e il suo cavallo, colpendoli con l'intero corpo maestoso, sbalzandoli a diverse decine di metri fuori dalla torre: il Principe finì con la faccia schiacciata per terra, e il suo cavallo disteso non molto lontano da lui. Il Dragone balzò fuori, affondando gli enormi artigli nell'erba umida, sventolando la lunga coda appuntita e facendo un gran rumore di cingoli e catene. La Principessa, ripresasi dalla botta, gli corse dietro, per la prima volta, dopo innumerevoli anni, al di fuori della torre. Vide il Principe steso a terra, e per un momento pensò fosse già finita. Ma il Dragone voleva divertirsi un po'; non lo avrebbe mai colpito per ucciderlo subito. Aveva perso il conto del tempo trascorso dall'ultima volta che aveva potuto combattere, e questa era solo una buona occasione per riprendere l'abitudine. Il Principe rialzò la faccia sporca di terra e piccoli ciuffi d'erba, con gli occhi neri come la notte che nel frattempo era calata sul campo di battaglia.

"Drago! Io ti avevo dato una possibilità! Tu hai disonorato il mio cavallo e il mio volto. Adesso muori!". Il Principe squarciò l'aria con la spada infuocata e tremenda. Un tuono rispose illuminando d'azzurro la pioggia che cominciava a cadere pesante sul campo di battaglia.

Il Dragone aprì un'ala sui lunghissimi capelli della Principessa. Una cosa così bella non si sarebbe mai dovuta bagnare. Poi voltò il capo per guardarla in viso, e il Dragone sorrise. Non si sarebbe dovuta preoccupare. Era questione di un attimo. Lui sarebbe tornato. Le avrebbe sorriso ancora. Ritirò l'ala possente, e spinse la ragazza sotto la volta della grande porta.

"Stai attento", sussurrò la Principessa con un filo di voce. I suoi occhi erano dolci e languidi; non mentivano. Ma il suo cuore era stanco e tremava della paura di tornare a battere per chi mai arrivava, da una finestra perduta nel cielo. Per il suo cuore, non vi era nessuna facile verità.
"Ehi! Mostro! Smetti di terrorizzare quella povera ragazza e vieni ad affrontarmi! Ti nascondi forse dietro una fanciulla? Bene, allora vorrà dire che verrò io a prendere te!".

Il Dragone si voltò e vide il Principe correre verso di lui con la spada sguainata. La Principessa era impietrita. Non disse più nulla. Il Dragone annuì, e si lanciò verso il piccolo bersaglio in movimento. La natura si piegava impaurita all'ultimo grande scontro della nostra storia.

Il fulmine elettrico squarcia la notte,
come la pioggia sottile ricade e rintocca
sul metallo d'argento, bianco di luna,
sulla spada in fiamme, sua eterea fortuna.
Contro il nero di fuoco con l'arco puntato,
il dardo dorato si piega e poi scocca
ma si ferma a mezz'aria, è senza futuro,

il fuoco nemico ha l'altezza di un muro.

Il Dragone brutale si volta e lo frusta,
con la coda pesante e la spina robusta
di erba e rugiada solleva un gran manto,
non valesse la vita, varrebbe un incanto.
Il Principe schiva, e poi contrattacca,
con la lama fiammante come in punta di lancia
ma niente ferisce se nulla intuisce,
colpisce catene, pur mirando alla pancia.

Botta, girata, lo scatto e lo stocco,
però nello scontro, quel che conta è la svolta.
Il Dragone bagnato, infuocava la notte,
era nulla di quanto già visto alla Corte.
Incalzava il Principe con l'arma infernale,
ma meno prestante, neanche la Morte
competeva col drago e l'effimera sorte.
Tenta e fallisce, ancora una volta,

e il Principe Azzurro, per quanto sia amaro,
per quanto si impegni, non vale un denaro.

Così almeno pensava il Dragone.

Forse, date le circostanze, era anche ragionevole
pensarlo. Il giovane gli si poneva di fronte, con lo
sguardo ancora orgoglioso. Ma le ginocchia erano
piegate dal peso delle armi e degli scatti, mentre il fiato
rincorreva veloce il cuore che gli galoppava in petto. Il

diluvio imperversava costante. I tuoni illuminavano spesso il volto dei due sfidanti, e spesso rivelavano l'inquietudine negli occhi della loro unica spettatrice. Il Principe, forte e coraggioso, temprato nel corpo e nello spirito dai duri allenamenti della vita e delle Corte non aveva però alcuna intenzione di arrendersi. A questo punto, non per il Re, non per la Principessa, non certo per la fiducia concessagli dalla Morte, ma solo per se stesso, per l'orgoglio, per la gloria, per l'onore delle armi. Lo avrebbe ucciso, quel mostro. Avrebbe riscattato se stesso e la sua famiglia; sarebbe diventato il primo e unico sovrano del regno non ereditario, solo con la sua forza, soltanto con la sua infaticabile volontà.

Il Principe si volse all'attacco. Corse ancora una volta verso l'avversario, le gambe tremavamo, ma riuscivano ancora a schivare le colonne di fiamme lanciate dal Dragone. Si piega verso il basso il Principe, schiva una fiammata che gli brucia qualche capello, poi corre, sposta la spalla sinistra indietro per schivare ancora, infine una capriola di lato per evitare le fiamme lanciategli ai piedi. L'azione è acrobatica, stilisticamente perfetta. Solleva l'arma infernale, ormai non resta che colpire la bestia in un punto qualsiasi. Ci siamo. Il braccio che impugna la spada è ormai troppo vicino per fallire.

Il Dragone vede tutta la scena, come a rallentatore. Si volta, prima che la luce del tuono riesca a toccare terra, e con la coda colpisce violentemente il braccio del

Principe. La spada fiammante gli viene strappata di mano, risuonando come un bicchiere, e volteggiando nell'aria, ricade a diversi metri lontano dal suo possessore. Adesso il Principe è disarmato, e ferito. Tenendosi il braccio destro, il ragazzo ricade a sedere per terra, emettendo gemiti di dolore: non ci voleva un esperto di tattica e strategia militare per capire che il giovane era spacciato. Il Dragone aveva ragione. Il Principe azzurro non era all'altezza, e gli aveva creato fin troppi problemi; era venuto il momento di porre fine al combattimento.

Così alzò per aria la zampa pesante, con la terra e l'erba bagnata che ricadevano giù dagli affilatissimi artigli, mentre il Principe la guardava levarsi sopra la sua testa, come fosse un intero pianeta a muoversi nella volta celeste. Il rumore era assordante, fra il ruggito del Drago, e il rimbombare del cielo; il Principe ascoltava inerme i lugubri rintocchi della sua fine. L'ennesima scossa nel cielo, e nello stesso momento un unico impulso fatale che pervase i nervi del Drago e gli mosse fulminea la zampa letale contro il petto del Principe. Era davvero la fine.

"No!". Improvviso come il temporale, un urlo interruppe il fragore della notte. Una parola è la vita. La stessa parola è anche la morte.

L'artiglio di drago si fermò di scatto a pochi centimetri dall'armatura brillante. Il Dragone nero si voltò, come terrorizzato da qualcosa. Quello che vide nel freddo di quella notte, era probabilmente l'unica cosa che davvero non avrebbe mai voluto vedere; forse l'unica cosa di cui aveva realmente paura. La Principessa era sotto la pioggia, lontano dalla grande porta della torre, con le vesti bagnate, con le mani bianche come il ghiaccio. Era arrivata fin lì per seguire lo scontro, per assistere al consumarsi del suo destino, in silenzio, come aveva sempre fatto. Ma quell'urlo la Principessa non era proprio riuscita a soffocarlo. Quelle lacrime la Principessa non avrebbe potuto trattenerle ancora. E poi, in mezzo a tutta quella pioggia, chi sarebbe mai riuscito a vederle? Forse nessuno. Ma il Dragone sapeva distinguere il pianto dell'anima, dal pianto del cielo.

E adesso egli vedeva. Oltre i capelli dorati, viaggiando sul canto sottile, oltre la sua primavera, dietro gli occhi bagnati e malinconici, vi era una ragazza che non aveva scelto niente di tutto questo. Non era la guardiana dei tempi felici, non era la compagna della sua missione; lei non era affatto in missione. Era solo… era solo una prigioniera. E adesso capiva che lui non avrebbe mai potuto donargli più sorrisi che lacrime. Il suo canto era un dono, forse una maledizione. Ma qualunque cosa fosse, adesso, a cosa sarebbe servito? Le creature che abitavano la valle erano state tutte sterminate da quel giovane in battaglia. E lui, in fondo, non aveva mai avuto bisogno dei colori dei fiori, prima che quella ragazza cominciasse a cantare. Non era più il guardiano di niente. Il Dragone non aveva fallito la sua missione; il Dragone non aveva più alcuna missione. E per la prima volta, quella sensazione, gli commosse gli occhi e la bocca, facendolo tremare un po', sotto la pioggia, mentre la battaglia non era ancora finita.

Questi pensieri lo trattennero immoto ancora per diversi secondi. Il Principe non capiva cosa stesse succedendo, né rimase a terra sospirando a chiederselo. Il Dragone era impietrito e distratto, era la sua occasione. Raccogliendo tutte le energie in un ultima grande azione, il giovane guerriero si sfilò veloce da sotto l'artiglio della bestia, tendando di rimettersi in piedi il prima possibile. Cominciò a correre lontano dal Drago, un po' zoppicando, inevitabilmente tenendosi il braccio che continuava a sanguinare. Poi la vide. La spada non era lontana. Gli ultimi sforzi, gli ultimi passi, e la raggiunse a terra fra la polvere. Ma adesso? Non aveva più energie per correre indietro e tentare un altro attacco corpo a corpo, considerato anche quanto si erano rivelati utili fino a quel momento. Il Dragone era del tutto distratto, doveva pensare e agire in fretta. Le fiamme della spada brillante si illuminano d'improvviso un po' più del solito, e negli occhi del Principe appare una scena, come proiettata su uno schermo.

Il ricordo che si ripropone è quello di quando aveva tentato di uccidere la Morte in vari modi. Uno di questi era stato lanciandogli la sua spada in petto. La spada non era neanche arrivata di punta al corpo della Creatura, e gli era passata attraverso. Non vi erano altre possibilità. Doveva ripetere il tentativo in quella situazione, sperando di ottenere maggiore fortuna. Il braccio destro era fuori uso. Alla Corte del Re il giovane era stato addestrato a maneggiare le armi anche con l'arto sinistro in caso di emergenza: quello sembrava decisamente essere uno di quei casi.

Con gli occhi che puntavano lo stomaco dell'enorme Dragone, il Principe respira, mentre l'acqua gli appesantisce la vista. Alza piano il braccio, impugnando la spada fatale, fino a portarlo poco oltre l'orecchio sinistro. Il corpo suggerisce al cervello che in quelle condizioni, un lancio sarebbe a dir poco velleitario; poco più che cercare di prendere un uccello in volo tirandogli un sasso. Ma non vi erano altre possibilità. Il Principe prese la mira ancora per qualche secondo, portò il braccio e la spalla sinistra all'indietro caricando il colpo il più possibile. Poi lo scatto del braccio, il lancio e l'urlo disperato dello sforzo proiettarono la spada in avanti ad una velocità tale da confondersi coi fulmini blu che lineavano il cielo. Il Dragone sentì quell'urlo, ma non ebbe neanche il tempo di girarsi.

La primavera delle anime fragili

La spada lo trafigge. In un attimo il dolore è lancinante, il ruggito straziante e la gioia del Principe incontenibile. Il Dragone si divincola, si dimena e muove le ali, ma le fiamme dell'inferno lo stanno già corrodendo dall'interno. Non prende fuoco come le altre chimere. Il suo corpo si accascia piano sul terreno. Prima il fianco, poi il lungo collo, infine adagia la testa sull'erba. Sente il fresco del verde consolargli le guance, ma sente anche le fiamme che gli stanno succhiando via la vita poco a poco. La Principessa urla ancora, questa volta per lui. Gli corre incontro con i vestiti lunghi e zuppi che la fanno inciampare e cadere. Cadeva spesso la Principessa, ma adesso quel piccolo dolore non contava più nulla. Si rialza dall'erba, e raggiunge la grande testa del Dragone appoggiata di fianco, con la mascella semi aperta e gli occhi pieni di dolore. Piange disperata la Principessa, stringendo il suo volto bianco e innocente a quello dell'amico. Le lacrime scendono a linee sottili dalle guance, e poi continuano, toccando la pelle ruvida del Dragone. Qualcuna arriva fin dentro la grande bocca. E' dolce. La cosa più dolce che la creatura avesse mai assaggiato.

"Dovevi lasciarmi andare! Stupido! Non dovevi morire così!". La ragazza urla e piange. Il Dragone la sente. Poi sorride.

Sente i lunghissimi capelli della principessa sulla sua pelle. Erano caldi e lo facevano stare bene. Con un grande sforzo il Dragone alzò l'ala che dava sul cielo in tempesta e la portò ancora una volta sulla testa della Principessa. Una cosa tanto bella non avrebbe mai dovuto bagnarsi così. E mentre la ragazza piangeva gli occhi del Drago si spegnevano, e il pianto, che rompeva il rumore dei lampi nel cielo, si trasformava piano in canto nella sua mente stanca. Sentiva la melodia dolce degli anni passati, della primavera triste e perduta; e la Principessa cantava nei suoi occhi, languida e gentile, dicendogli di non preoccuparsi, che lei sarebbe stata felice, e che i fiori sarebbero tornati a sbocciare ancora nella sua valle. Il Dragone adesso era davvero stanco, e la sua grande ala cominciava a cadere giù, insieme coi suoi occhi. Non sentiva più niente, né la pioggia, né il vento, né il dolore. Solo il canto. Un gentile canto lontano.

L'ala ricade leggera sulla Principessa. L'abbraccia e la protegge, per l'ultima volta. La spada, morte del Drago, svanisce nel nulla consumata dall'anima della vittima che aveva a sua volta consumato. Il Principe tira un grosso sospiro di sollievo, e ricade a sedere sull'erba sotto una pioggia che comincia ad assottigliarsi. La Principessa smette di piangere, abbraccia per l'ultima volta il suo amico, poi si dirige dal suo salvatore. I due si parlano per la prima volta.

"E così tu saresti la causa di tutti i miei guai, eh?".

"Si. Sono io la Principessa della torre più alta".

"Beh! Dopo tutta questa fatica. Credevo fossi almeno un po' più carina!"

"Cosa scusa?"

"Ahahah! No. Scherzavo. Sei passabile. Adesso mi aiuteresti per favore con questo braccio, credo di stare perdendo troppo sangue".

La Principessa si chinò ad aiutare il suo giovane eroe legandogli stretto intorno alla ferita un pezzo del suo vestito.

"Ho visto che eri parecchio legata al bestione. Beh, se preferivi lui a me potevi farmelo sapere un po' prima. Tipo, prima che io partissi e affrontassi eserciti di bestie e chimere solo per portarti in salvo!"

"Hai ragione. Lui era solo... un amico. Il mio unico amico. Ma adesso ci sei tu! Ti ringrazio per avermi salvata! Questo era il mio più grande sogno! Ti ringrazio di averlo realizzato per me".

"A beh, di niente, per così poco! Lo rifarei. D'altronde ho ancora l'altro braccio, no?".

Il Principe si beava della sua gloria. La Principessa forse aveva già dimenticato le lacrime di qualche momento prima. I due salgono adesso sul forte cavallo bianco del Principe azzurro, e abbandonano per sempre quelle valli infernali.

Di lì a poco il Principe divenne Re. La Principessa, Regina. Il sogno di entrambi venne coronato, letteralmente, con un diadema di pietre preziose e un grande trono da cui regnare. Il precedente sovrano poté finalmente perdere l'ultima partita con la sua compagna di giochi preferita, e il nuovo non tardò a seguire le orme del vecchio. Dopo pochi mesi partì anch'egli per il fronte. Le battaglie contro i regni vicini erano state per troppo tempo trascurate, e adesso ci voleva qualcuno che ne risollevasse le sorti.

Il nuovo Re era giovane, persino più forte e capace del precedente. Vinceva una battaglia dopo l'altra, riportando il regno agli antichi splendori di una volta, quando i possedimenti erano grandiosi, e il popolo moriva di fame. Il Principe aveva il suo lieto fine. Riscattati anni di indigenza e soprusi, eletto dal destino, aveva adesso tutto il diritto di vestirsi di un'immagine splendida e eroica, l'uomo che con le sue sole forze, levatosi dalla polvere in cui era nato, era riuscito a sedere sul trono più alto del mondo, giusto accanto agli dei. Dispotico e indifferente alle necessità dello stesso popolo a cui appartenne, il sovrano non ebbe altri obiettivi, se non quello di respirare a fondo la sua gloria.

Intanto la Principessa guardava fuori dalla finestra della sua stanza regale, nella torre più alta del castello. Guardava le stagioni passare, e il suo cavaliere, nonostante tutto, mai tornare. Di tanto in tanto cantava, e la sua voce si perdeva ancora per i corridoi freddi e vuoti del castello. Ma non vi era più neanche una bestia feroce ad ascoltarla; né un'armatura vuota. Adesso era una regina, e una preziosa corona d'oro le si stagliava elegante sul capo infiorato. Questo sarebbe dovuto bastarle. Questo era il suo sogno dopotutto. Il suo lieto fine.

Nelle terre più remote del regno era tornato a regnare il silenzio. Niente viveva più. La primavera era partita sul cavallo bianco in compagnia della Principessa, e quasi tutte le bestie erano state uccise o erano morte di dolore. Desolazione e silenzio. Silenzio e vuoto. Solo il vento infrangeva lo spettro del nulla, col suo fischio lugubre, sollevando polvere bianca che illuminava la notte dove passava. Da quando il Dragone era morto, non vi era più una nuvola in cielo. Eppure ogni notte pioveva. Pioveva a dirotto. Ma se avessi alzato la testa verso l'alto avresti visto soltanto un cielo sereno e pieno di stelle; nessuno avrebbe capito da dove l'acqua scendeva. Questo perché quella che brillava dal cielo non era acqua, e non era neve. Ogni notte, nella valle infernale, le anime degli astri rendevano omaggio alla sorella che nessuno avrebbe mai compianto: l'anima del Drago, spezzata e in fiamme, si illuminava ogni nuova sera che nasceva. Il cielo commosso e la terra distrutta, la sua eredità gli tendeva la mano. E in quella desolazione, fra la luna e il pianto, sull'orizzonte lontano, si scorgeva qualcosa di altro. Lì giù, vicino alla torre più alta, fra le lunghe ombre nere, illuminato dalla luce splendida di quella notte stellata, cresceva un piccolo fiore, coi petali blu come le fiamme più calde, con lo stelo fragile come lo spirito notturno.

Probabilmente la primavera non sarebbe mai davvero tornata in quelle valli. Ma il viandante perduto che non fosse più riuscito a trovare la via di casa, avrebbe potuto sedersi per un attimo a riposare, e forse, ammirare in silenzio quel che restava di quella notte. E il silenzio lo avrebbe preso e svuotato, vuoto d'angoscia e di dolore, sollevato sulla brezza leggera, con le membra stanche e la mente altrove. Avrebbe pianto il viandante, con gli occhi pieni di lacrime, come il cielo; non avrebbe saputo neanche il perché. La bellezza commuove, e la solitudine riempie l'animo per poi disperarlo. Avrebbe forse voluto avere qualcuno accanto il viandante, perduto nel nulla, immerso nel tutto. Ma chi? Non sa neanche questo. Forse qualcuno con cui incrociare lo sguardo; forse qualcuno su cui poggiare la testa in un momento di debolezza, quando le lacrime scendono senza neanche prima guardarsi intorno. Forse avrebbe solo voluto un bacio. Il viandante che si fosse fermato in quella notte sarebbe stato travolto dai sensi, e trascinato nel buio dei poeti. Ma questa è solo un'ipotesi. Nulla di tutto ciò è accaduto realmente. Questo, è solo un po' di romanticismo.

No, il sole e i fiori non avrebbero più fatto ritorno in quelle terre. E probabilmente nessun viandante si sarebbe mai davvero fermato e commosso di fronte al pianto a dirotto del cielo notturno. Perché quello che ti ho descritto non è un lieto fine. Quella che hai ascoltato, non è neanche una fine. Forse è l'inizio di un'altra storia. Forse è solo la suggestione di un folle. Ma non è la fine. Tutto ciò che abbiamo immaginato e narrato, si perde negli occhi di chi sogna, di chi vede cose che non esistono e per questo continua a camminare da solo lungo i sentieri del mondo. Tutto quello che hai visto non è altro che un'illusione nuova, una nuova primavera. La primavera delle anime fragili".

Morale

L'uomo inquietante smise di parlare. Non si sentiva più un suono percorrere l'aria gelata del veicolo. Solo un po' di pioggia che picchiettava sui finestrini, e il motore lontano che ci spingeva in avanti. Quanto tempo era passato. Non avrei saputo dirlo. Un'eternità. Forse dieci minuti. L'uomo stava lì, ancora un po' bagnato. Sul suo volto non vi era disegnata nessuna delle emozioni che aveva appena finito di raccontare; nei suoi occhi, non c'era più nulla. La storia era finita, e lui con lei. Io lo osservavo mentre non guardava. Aspettavo che il suo sguardo tornasse indietro, ma sembrava essersi ipnotizzato da solo. Non sapevo che fare, tanto per cambiare. Si era addormentato con gli occhi aperti? Potevo approfittare per fuggire? Probabilmente no. Ma non ritenevo dover essere proprio io a riportarlo nel mondo dei coscienti. Avrei aspettato ancora qualche secondo, poi avrei provato ad alzarmi e piano passargli accanto, per poi uscire da quel veicolo infernale alla prima opportunità.

L'uomo non si mosse. Bene. Era la mia occasione. Piano piano misi un po' di forza nelle gambe, in modo da alzarmi il più lentamente possibile. Raggiunsi la posizione eretta. Mi ero alzato e il mio compagno di viaggio non sembrava essersi neanche avveduto della circostanza. Forse era entrato in coma. Decisi così di proseguire, lentamente, la mia azione evasiva. Portai la gamba destra davanti a lui, poi piano anche la sinistra; ormai gli dò le spalle a pochi centimetri dal suo viso. Se non si è accorto di niente neanche adesso è fatta; manca un ultimo passo e sono praticamente fuori. Ma le speranze vane tendono spesso ad alimentarsi dell'assoluta improbabilità delle loro premesse. In altre parole, quando cominciai a sentire un oggetto freddo e appuntito appoggiarsi lentamente al centro della mia schiena, mi resi conto che l'ipotesi su cui era basato il mio ingegnoso piano di fuga, non doveva essere poi così tanto plausibile. L'uomo non era entrato in coma, e adesso minacciava di infilzarmi con un'arma non meglio identificata. Probabilmente quel lungo coltello che avevo temuto fin dall'inizio.

"Non mi sembra questa sia la tua fermata, ragazzo. Credo dovresti tornare a sedere. E' pericoloso stare in piedi mentre si viaggia".
"Sì. Lei ha assolutamente ragione. Ma come fa a sapere che questa non è la mia…"
"Torna a posto ragazzo! Qui non abbiamo ancora finito."

Ed io tornai a sedere, fallendo miseramente. Forse non sarei mai più sceso da quell'autobus. Mi sedetti e mi voltai verso di lui. Non erano passati che pochi secondi, ma nelle mani del mio carnefice non vi era già più nulla. Doveva avere già nascosto il coltello per non farsi notare dall'autista.

"Molto bene mio caro. La storia è finita. Non perderò del tempo a chiederti se ti è piaciuta; ritengo di poter facilmente immaginare la tua risposta. Piuttosto, sarei curioso di sapere quale pensi possa essere la sua morale. Credi che questa storia possegga una morale?".

C'era una risposta giusta a quella domanda? Se avessi dato una risposta erronea mi avrebbe ucciso lì, in quell'istante? Non potevo saperlo. Ma cominciai decisamente a pensare di sì.

"Beh, non saprei! Insomma, io credo di sì!". L'uomo mi guardò impassibile. Poi esplose.
"Bravo! Bravo! Congratulazioni! Hai detto bene, quello che ti ho raccontato ha una morale! E per fortuna! Credevi avessi perso tutto questo tempo con te per poi non insegnarti nulla? Forse non sarò del tutto sano di mente, ma non sono certo un idiota mio caro!"
"No, certo! Io non volevo dire questo!"
"Ragazzo! Sono molte le cose che non vuoi dire. Peccato che a me è come se le dicessi tutte. Quando parli io so già cosa dirai. So quello che stai pensando. Per me sei un libro aperto".
"Ah sì? E allora perché mi scocci chiedendomi la morale della storia? Mi pare di capire che sai già cosa risponderò".
"Sì che lo so. Non ti sentire offeso! Non so cosa risponderesti tu. So quel che risponderebbe chiunque".
"Ah beh certo! Perché tu sei Dio!"
"No. Io sono l'autore!"

"Va bene. Bravo! Ma non credo proprio che questo basti a darti la presunzione di sapere quello che penso io!"

"Infatti. Hai ragione! Hai fornito la tua stessa domanda di una convincente risposta. Io voglio sapere cosa pensi della mia storia perché non posso esserne sicuro".

Forse questa volta mi ero cacciato nei guai da solo. Avrei potuto dargli ragione. Avrei potuto chiedere direttamente a lui di spiegare la morale della sua storia, dato che presumeva di sapere cosa avrei risposto. In questo modo avrei evitato di dare una risposta; in questo modo avrei probabilmente evitato di sbagliare. Ma quel che fatto, è fatto. Adesso dovevo inventarmi qualcosa.

"Bene! Dunque, mi sembra abbastanza evidente che i protagonisti della storia in questione siano personaggi classici della favolistica per bambini. Re, principi, draghi, principesse. La storia stessa per altro, nel suo complesso, ha seguito abbastanza fedelmente l'andamento di quella che tutti noi conosciamo. Il Re spedisce la Principessa nella torre più alta delle terre più remote del suo regno. Poi una schiera di cavalieri tenta di salvarla, ma nessuno vi riesce. Questo fin quando il principe azzurro non interviene col suo bellissimo cavallo bianco, sconfiggendo con perizia il drago che tiene prigioniera la principessa. La storia finisce lì. Quello che è davvero diverso è la costruzione dei personaggi.

Il Re e il Principe sono in realtà uomini assetati di potere ed eroismo, disposti a sacrificare un intero regno, pur di apparire forti e coraggiosi di fronte a se stessi. La Principessa, mantiene più o meno le caratteristiche della favola originale, rivestendo il ruolo della vittima del Drago; questo almeno all'inizio. Perché poi la prospettiva d'un tratto muta completamente, e i due, nella difficoltà, si trovano a condividere una stretta amicizia. Il Drago diviene sempre più un personaggio positivo all'interno del racconto, trasformandosi infine nell'unico vero eroe della storia: forte, coraggioso, ma anche sensibile e altruista. Tutte doti che sarebbero dovute appartenere al giovane Principe azzurro. Insomma, la storia mostra una morale ribaltata: a volte i cattivi sono migliori dei buoni, e niente è come sembra. La Principessa si lascia ingannare dalle apparenze e dalle velleità del suo sogno. Così sceglie la persona sbagliata, quella che si presenta meglio, nelle vesti del principe magnanimo e senza paura. Ma questa volta la realtà è diversa, e il suo errore, le costerà il suo lieto fine".

Ero stato convincente? L'uomo mi guardava. Non diceva niente. Non capivo se perché colpito dal fatto che gli avessi detto effettivamente qualcosa che non si aspettava, o perché semplicemente aspettava di ridermi in faccia. Poi d'un tratto:

"Ahahahah!". Ecco appunto.

"Cosa c'è questa volta? Cosa avrei detto di tanto divertente? Ho sbagliato?". L'uomo smise a stento di sganasciarsi.

"Hai sbagliato? No, no ragazzo. Ridevo perché credevo di sapere cosa avresti risposto. Credevo avresti sbagliato a parlare. E invece! Invece no, hai detto bene! Forse il mio non è stato tempo sprecato dopotutto. Hai compreso la morale! Sono molto contento. Bravo ragazzo!"

"Grazie! Grazie mille!", non posso spiegare quanto quelle parole mi risollevassero. L'uomo sembrava starsi rabbonendo. Di questo passo probabilmente avrebbe abbandonato anche i suoi intenti omicidi.

"E dimmi ragazzo! Sono curioso. Credi che anche la storia dell'Oste possa essere interpretata in questo modo?"

"La storia dell'Oste? Ma lei non mi ha raccontato niente del genere!"

"No, infatti. Chiaramente. E non credo ce ne sarebbe stato bisogno. L'hai vissuta appena qualche ora fa. Già dimenticato?". L'autobus diventava sempre più freddo.

"Vissuta? Dimenticato? Stai parlando di me?"

"Coraggio ragazzo! Basta fare l'idiota! Sei stato in quella locanda. Lo ricordi perfettamente!"

"Ma tu come diavolo fai a saperlo? Io, cioè, noi… eravamo da soli in quel locale. Non c'era nessun altro, ne sono sicuro!". Mi voltai verso di lui. Lui sorrise.

"Non hai detto che la morale della storia è che niente è come sembra? Diciamo che io ero lì, d'accordo? Magari seduto alle tue spalle, in un tavolo che non hai notato. O se ti sembra improbabile, magari ero nascosto dentro l'armadio e…".

"Impossibile! Ho guardato anche nell'armadio e sono sicurissimo che non c'era proprio…"

"Ragazzo! Il punto è che io ero lì. Io vi ascoltavo. Vi sentivo respirare in quella stanza. So che cosa vi siete detti, per punto e per segno, dall'inizio alla fine. Adesso, dimmi. Se la tua fosse una storia, come quella che ti ho raccontato io, la morale sarebbe la stessa?".

L'autobus cominciava a tremare. E io con lui.

"Se la mia fosse una storia? Che domanda strana. Beh, ripensandoci direi di sì. Direi che la morale è molto simile. In realtà continuo a non capire come faccia lei a essere a conoscenza di quell'episodio, ma, dando per assodato che sappia già tutto come dice, le spiegherò anche il perché.

Quell'uomo era una contraddizione ambulante. Si proponeva come personaggio pienamente positivo, come uomo colto e zelante, gentile e preoccupato della sostanza delle cose, tanto da scagliarsi contro un mondo in cui ai giovani non viene insegnato altro se non ad apparire qualcosa di buono. Parlava poi di un bellissimo rapporto con la moglie, e di un'attività commerciale che viaggiava a gonfie vele. Ma tutto ciò che rimaneva delle sue parole non era altro che quattro tavoli completamente vuoti, una cucina scadente sostenuta da nomi e prezzi altisonanti, una moglie senza volto rinchiusa dietro una porta, e un attaccamento viscerale ai suoi profitti. Per non parlare del futuro che prospettava per il figlio, suo successore in quell'attività truffaldina, costruita mattone su mattone sull'esteriorità e l'inganno.

L'Oste era un abile analizzatore dei peccati del mondo, niente da dire su questo. Ma era poi del tutto incapace di applicare i suoi giusti principi alla vita che lui stesso conduceva, come se questa non dovesse essere inclusa nelle sue parole. In fin dei conti era tutt'altro che un personaggio positivo. Come il Principe della storia, anche L'Oste è soltanto un grosso inganno. Un pagliaccio travestito da eroe. E la moglie è un po' come la Principessa, la vittima che, per amore o per disperazione, si è affidata alle sue parole".

"Molto bene ragazzo! Bravo! Ci siamo quasi. Arrivati a questo punto dire che ci manca solo un eroe. Chi sarebbe l'eroe nella tua storia?"

"Non saprei. In questa storia non ci sono poi molti personaggi. Andando per logica. Dovrei essere io?"

"Ma certo che si! Chi altri? Tu sei l'attore coerente, privo di peccati, il personaggio pienamente positivo del racconto. E' chiaro! Ma a questo punto rimane un altro personaggio. Sai dirmi chi è?"

"Direi che delle persone strane che ho incontrato oggi manchi solo tu!"

"Esatto. Dici bene. E dimmi, quale personaggio sarei io nella storia che ti ho raccontato. Considera che il Principe e la Principessa sono stati già assegnati all'Oste e a sua moglie, mentre il Dragone a te, in quanto eroe del racconto. Sai dirmi chi rimane?"

"Chi rimane. In mente mi viene subito il Re. Ma non vedo cosa c'entri con lei. Quindi… un momento! Tu saresti… la Morte?".

L'uomo si divertì tantissimo. Esplose in una risata alquanto malvagia, come a voler sottolineare che quel ruolo gli sarebbe calzato a pennello.

"Sì. Esatto. Seguendo questo ragionamento. Io sarei la Morte. Forse è per questo che è dall'inizio che dico di doverti uccidere. Non trovi? Tutto torna!".

"Beh, si tutto tornerebbe. Ma questa non è certo un racconto, e tu non sei certo la Morte! Sei solo un uomo molto strano!".

"Un uomo strano certo. Credi dovrei vestire di nero e andare in giro con una lunga e ingombrante falce da mietitore per rendermi più riconoscibile? Non credi che questa forma sia molto più discreta e adeguata per interagire con le persone? Ma forse non c'è modo più convincente per dimostrarti la veridicità delle mie parole che ucciderti". L'uomo alzò il braccio destro. "Sai che chi dovesse toccare la Morte proverebbe un tale orrore nell'animo, che il suo sangue gli si congelerebbe nelle vene? Chi toccasse, o venisse toccato dalla Morte, vedrebbe coi suoi occhi i suoi segreti, in un secondo, millenni di tortura, di sofferenza, di buio senza uscita. I suoi occhi si sgranerebbero, perdendo la vita, poco a poco; nessun umano sarebbe in grado di convivere coi segreti della Morte. Se ti toccassi con questo dito, anche tu moriresti. In un modo atroce". Il suoi occhi. Erano diabolici.

"Lei. Lei è completamente pazzo!". Cominciai a ridere nervosamente.

"Certo, lo so. E lo sai anche tu vero? Quindi non avrai alcun problema a testare la veridicità delle mie parole. D'altronde, sbaglio o è stato seguendo il tuo ragionamento che siamo arrivati a svelare il mistero? Sei stato proprio tu ad arrivarci. Tu hai scoperto il mio segreto. Io sono la Morte! E non posso certo lasciare che tu vada a spifferarlo in giro, tantomeno posso permettere che un essere umano sopravviva dopo avermi visto in volto. Mi dispiace, lo sapevamo entrambi fin dall'inizio che sarebbe andata a finire così. La verità ha un prezzo. E io ti devo uccidere ragazzo".

L'uomo cominciò a portare il suo braccio verso di me, con la mano tesa e l'indice dritto verso il mio petto.

"No! Fermo! Non ti consento di toccarmi!". Cominciai ad appiattire la mia schiena contro il finestrino. Il vetro era freddo e umido. Una sensazione che sentivo strisciare sulla schiena, e nel profondo delle viscere.
"Non preoccuparti. Durerà appena un secondo!".

Ero in trappola. Ero spacciato. Strinsi gli occhi, serrai la bocca. Non volevo crederci, eppure sarei davvero dovuto morire così, schiacciato contro il finestrino di un autobus in una strana notte di pioggia.

Il dito. Il dito mi ha toccato. E' fermo sul mio petto in questo momento. E c'è silenzio. Non sento dolore. Non sento niente di più di quanto non sentissi prima. Anzi, comincio a sentire decisamente freddo alla schiena. Riaprì gli occhi. L'uomo mi osservava, era piegato verso di me, col dito appoggiato leggermente sul mio petto. Mi guardò negli occhi. Poi lo ritirò e tornò a sedere nella medesima posizione di prima.

"Tu ragazzo. Vedi. Sei davvero un allocco". Cominciò a ridere di nuovo. Poi si alzò fin sopra la testa un cappuccio nero che tirò fuori da sotto l'impermeabile. "Uh! Attento a te umano! Io sono la Morte! Ma non sono poi così cattiva. Vesto sempre di nero perché le tuniche rosa sono tutte in lavanderia. Ti dirò anche che la spaventosa falce che mi hanno dato in dotazione in realtà è una truffa, perché non taglia niente! Niente proprio, neanche un filo d'erba! Mi spieghi come dovrei fare io a tagliare un collo? Credi io possa lavorare così? Poi ci hai mai provato ad uccidere qualcuno con una falce? Non è pratico per niente! Dico io, con tutte le armi che hanno prodotto al giorno d'oggi, non potrei usare, che ne so io, un lanciarazzi, ad esempio? Ma anche senza essere così pretenziosi, un M16 col lanciagranate credo sarebbe un arma più adeguata per venire incontro le esigenze della morte moderna, anche per rendere la mia figura più fruibile alle nuove generazioni, sai? A proposito. Dammi un consiglio.

Stavo giusto pensando di aprirmi un profilo Facebook, sai dove mettere tutte le foto di me al mare con le vittime. Pensavo di chiamarmi "La Morte", anche se magari così la gente si scoraggia. Ma pensa agli indubbi benefici di una mia svolta social! Potrei rendere noto a tutti dove sono e chi sto uccidendo in ogni momento. Fare sapere a tutti cosa sto pensando! Solo cose belle però, eviterei le lunghe riflessioni esistenziali. La gente comincerebbe a vedermi come una loro amica! Perché su Facebook sono tutti amici. Ti immagini il successo? "A La Morte piace questo elemento"! Ci farebbero pure delle magliette! Ah, ah! Aspetta! Un'altra idea! Ascolta questa! Una App.! Una App. della Morte per smartphone! Ventiquattro ore al giorno di notizie e aggiornamenti sulla Morte. L'App. ti avvisa anche quando sono nei paraggi! Che ne dici?".

Io. Io non sapevo se fare a lui quello che lui non aveva fatto a me, ossia ucciderlo, o colpirlo violentemente sul muso. L'impulso fu più veloce del mio pensiero. Lo presi con forza dal bavero della giacca.

"Tu devi farti curare! Hai capito razza di maniaco? Io adesso me ne vado! Non ho intenzione di tollerare un'altra delle tue buffonate!".
"Ragazzo. Calmati. Io forse non sono la Morte. Ma ti ucciderò lo stesso se tu ti muovi ancora da quel sedile. Finché io non avrò finito, tu non andrai da nessuna parte. Provaci, e se non riesco a farti fuori subito,

diventerò quel buon motivo per cui non potrai mai più camminare senza voltarti a guardarti le spalle ogni minuto. Ricorda ragazzo. Io non ho niente da perdere".

Gli tolsi le mani dal collo. Tornai composto al mio posto con i nervi ancora a fior di pelle. Quell'uomo si stava solo prendendo gioco di me, e io non potevo reagire in alcun modo.

"Ad ogni modo, ti chiedo scusa ragazzo. Mi sono lasciato un po' prendere la mano. Ma devi anche ammettere che l'errore è stato tuo. Hai detto tu che in questa storia io sarei stato la Morte. Ma la verità è che hai sbagliato, perché hai sbagliato tutto fin dall'inizio".
"Perché? Che intendi?"
"La tua interpretazione della mia storia. Non era corretta. Come non lo era il parallelismo che hai intavolato fra il mio racconto e la tua storia. Tutto questo ti ha inevitabilmente portato a conclusioni errate".
"Ma come! Finora non avevi fatto altro che complimentarti con me, e adesso mi dici che ho sbagliato tutto?"
"Sì. Ho detto solo quello che avresti voluto sentirti dire. Volevo solo vedere dove ci avrebbero condotti i tuoi ragionamenti. E direi che ho fatto bene; è stato molto divertente diventare la Morte per qualche minuto. Ma adesso basta così. Ti racconterò la morale della mia storia. Poi ti dirò anche quella della tua storia. Quello

che succederà poi, non piacerà né a me, né a te. Ma direi che non possiamo evitarlo".

"Un'altra minaccia? Insomma, mi lascerai tornare a casa prima o poi?"

"Sì. Se è quello che intendi. Ma adesso ascolta quello che ho da dirti. Cominciamo".

Un'altra prospettiva

"La storia è una favola. E i suoi personaggi non sono altro che quelli di una favola. L'unica differenza è che sono più sfaccettati di quelli a cui siamo stati abituati sin da bambini. Sono degli stereotipi solo a metà. I loro volti sono neri e sono bianchi. E come negli scacchi sarebbe soltanto una notazione infantile accusare i neri di essere l'esercito del male, e insignire i bianchi del titolo di forze del bene, allo stesso modo, superficiale e sbagliato sarebbe parlare di questa storia in termini di buoni e cattivi. Il problema è questo. Non solo sin dalla più tenera età ci hanno insegnato a categorizzare il bene e il male, il giusto e l'erroneo, in base a rigidi criteri arbitrari, ma anche da adulti gli uomini vengono addestrati a combattersi in quest'ordine. Al mondo esistono solo due categorie di persone: le persone buone e le persone cattive. E queste non fanno altro che scontrarsi tra loro, per stabilire chi di loro meriti la supremazia.

Coraggio allora! Che sia dia inizio alla competizione! Il bene contro il male. I gentili, contro i malvagi. Dividetevi in due squadre, tutti i buoni da un lato e tutti i cattivi… oh, ma guarda. Che strano. La squadra dei malvagi è completamente vuota. Beh. Che fortuna allora! Squadra dei buoni, complimenti, avete vinto a tavolino! Viviamo in un idillio e non ce ne eravamo avveduti. O questo, oppure… siamo costretti a pensare che il giudizio morale delle persone su se stesse dimostri qualche falla. Non vorremmo mai. Eppure siamo costretti. Ubriaco di bene e di male, sin dall'infanzia, l'essere umano cresce con le sue storie, i suoi racconti, la sua cultura. Poi nell'età adulta quella struttura di pensiero è già radicata fino al più insignificante gesto quotidiano. Ma adesso deve scegliere. Faccio parte dei buoni, o sono un malvagio? E nella squadra nera continua a soffiare solo il vento. E' evidente. E' evidente che in tutto questo ci sia qualcosa di sbagliato. Ma parliamo della nostra storia.

Allora ragazzo. Di, nuovo. Caccia all'eroe. Più in generale al personaggio pienamente positivo della storia. Proviamoli tutti. Il Re? Forte e coraggioso combatte per le sue terre. Ma affama il suo popolo e trascura i suoi affetti. Direi di no. Il Principe? Dovrebbe essere l'eroe indiscusso. E' un ragazzo di umili origini, ha conosciuto il dolore e la sofferenza; combatte per il bene della povera gente perché un giorno possa riscattare le loro rivendicazioni. Affatto. Le sue origini lo caricano soltanto di desiderio di rivalsa e odio verso tutti coloro che non hanno sofferto come lui. Aspira a prevalere su tutti gli altri, a diventare qualcuno, il più potente di tutti. Questa è la sua rivalsa. Questa è solo la sua atroce vendetta. Allora forse la Principessa? E' una ragazza dolce e incantevole, e il suo canto fa sbocciare i fiori. E' chiaramente la vittima di tutta questa storia, il suo personaggio non può ragionevolmente aver commesso nulla di male.

Ma lei è in trappola, come nel corpo anche nella mente. La felicità nei suoi occhi ha la forma di una corona, di un trono e un matrimonio regale col suo principe azzurro. Non avrebbe potuto immaginare niente di diverso. Infine, si dimostra un personaggio sensibile, ma superficiale. E' felice, tra le mura del suo nuovo castello, ma non saprebbe dire cosa sia cambiato esattamente dalla sua situazione precedente. Ancora in trappola, ancora sola. Ma finalmente regina.

Ecco. Non c'è dubbio. E' lui l'eroe del racconto. E' il Dragone! Gentile nell'animo e feroce nel corpo. E' il guardiano della bellezza, e sacrifica se stesso per proteggere ciò che ama. Sì. Sacrifica se stesso. Ogni eroe ha il diritto di sacrificare se stesso. Ma l'eroe non sacrificherebbe mai anche un'altra persona, apertamente contro la sua volontà. Il Dragone comprende la frustrazione della sua amata principessa. E' troppo sensibile per ignorarlo. Potrebbe donargli la libertà in qualsiasi momento, sa che per lei sarebbe il bene più prezioso. Ma in questo modo il suo personaggio a cosa sarebbe servito? Di cosa sarebbe stato il guardiano? Di una torre vuota? No. Il suo compito era quello di difendere la ragazza e la primavera della valle. Infine, ha difeso la felicità di tutti, ignorando quella più importante.

Dimentico qualcuno? Ah! Come dimenticare! Ti dirò, persino la Morte, nella sua prospettiva ultraterrena e onnisciente ha commesso un grossolano errore di giudizio. Ha creduto che il principe sarebbe stato un uomo meritevole. E lo ha creduto cedendo a un banale pregiudizio: le persone umili, a differenza di nobili e riccastri, posseggono un animo puro e incorrotto. Ma la povertà corrompe quegli stessi animi non meno di quanto non farebbe la ricchezza. E la Morte si sbaglia. Ella emette spesso giudizi grossolani. I benemeriti muoiono giovani, i criminali e i cialtroni riescono a condurre una vita piena e ricca di soddisfazioni. A volte è esattamente il contrario. La Morte non è coerente, e non lo è perché la natura non possiede i nostri artificiosi criteri di giustizia. L'universo non fa nulla per promuovere la vita, niente per ostacolarla. La giustizia in natura non esiste, e la Morte lo sa bene. L'uomo a questo non può rassegnarsi, per questo continuerà ad attribuire alla Morte una volontà, un suo criterio di giustizia. E per questo continuerà a dannarsi l'esistenza, perché mai riuscirà a comprendere le sue scelte. Come in questo racconto, anche nella vita, le scelte della Morte sono grossolane, banali, tagliate con una grossa falce mal affilata. Noi, in quanto esseri umani, non possiamo fare altro che prenderne atto, e tuttalpiù, fargliene un torto.

Bene. Come hai visto la nostra ricerca non ha dato alcun frutto. Non esiste alcun eroe senza macchia in questa storia. E come non esistono i buoni e i cattivi, non esiste neanche il Bene. Come non esiste il Male. In questa storia, come nella vita, il bene di uno implica il male di un altro. Il Re segue le sue naturali inclinazioni, si diverte a combattere, anche perché non sarebbe proprio in grado di fare dell'altro.

Il suo comportamento irresponsabile causa il dolore della famiglia, la fame del suo popolo. Il Principe ricerca il suo riscatto quando si spinge alla ricerca delle principessa, e la ricerca del suo bene causerà il dolore di decine di creature innocenti, la morte del grande Drago nero, infine, di nuovo, la fame e la sofferenza per i suoi futuri sudditi.

La libertà della Principessa costerà il ritorno alle tenebre di un'intera vallata, nonché la morte di tutti i suoi abitanti. Il Bene per il Drago non era che il suo sacrificio, e il suo sacrificio a sua volta sacrificava la felicità dell'incolpevole Principessa. Non vi è possibilità di compiere un azione, per quanto valorosa sia, che poi non infranga gli interessi di qualcun altro. E in questa storia, come nella vita, non ci sono i buoni, non esistono persone cattive, non esiste il male; il bene è poco più che fervida immaginazione.

In questa storia, come nella vita, ogni attore che vi compare è intrappolato nel suo personaggio. Non sceglie davvero niente di quello che fa. Il Re era costretto a rinchiudere sua figlia in quella torre; quale sarebbe stata altrimenti la grande sfida della storia? Il Principe deve uccidere il drago e liberare la principessa; che razza di principe sarebbe stato altrimenti? La Principessa deve essere felice di diventare una regina, a fianco del suo salvatore; quale sarebbe davvero il suo torto? Il Drago deve difendere la principessa e lottare contro il suo nemico capitale in uno scontro all'ultimo sangue. Saremmo rimasti tutti un po' delusi se i due avessero negoziato una soluzione amichevole alla contesa. Che ne dici?

Nessuno ha veramente torto. Nessuno ha un briciolo di ragione. E nessuno può averla. Ognuno contribuisce alla storia, ogni personaggio è fondamentale, chi più dalla parte della vita, chi si dimena sotto le ombre della morte. La ragione è di chi possiede la verità, e la verità è sotto gli occhi di tutti. La verità è la grande ironia: tutti la possiedono, e nessuno può attingervi. E' semplicemente troppo complessa. Ci sono delle parti che si vedono, altre che semplicemente si nascondo dietro delle porte. Ti ricorda qualcosa? Adesso parliamo di te ragazzo.

Parliamo di quel che ti è successo oggi. Hai incontrato persone molto strane. Prima l'Oste. L'Oste era chiaramente uno squilibrato. Non era un maniaco omicida, ma come hai potuto notare, non aveva le idee molto chiare. Era un personaggio del tutto incoerente, e tu non hai certo perso tempo ad analizzarlo, categorizzarlo, e giudicarlo esattamente per quello che ti si proponeva di essere: un personaggio fastidioso, stupido, da evitare. Il tuo primo antagonista oserei dire. Si, perché invece tu sei senz'altro il protagonista. L'attore assennato che giudica, colui che dotato di lucide facoltà intellettive apprezza ciò che è bene, addita ciò che è male. Un personaggio come te è essenziale. Indica al lettore la giusta prospettiva da seguire, suggerisce l'interpretazione dei fatti, mostra il sentiero. Questo è il tuo ruolo nella storia. Questo è il tuo ruolo nella tua storia; questo è il ruolo che tutti hanno nella propria vita. Autoreferenziali protagonisti di se stessi, siamo tutti protagonisti, tutti personaggi positivi. E questo, come ti dicevo prima, crea non poco danno alla povera squadra dei cattivi, rimasta forse in due, contro uno sconfinato esercito di benintenzionati. Ciò è impossibile. La gente si inganna. I personaggi vengono ingannati dalle loro stesse storie, ma non se ne rendono conto, come te in questo momento. Ricordi? Una parte di verità la puoi vedere. L'altra si nasconde dietro delle porte chiuse. E tu ragazzo, ti sei chiesto chi c'era davvero dietro quella porta chiusa. Chi c'era dietro la porta della cucina di quella locanda?".

"Chi c'era? Come chi c'era? C'era la moglie dell'Oste!".

"E tu, l'hai vista?"

Beh, no ma…"

"Allora l'hai sentita!"

"Si. Ma a dire il vero non bene. Ho sentito una voce, ma in effetti non sembrava quella di una donna. Era roca, un po' metallica. Aspetta!"

"Cosa?"

"No! Non ci credo. Non mi vorrai dire che tu…"

"Io cosa?"

"Eri tu! Tu sei la moglie del…"

"No!"

"Come no! Questo spiegherebbe molte cose invece! Spiegherebbe come hai fatto ad ascoltare tutta la nostra conversazione! Spiegherebbe anche come mai non ti ho visto da nessuna parte in quel locale! Spiegherebbe anche la voce metallica! Dai, non essere timido! Non mi scandalizzo mica se hai una relazione segreta con…".

"Bene. Tu mi staresti dicendo che il colpo di scena finale di questa storia, sarebbe che io, l'inquietante psicopatico dell'autobus, sarei poi la moglie dell'Oste".

"Beh, capisco che tu voglia mantenere segreta la cosa, ma non credo ci sia nulla di cui vergognarsi! La nostra è una società aperta e le coppie di fatto…"

"Tu. Da solo, formi una coppia di idioti. No ragazzo, non è quella la verità inattingibile a cui alludevo. Ammetto sarebbe stato un bel colpo di scena però. Mi spiace deluderti".

"Mmmh. Non mi convince del tutto."

"Adesso basta ragazzo! Non ti sei chiesto neanche per un attimo se le parole dell'Oste fossero veritiere? Non ti ha sfiorato il dubbio che in quella cucina, potesse non esserci proprio nessuno?"

"Nessuno, ma io ho sentito…"

"Cosa? La voce di una donna? La mia voce? Una voce metallica? Non sai neanche tu cosa hai sentito. E se io ti dicessi che l'Oste non ha una moglie, né un figlio?"

"Che?"

"Se io ti dicessi che sono entrambi morti circa tre anni fa in un terribile incidente d'auto di cui l'Oste è stato l'unico sopravvissuto, come cambierebbe la tua interpretazione dei fatti? Chi ci sarebbe adesso dietro quella porta?". Ma lui. Lui come faceva a saperlo?

"Il figlio. Frequenta l'ultimo anno di liceo da esattamente tre anni. Non è mai uscito da quella scuola. Adesso capisci il perché?"

"Ma tu! Tu come fai a sapere tutte queste cose? Lo conoscevi bene allora!"

"Non molto più di quanto non conosca te. E dunque? Se l'Oste fosse solo un uomo beffato dal destino, unico sopravvissuto di una tragedia che ha spazzato via la sua vita e i suoi affetti? Se il suo personaggio avesse soltanto cercato di tirare avanti, trascinandosi appresso quel che restava del suo animo strappato a brandelli, aggrappato stretto a quella stessa locanda che aveva visto trascorrere al suo interno i suoi anni migliori, e che adesso, non avrebbe mai potuto abbandonare? Cosa? Se?

L'Oste non torna a casa. Non ha più una casa. Resta a dormire nella sua taverna, perché è tutto quel che gli rimane. C'è silenzio di notte. L'aria è fredda, e si vede la luna dalla finestra su in alto. L'orologio sulla parete fa rumore; è statico, sordo. Lo angoscia. Guarda la porta bianca. La guarda e poi stringe gli occhi. La chiude a chiave, ogni notte. La porta della cucina. D'improvviso un rumore gli spinge il cuore contro il petto. E poi di nuovo. Qualcuno bussa. Bussa da dietro quella porta. Sospira e poi bussa. Lo chiama, gli chiede di aiutarlo a uscire. Lui non apre. Dietro la porta c'è la verità. Dietro la porta c'è l'incubo.

Quell'uomo ha continuato a condurre quell'attività da solo. Cucinava e serviva ai tavoli. Nessuno parlava mai di quello che gli era successo. Poi i clienti si accorsero che la qualità del locale cominciava a calare; i piatti non erano all'altezza, i prezzi troppo elevati. Si accorsero che cominciava a dare evidenti segni di squilibrio. Si comportava come se i suoi cari fossero ancora vivi, come se la sua fosse ancora un'attività a conduzione familiare. Spaventava i clienti, e questi ultimi, poco a poco, lo abbandonarono; ma erano tutti molto educati, e lo fecero gentilmente. Uscivano dalla porta sorridendogli. "Alla prossima caro! Ci rivediamo presto!". Dio solo sa dove sono adesso quelle persone. Potrebbero anche aver cambiato Paese per quel che ne poteva sapere lui. Non gli rimaneva più niente. Non guadagnava un soldo; dovette anche vendere la casa dove abitava. Da un anno a questa parte vive nella sua locanda, di giorno, e poi di notte. Questa è la sua vera storia. Questa è la situazione in cui versava quando l'hai conosciuto, quando anche tu, come gli altri, lo hai giudicato e distrutto. Un personaggio negativo. Un cialtrone e uno stupido. Nessuno sa cosa ha passato quell'uomo. A coloro che lo sanno non interessa più nulla. Perché il dolore è contagioso. Il dolore è una malattia, e va evitato, come la febbre alta. Gli affebbrati, dormono sempre in un'altra stanza.

Adesso dimmi caro il mio protagonista? Se l'Oste è la vittima, chi è il cattivo della tua storia?".

"Dici davvero? Quell'uomo… non avrei mai potuto immaginarlo. Va bene. Lo riconosco, ho sbagliato. Se le cose stanno davvero così, allora – il rammarico mi bloccò per qualche secondo. Allora sono io. Sono io il cattivo della storia!"

Il Re muto e il Re loquace

L'aria era pesante. Solida e fredda come una sfera di metallo.

"Ragazzo, tu non sei il cattivo della storia. Tu sei l'allocco della storia! Allora non hai imparato niente! Non hai ascoltato una parola di quello che ti ho detto finora. Oppure hai già dimenticato? Tu non sei il buono. Ma non per questo sei il malvagio. Al mondo esiste il bianco, ed esiste il nero, è vero. Ma non per questo esiste il Bene e il Male. I colori non costituiscono giudizi morali. Ricordi la nostra scacchiera? Credevi di essere un luminoso cavallo bianco. Invece scopri di essere un alfiere nero. E allora? Questo ti rende forse un essere abietto? I pezzi neri hanno la medesima dignità dei pezzi bianchi, le stesse possibilità di vincere. O meglio, a dir il vero forse sono un po' svantaggiati: il giudizio umano, che li ha creati, ha decretato che essi partano una mossa dopo. E questo è l'intervento del giudizio morale nella vita degli uomini.

La natura ha creato i colori, e non ne esiste ragionevolmente uno migliore dell'altro. Ha creato la vita, e ha attribuito a essa le stesse proprietà dei colori: ogni vita, per la natura, vale esattamente come una qualsiasi altra. Poi ha creato la morte, ma non l'ha relegata in castigo in un angolo buio; la resa protagonista del mondo, allo stesso modo della vita. La vita e la morte in natura posseggono pari valore, al di là di ogni ragionevole dubbio. Infine, la natura ha creato l'uomo. Ed è lì che ha cominciato a venire pesantemente giudicata. Con l'uomo è nato il giudizio morale. La morale, la parte più nobile dell'essere umano, ciò che lo distingue dalle bestie. Sì. Ma pur sempre una farsa. E' stato inventato il Bene, ed è stato creato il Male. Poi il Paradiso, e l'Inferno. Chi compirà delle buone azioni sarà eletto. Chi delle malvagie, brucerà in eterno. Ma se i due mastodontici concetti venissero entrambi sbranati dalle bestie del raziocinio, fino a ridurli all'osso, cosa resterebbe esattamente di loro?

E' Bene tutto quel che favorisce la vita e il piacere dei sensi; Male è tutto quello che può portare a morte e sofferenze. Per l'essere umano il Bene e il Male non si riducono che a questo. Ma questa non è morale. Questa è autoconservazione. Gli animali e gli altri esseri viventi l'hanno inscritta nel loro codice genetico; l'uomo in più l'ha trascritta anche nei suoi testi sacri, per poi traslarla nei suoi codici legislativi. L'ha spacciata per qualcosa d'altro, per qualcosa di divino, di disinteressato, di superiore. La morale dell'uomo è la sua autoconservazione. Tutti i comportamenti che favoriscono il suo prolificare sono Bene. Il resto è Male. Gli individui che dovessero attentare a quest'ordine vengono messi in galera, coloro che lo assecondano e lo aiutano a progredire vengono riportati nei libri di storia. Ma è chiaro che nell'autoperpetuarsi della specie umana, nel suo svilupparsi e proliferare, non c'è nulla di giusto, né di sbagliato, né di morale. L'universo non è stato disegnato per considerare la vita migliore della morte, né viceversa. Nell'ordine delle cose l'assassino che recide esistenze ha lo stesso valore intrinseco della madre che genera vita. L'una non vale più dell'altro. Non vale di meno.

"Ma tutto questo è assurdo, razza di killer sociopatico! Argomenti del genere non servono ad altro che a fornire piena legittimazione agli assassini come te! Non ti accorgi che seguendo un simile ragionamento saremmo portati a giustificare tutti i più grandi criminali della storia? Non solo! Forse dovremmo anche insignirli di un qualche riconoscimento speciale per la dedizione al loro lavoro! Che ne dici? Un bel trofeo con scritto sotto "Assassino benemerito. Per essere stato un uccisore savio e responsabile. La comunità lo ringrazia".

"Calma Ragazzo. Sei acuto come un angolo piatto. E dimmi, allora secondo te a cosa servirebbero le scacchiere?"

"A giocare a scacchi?"

"Sì. Anche a tirarle in testa alla gente stupida. Si, possono servire a tante cose, ma servono soprattutto a dare una soluzione al relativismo dell'esistenza, evitando magari di risultare eccessivamente ipocriti. Come ti dicevo, sulla scacchiera esistono due eserciti, di due colori, uno bianco e uno nero. Nessuno è migliore dell'altro: non c'è un esercito buono e uno stronzo per intenderci. I pezzi si ritrovano tutti nelle loro posizioni, pronti a combattere uno contro l'altro. Credi che qualcuno di loro sappia il perché? No, nessuno di loro ne è a conoscenza. I pedoni si agitano fra di loro, sussurrano qualcosa, borbottano.

'Ehi! Ehi tu!'

'Sì! Cosa vuoi?'

'Tu sai che cosa sta succedendo qui? Chi sono tutti quei tizi armati laggiù?'

'Come chi sono? Sono gli avversari! Quello è l'esercito nemico! Tra poco ci dovremo combattere contro! Come fai a non saperlo?'

'Un esercito? Nemico? Vorresti dirmi che siamo in guerra?!'

'Certo che lo siamo! Lo siamo sempre! Ma dove diamine hai vissuto finora?'

'Ma io sono nuovo qui! E si può sapere per cosa combattiamo? Chi ha fatto torto a chi?'

'Ah, questo io non lo so! Siamo solo pedoni noi, non ci facciamo mica queste domande. Se sei tanto curioso puoi provare a chiedere ai piani alti. Li trovi qui dietro, nelle retrovie'.

'Ehi mi scusi!'

'Pedone! Cosa diavolo ci fai qui? Torna immediatamente al tuo posto! Non vedi che la battaglia sta per iniziare?'

'Ma signore, io sono nuovo! Mi potrebbe almeno spiegare contro chi combattiamo e perché? Chi ha ragione?'

'Chi ha ragione? Ah! Questa è bella. Combattiamo contro i bianchi, sei cieco? Sono loro ad avere torto!'

'Si ma chi sono i bianchi? E perché hanno torto?'

'Senti soldato, io sono solo un alfiere! Non so altro. Eseguo solo le direttive che vengono dai gradi superiori. Solo il Re e la Regina sanno davvero cosa stiamo facendo qui. Sono loro a comandare. Chiedi udienza. Loro sapranno dirti meglio di me'.

'Eminentissimo Re nero, la prego, le chiedo gentilmente udienza perché vorrei che mi si dicesse di più sulla guerra che stiamo combattendo. Cosa ci hanno fatto i bianchi? Le hanno arrecato un torto? Perché sono tanto malvagi?'

'Pedone, come ti permetti? Torna immediatamente in schiera! Queste non sono informazioni che di certo possono essere fornite a un novellino come te! Solo io sono a conoscenza dei motivi! Nessun altro lo deve essere, tanto meno uno come te. Adesso a posto! Stiamo per lanciare l'attacco!'

'Ehi! Ppss! Pedone, vieni qui. Non farti vedere!'

'Mia eminentissima Regina, la prego mi dica, sono ai suoi ordini! Di cosa ha bisogno?'

'Oh, io di nulla mio caro. Ma ho visto che tu riservi molti dubbi sulla guerra che combattiamo. Sai, nessuno qui fa domande sull'argomento; il Re è molto suscettibile al riguardo. Solo lui sa i veri motivi. Ma tu sembri un giovane coraggioso e intelligente. Vuoi che ti sveli il segreto?'

'Oh, mia Regina, gliene sarei infinitamente grato!'

'Ebbene, la verità è che nessuno sa perché siamo qui. Nessuno sa perché combattiamo i bianchi, nemmeno il Re. Sappiamo soltanto che sono loro i cattivi, e che tutto quel che dobbiamo fare è sterminarli. Per questo il Re non vuole che se ne parli. Neanche lui purtroppo ha una risposta alla tua domanda'.

'Ma, ma come? Combattiamo e moriamo per fronteggiare un esercito che non ci ha arrecato alcun torto?'

'Il loro torto è trovarsi dall'altro lato della scacchiera mio caro. Sono stati messi lì. Noi qui. Loro sono i cattivi. Noi i buoni. E' tutto quel che devi sapere. Adesso vai. Rendi orgoglioso il tuo esercito. Combatti con onore!'

Onore? Quale onore c'è nel combattere e uccidere un tuo compagno, soltanto perché ti si staglia di fronte con un colore diverso dal tuo? Quale morale in tutto questo? Il pedone nero non capiva. Combatté. Morì. Sacrificato per uccidere un cavallo nemico. E fu una fortuna; non avrebbe mai potuto sopportare di vivere così. Era per questo che il Re non parlava. Sapeva che tutti avrebbero vissuto meglio sapendo che gli avversari, per un qualche motivo, erano degli esseri malvagi, che era giusto combatterli; che era l'unica cosa da fare. Solo lui poteva sopportare quel fardello. Caduto il Re, la partita finisce. Per tutti.

Noi viviamo su una scacchiera col Re muto ragazzo. O se, preferisci, in un racconto con l'autore nascosto. Ci viene attribuito un personaggio, non si sa da chi, non si sa perché. A un certo momento della nostra vita ce lo ritroviamo cucito addosso, e basta. Di solito non chiediamo altro. Siamo un personaggio bianco, a volte siamo un personaggio nero. Nessuno è così coerente, o noioso, da restare di un solo colore per tutta la storia. L'importante è che ci venga assegnato un ruolo, un obiettivo, spesso una fazione. Quella è la nostra funzione all'interno del racconto, e non potrebbe essere un'altra. Ci ritroviamo in trappola, dentro un costume di scena, che sono i nostri vestiti, che è la nostra pelle. Non cadere nell'inganno. La nostra maschera è davvero la nostra essenza: non è qualcosa che teniamo addosso. E' qualcosa che teniamo dentro. L'apparenza è l'essere, e l'essere, per essere davvero, deve apparire. I personaggi, come gli scacchi, non sono mai né buoni né cattivi. Eseguono gli ordini della mano che li muove, seguono le righe scritte sul loro copione. In queste circostanze, chi di loro può davvero stare seguendo il Bene. Chi il Male? I protagonisti e gli antagonisti vengono elaborati opposti e complementari, soltanto per combattersi tra di loro, per attirare le simpatie chi di una fazione, chi dell'altra. Ancora una volta, nessun torto, nessuna ragione, nessuna morale.

Ma tu hai ragione. Gli uomini non sono dei. Sono personaggi. Gettati sulla terra, come sulla carta, essi devono vivere, organizzarsi, fare tutto il necessario per portare avanti la loro storia. Cosa accadrebbe alla loro esistenza se gli si rivelasse di non essere buoni? Di non essere cattivi. La notizia colpirebbe l'ordine e le menti come una freccia d'argento infrange il corpo di una mela sul capo dell'illuso. Il mondo crollerebbe. Se le leggi venissero adeguate ai nuovi principi, chiuderebbero i tribunali, gli assassini riceverebbero la stessa legittimazione dei benemeriti, la giustizia umana verrebbe sostituita dalla legge di natura. Non sarebbe più una società. Sarebbe una grande scacchiera dominata da un re che chiacchiera troppo. Gli uomini non sono dei, non saprebbero gestire una simile verità. L'uomo non concepisce il nulla. Non sopporta l'assenza di un fine. Per questo ha creato il Bene; per lo stesso motivo ha cominciato a temere il Male. Due prodotti dell'industria farmaceutica. I due più potenti rimedi contro il terrore del buio, contro gli attacchi di panico, la follia incontrollata. L'essere umano compirà il bene, e per questo sarà premiato; questo costituirà lo scopo della sua vita. Compirà il male e sarà punito. Poche certezze, ma essenziali. E così il re tace coi suoi sottoposti, l'autore non rivela ai suoi personaggi la verità. A meno di non volere davvero, il loro male. Dobbiamo tacere mio caro ragazzo. Non possiamo sostenere pubblicamente una tesi del genere. Date le premesse. Considerate le conseguenze. Non possiamo.

Esistono due scacchiere e due racconti. In una il re tace sulla vera natura della sua guerra. Non rivela ai sudditi di stare combattendo una guerra infinita contro degli avversari soltanto perché si trovano dalla parte opposta della barricata. Nello stesso racconto, l'autore si nasconde in silenzio. Ha paura di rivelare ai suoi personaggi di non essere né i buoni, né i cattivi, di essere solo attori che concorrono a pari merito allo sviluppo della sua trama. Questo è il mondo adesso. Questo è il mondo da sempre, come lo conosciamo. Noi siamo i bianchi. Gli altri sono i neri. Bisogna eliminarli, è bisogna farlo perché loro sono in errore. Sono in errore perché sono degli empi e degli amorali, e lo sono perché favoriscono la sofferenza più che il benessere, la morte, più che la vita. L'obiettivo inconfessato di un simile mondo è eliminare la sofferenza. Bandire la morte. Curioso. Perché se mai ci riuscissero, la stessa morale su cui si regge questa convinzione, sarebbe l'ultima cosa a morire, prima che la morte scompaia per sempre.

Sulla seconda scacchiera il re parla troppo. Non riesce a tenere quell'enorme peso tutto su di sé e rivela ai suoi pezzi di stare combattendo in uno spazio vuoto. Nessuno sa cosa si nasconda al di fuori di quel pavimento a quadri, nessun sa perché i cavalli si debbano necessariamente muovere ad elle, né perché solo la regina sia libera di andare dove le pare. Nessuno sa chi li ha realmente messi lì. Soprattutto, rivela che i pezzi neri non sono i cattivi, e non esiste un vero motivo di morire combattendoli ogni giorno. Nel secondo racconto allo stesso modo l'autore preferisce essere onesto coi suoi personaggi. Gli rivela di essere stati creati da lui. Che loro non hanno alcun merito in quello che fanno. Alcun demerito. Agiscono in quel modo perché sono stati scritti in quel modo. Non sono eroi. Non sono nemmeno malvagi. Questo è l'inferno sulla terra. La totale assenza di valori, il relativismo di ogni certezza spingerebbe ogni uomo o donna sul pianeta in uno stato di vorticosa paranoia. Un delirio senza uscita. La fine dell'ordine costruito sull'inganno dei sensi.

E allora bisognerebbe chiedere all'umanità se preferirebbe essere sottoposta al primo, o al secondo re. Se preferirebbe essere un personaggio del primo o del secondo racconto. Scegliete la bugia, l'ottusità, la società e la vita, o preferite piuttosto un qualcosa che si avvicini di più alla verità, ma a cui non sopravvivreste? Che domanda ingenua. Chiunque sceglierebbe quello che l'umanità ha già scelto da millenni. Ma un momento ragazzo; c'è un'altra prospettiva. Esiste un'altra possibilità, perché, per definizione, le scelte binarie sono rigide e insoddisfacenti. Sarei quantomeno incoerente se, dopo aver sostenuto che non esistano il bianco e il nero, io adesso proponessi una scelta fondata su due estremi. I pezzi della scacchiera dovrebbero sapere. Non è giusto vengano trattati come degli allocchi, anche se questo potrebbe farli soffrire. I personaggi del racconto non sono marionette. Spesso le loro idee non sono quelle dell'autore. Spesso le loro azioni vengono fuori da sole dalla narrazione, come se fossero loro stessi a suggerirle.

I personaggi hanno la capacità di stupire il loro autore, come i sogni hanno il potere di sorprendere chi dorme e si riserva la presunzione di controllare i suoi pensieri. Essi meritano di sapere. E devono sapere che il Bene e il Male, benché non esistano nella loro accezione divina e universale, rappresentano condizioni obiettive, se vengono interpretati come detto prima. Il Bene è vita, il Male è morte. Il mondo può accettare consapevolmente questo inganno. E' necessario che la vita e la sopravvivenza vengano considerati un bene assoluto, anche se in effetti non lo sono. Si creeranno allora di nuovo due eserciti, di due colori, e i colori rappresentano le loro inclinazioni verso la perpetrazione dell'esistenza. I bianchi saranno coloro che si sforzano di preservarla, i neri coloro che manifestamente vi attentano. Poi i bianchi diverranno neri, e i neri i bianchi, non è possibile prevedere come e perché; discernere chi sta compiendo il bene, chi il male, in ogni determinato momento risulterà pur sempre un compito degno di un dio. Ma questo non è il punto. Il punto qui è che conservando le due categorie l'ordine verrà preservato. Ognuno però deve essere consapevole che questa è una finzione; che è solo una recita a cui non possiamo sottrarci. Non è la vita vera. Ognuno deve saperlo, perché non divenga arrogante, perché rispetti il suo avversario in ogni momento, sapendo che, in fondo, nonostante sia obbligato a combatterlo, egli non ha una ragione minore della sua. I due sorridono, alla stessa maniera. L'uno alla vita. L'altro alla morte.

Il nostro eroe combatterebbe i malvagi pur sapendo di non avere alcuna ragione in più di loro. Gli basterebbe sapere che quello è il suo ruolo, è il suo personaggio. Non l'ha scelto. Fa parte, per così dire, delle forze del bene, e tutto quello che deve fare è combattere il suo avversario; così scenderà in battaglia, giorno dopo giorno contro di lui. Si sfideranno, si colpiranno reciprocamente. Il sangue scorrerà. Ma i due non si odieranno; non si odieranno mai. L'eroe sa che il malvagio non è in errore. Il malvagio comprende che l'eroe sta solo seguendo il suo copione. Sono due personaggi, due protagonisti dello stesso racconto. Entrambi sono importanti; senza di loro la storia non esisterebbe nemmeno. In questo modo i malvagi non sarebbero legittimati. Il Bene e il Male continuerebbero ad esistere per tutti. A rassicurarci. Ma se tutti sapessero, se nessuno credesse di essere nel giusto, forse, l'umanità ne guadagnerebbe qualcosa. Forse un po' di tolleranza. Forse un po' di rispetto. Forse solo un inchino, prima di iniziare a combattere".

Ragazzo

Tacque. L'uomo non aveva quasi più fiato. Aveva parlato con trasporto. Sembrava credere davvero alle sue parole. Sembrava averle vissute in qualche modo.

"Ragazzo. Mi dispiace averti rubato tutto questo tempo. Spero tu abbia ascoltato attentamente. Spero tu abbia capito. Adesso però, come promesso, dobbiamo porre fine a questa storia".

Disse così e portò la mano alla tasca sinistra dell'impermeabile. Voleva prendere qualcosa. Ma cosa? Doveva essere il coltello, era l'unico oggetto che gli avevo visto addosso. Porre fine alla storia come promesso. Voleva uccidermi il bastardo!"

"Fermo razza di killer maniaco psicopatico! Non lo fare! Avevi detto che mi avresti lasciato tornare a casa se ti avessi ascoltato. Non estrarre quell'arma o giuro che questa volta...".

Non portai a termine la frase. Probabilmente non sapevo neanche che azione minacciare. Lui si fermò, con la mano ferma nella tasca. Mi guardava con compassione. Sorrise. Estrasse qualcosa.

"Un'arma? Dici questa?". Era una penna. Era una penna nera con l'apice argentato.

"Non prendermi in giro adesso! Tu avevi un coltello! Me lo hai anche puntato contro la schiena prima, quando ho cercato di alzarmi!"

"Ragazzo. Io ti ho puntato contro un oggetto appuntito. Non un coltello. Credi che questa sia abbastanza appuntita?"

"E… Era solo una penna? Mi vorresti dire che non sei armato?"

"No. Non ho detto questo. Aspetta. Ho anche…".

Dalla stessa tasca tirò fuori anche un quaderno nero di medie dimensioni. A differenza dell'aspetto in generale logoro e trasandato dell'uomo seduto alla mia destra, quei due oggetti apparivano al contrario decisamente curati; brillavano quasi fossero nuovi.

"…questo qui!"

"E cosa sarebbe? Quella sarebbe un'arma?"

"Non lo so. Credevo me lo avresti detto tu. Dato che per te una penna è un coltello, un quaderno potrebbe anche essere una pistola."

"Io credo tu ti sia preso gioco di me già abbastanza. Sono praticamente arrivato. La mia fermata è la prossima".

"Ah sì? Di già? Permetti che io controlli un secondo".

Aprì il quadernetto sfilandogli il piccolo elastico nero che lo teneva ben serrato. Lo sfogliò rapidamente, fino ad arrivare in prossimità delle ultime pagine. Spinse gli occhiali su per il naso con un dito. Con lo stesso dito poi individuò una serie di righe scritte in nero, con una scrittura sgangherata, difficile da comprendere.

"Sì. Hai ragione. A questo punto dovresti essere quasi arrivato".
"Ma quello cosa sarebbe? Si appunta forse gli orari di arrivo di tutti gli autobus?"
"No". Richiuse il quaderno.
"E allora. Si è appuntato le fermate di questa linea?".

L'uomo si tolse gli occhiali. Li richiuse. Li mise in tasca.

"No ragazzo. Questa è la tua storia."
"La mia che?"
"Hai sentito. E' la tua storia. L'ho scritta io. Io non sono un killer. Sono il tuo autore".

Non mi trattenni. Scoppiai a ridere.

"Tu! Ahahah! Tu sei uno spasso amico! Lui non è un killer. Lui è l'autore! Sei proprio consumato amico!"
"Consumato?"
"Sì, scusa. E' un termine locale. Diciamo… diciamo che non ci stai proprio con la testa… Ahahah!".

Non riuscivo proprio a smettere di ridere. Era una risata liberatoria. Non aveva un coltello, non era un assassino! Era solo un povero esaltato! Tutta quella tensione, tutta l'angoscia provocata dal sentirmi in costante pericolo di vita per tutto il viaggio era svanita in un secondo, come un fardello di fumo.

"Ragazzo".
"Sì, dimmi mio autore".
"Come ti chiami?"
"Il mio nome? Bella questa! Il mio autore che non sa neanche come mi chiamo! Perché dovrei dirtelo? Non ti conosco nemmeno!"
"Io mi chiamo Frank. Frank Tauro".
"Frank? Tauro? Sei un italo-americano? Non sei di queste parti!"
"No. Io non appartengo a questo posto. In effetti, io non dovrei nemmeno essere qui".

Mi guardò in silenzio per qualche secondo.

"Adesso mi conosci. Qual è il tuo nome?"
"E va bene. Piacere Frank io sono Ragaz… ehm. No. Scusa. Mi hai chiamato in quel modo tante di quelle volte che mi è rimasto in testa. Piacere, io sono… io sono…".

Chi? Era impossibile. Non mi ricordavo. Non mi ricordavo più come mi chiamavo! Risi nervosamente.
"Scusa Frank. Devo essere molto stanco. Ho un tremendo vuoto di memoria. La giornata è stata talmente stancante che adesso non mi ricordo neanche come mi chiamo. Letteralmente".

"No ragazzo, non devi scusarti. Fai con calma. Cerca di ricordare; cerca di ricordare quello che non hai mai vissuto. Dev'essere un'attività ben curiosa da svolgere, non trovi?".

Io ricordavo invece. Dovevo ricordare! Strinsi gli occhi. Portai una mano alla fronte. Non riemergeva niente. Diavolo! Che razza di stregoneria era quella? La mia memoria non rispondeva più.

"La tua memoria funziona benissimo. Non puoi ricordare! Non ricordi il tuo nome perché... io non te ne ho mai dato uno, ragazzo. In effetti, se vogliamo, il nome del tuo personaggio non è altri che "Ragazzo".
"Ma per favore! Sono su quest'autobus da un tempo interminabile, e soffro particolarmente i mezzi! Ho un terribile mal di testa! Deve essere un'amnesia temporanea".
"D'accordo ragazzo. Come vuoi. Vada per l'amnesia. Vuoi che scriva questo nel tuo racconto? Ti renderebbe più felice?"
"Adesso basta vecchio pazzo! Lasciami scendere. Non mi sento per niente bene!".
"Non ti preoccupare. Stai benissimo invece. Quella che senti strisciarti in gola si chiama paura del vuoto. Quella che ti strazia il cervello, è la certezza che muore stentando. Questo rumore mostruoso è la consapevolezza che ti ride alle spalle".

Un dolore fortissimo alle orecchie. Un fischio assordante. L'autobus tremava.

"Non è ancora finita ragazzo. Guarda qui!". Aprì nuovamente il suo quaderno. Le parole. Le parole tremavano. "Leggi!".

No. Non è possibile! Ma quello.

"Questo è il mio dialogo con l'oste! Per filo e per segno. Ogni battuta, sembra corrispondere!". Come diavolo aveva fatto?
"Tu eri lì. Eri lì per davvero pazzo maniaco! E se non eri lì in ogni caso mi stavi osservando! Ma certo! C'erano delle telecamere in quel locale! Le ho viste! Ce n'era una proprio sopra la porta d'ingresso! E dei microfoni. E' chiaro! Ce n'era uno piazzato proprio sotto il mio tavolo, e non negli altri. Ecco perché l'oste è stato tanto premuroso a farmi sedere proprio lì! Tu! Tu ti sei messo d'accordo con quella mente criminale del gestore della locanda per farmi impazzire, non è vero? Prima mi avete derubato, facendomi pagare un occhio della testa una zuppa insipida e l'utilizzo dell'attaccapanni! Poi avete deciso di prendervi anche il resto! E' naturale! A due casi psichiatrici come voi non bastavano certo pochi spicci! No…voi… voi volevate altro! Volete usarmi come la vostra marionetta! Eh? Per il vostro divertimento! Ma io vi ho giocato! Bel tentativo voi due! Ma non basta così poco per farmi perdere la testa!"

"Ah! Ragazzo. Adesso sei tu ad essere diventato uno spasso! Eppure a me sembra che ci stiamo riuscendo. Mi sembri molto agitato. Ridi nervosamente, ti trema visibilmente l'occhio sinistro. Sicuro di stare bene?"

"Mi prendi in giro? No che non sto bene! Voglio... voglio andarmene di qui! Fammi scendere! Sono arrivato!"

"Capisco. Bene. Vai pure allora. L'autobus si è appena fermato. Torna a casa ragazzo".

"Oh! Grazie! Finalmente! Mi spiace, ma non sono proprio in grado di dirle che è stato un piacere averla conosciuta. Addio per sempre Frank!"

"Arrivederci ragazzo!"

Casa

Mi alzai di scatto. Scivolai velocemente davanti al volto di quell'uomo. Mi sorrise. Io non lo guardai. La porta si aprì. Una piacevole brezza fredda mi inondò il viso. Respirai, a fondo. Scesi. Le porte si richiusero rapidamente, e io guardai l'autobus scivolare via nella notte. Tra le luci rosse. E le luci bianche. Aveva smesso di piovere, l'aria era fresca e bagnata. A me bruciavano un po' gli occhi, e il mal di testa non era passato. Ma adesso stavo meglio. Una breve passeggiata, il tempo di raggiungere casa, mi avrebbe fatto tornare le forze, magari anche qualche idea. Magari mi sarei ricordato come mi chiamavo. Svoltai l'angolo. Casa era a soli pochi isolati. Ero stanco. Non potevo credere a quel che mi era accaduto in quelle poche ore. Bersaglio di una coppia di squilibrati senza scrupoli, probabilmente evasi da un qualche ospedale psichiatrico. Tutte a me, tutte a me dovevano capitare! A me che avevo centinaia di altri problemi da risolvere, adesso ci mancava solo l'amnesia.

Per un momento pensai di dover chiamare la polizia: quei due personaggi erano pericolosi, avrebbero potuto incappare in qualche altro povero sventurato da truffare. Una truffa ben starna certo. Cosa avrei dovuto raccontare alle forze dell'ordine? "I due soggetti, tramite una molteplicità di sotterfugi, mirano a far impazzire le loro vittime, tentando in tutti i modi di metterne in dubbio l'identità". In fin dei conti l'uomo sull'autobus non mi aveva neanche realmente minacciato con un coltello. Era solo una penna. E l'oste? Mi aveva fatto pagare uno sproposito, ma questo non è un reato. Aveva sicuramente piazzato un microfono sotto il mio tavolo. Ma come avrei potuto dimostrarlo? Di certo non si sarebbe trovato ancora lì. No, la polizia non era la soluzione. La polizia non era neanche il problema. Il problema serio adesso era recuperare la memoria, e ancor di più, capire cosa stava succedendo alla mia mente. Poteva essere l'inizio di qualcosa di più grave. Ero ancora troppo giovane per non ricordarmi più le cose, così, da un momento all'altro. Sarei dovuto andare da un medico? Da uno psicologo? Addirittura da uno psichiatra? Tutto questo mi angosciava e sentivo i miei passi sempre più pesanti.

Eccomi all'incrocio appena prima di casa. Sul marciapiede opposto c'è il negozio di dolciumi davanti il quale passo sempre quando esco. E' tutto bianco all'interno, stranamente elegante. Le caramelle, le loro forme e i colori sono perfettamente abbinate alle luci del locale e il pavimento e le pareti si richiamano l'un l'altro, come a formare un'unica grande raffinata pittura. Di notte era brillante. Lo guardai. C'era una bambina all'interno: era felice. Stava scegliendo delle caramelle con la mamma. Mi fermai un attimo. Era una scena serena. Sentì la mente alleggerirsi, i muscoli sciogliersi: lì, solamente lì, in quell'angolo di strada, il mondo non era malvagio. Le caramelle ricadevano nel pacchetto di carta, ognuna di un colore diverso. E questo era un problema; l'unico problema che in quel momento era importante. Perché, a quanto pare, la bambina le avrebbe volute tutte bianche. Così la commessa, svuotò il pacchetto, e ricominciò da capo. Questa volta, lo vidi, la signorina era stata davvero molto attenta: le caramelle adesso erano proprio tutte uguali. Tonde e bianche. La bambina sorrise alla signorina che la serviva. Si salutarono gentilmente con la mano, poi la madre e la figlia uscirono in strada, tenendosi strette. Erano dolci e serene, con i capelli biondi, e i vestiti chiari.

La madre sistemò un cappellino azzurro di lana sulla testa della figlia e la accarezzò sulla guancia. La bambina si fermò sul marciapiede bagnato, e lì aprì il suo pacchetto. Prese una caramella tonda e nera e la porto alla bocca. Tonda. E nera. Molto strano. Ero convinto le avesse tutte bianche. Mi dovevo essere sbagliato. Ne prese un'altra. Nera anch'ella. La commessa del negozio disse qualcosa. Richiamò indietro la madre, forse si era accorta dell'errore. Forse la donna aveva dimenticato di ritirare il suo resto. Non saprei dire. La madre si voltò, mentre il vento freddo gli sferzava i capelli. Il vento cominciava a soffiare davvero forte anche per me che stavo fermo a guardare, tanto che per un attimo dovetti portare la mano davanti agli occhi. La folata si placò. La bambina aveva smesso di mangiare le sue caramelle. Adesso mi fissava. Era una bella bambina. Io le sorrisi. Lei non sorrise. Mi guardava e suoi occhi erano neri. Neri e rotondi, come le sue caramelle. Sollevò il braccio. Mi stava indicando.

Lo sguardo era diventato fisso. Spento. Nella notte, quello sguardo avrebbe messo paura a un cane randagio. Io la salutai. Lei continuò a fissarmi, e con il dito mi indicava. I muscoli mi si irrigidirono di nuovo, il freddo mi entrò d'improvviso fin dentro le ossa. Quell'incrocio. Aveva qualcosa di sinistro adesso. Quella bambina era inquietante; forse era meglio andare. Feci per muovere un passo. La bambina prese a correre. Corse in mezzo alla strada. Veniva verso di me. Ma che cosa voleva? Cosa stava succedendo? La madre la vide. Urlò e uscì di corsa. Una luce abbagliante correva dalla sinistra. Illuminò il mio viso e quello della bambina ferma al centro dell'incrocio. Era un auto. L'avrebbe investita! La madre la raggiunse, si gettò su di lei. Ma era troppo tardi, io non potevo fare niente! Chiusi gli occhi. Urlai.

Riapro gli occhi. Ma dove sono? Non vedo la macchina. Dove diavolo è la macchina? E la bambina? La madre? Non c'era niente! Ma che diavolo? Le insegne luminose del locale di dolciumi erano spente. Dentro era lugubre e nero. A quell'ora di notte, in strada non c'era proprio nessuno. Lo sapevo. Prima la memoria. Adesso le visioni. Stavo impazzendo. Non sapevo se facesse tutto parte di una sindrome ben precisa, di una qualche malattia, oppure era tutto dovuto alla stanchezza. Non sapevo più cosa pensare.

Dovevo tornare a casa! Non sapevo spiegarlo, ma sentivo che una volta arrivato lì tutto si sarebbe risolto. Era il campo base, la zona franca dove i miei spettri avrebbero smesso di perseguitarmi. Così mi voltai, affrettai il passo e mi diressi verso il palazzo dove abitavo.

"Una caramella tonda. Una caramella nera. Rimase sull'asfalto, in mezzo all'incrocio. Alle spalle del ragazzo".

"Cosa? Ma che cavolo... Cosa è stato? Chi ha parlato?".

Avevo sentito una voce. Ne ero sicuro. Camminavo veloce. Mi voltai a guardare i vicoli, alla mia destra e alla mia sinistra. Mi voltai indietro. Non vedevo nessuno. Eppure. Eppure io avevo sentito qualcosa! Era una voce. Una voce che conoscevo bene. Stavo peggiorando. Sentivo le voci, vedevo cose, avevo di nuovo un terribile mal di testa. Ma Finalmente ero arrivato. Ecco il portone. Civico 97. Entro e chiudo la porta. Nell'androne del palazzo era caldo, e tutto quello che di solito neanche consideravo entrando, in quel momento mi sembrò essere così accogliente e familiare. Il tappeto rosso, i corrimano dorati, e le piante verdi posizionate ai lati. Ero a casa. O meglio, quasi. Chiamo l'ascensore. Le porte si aprono e salgo veloce. Quinto piano. Ci vuole un po'. Mi guardo allo specchio. Ho un aspetto orribile. Il mio volto sembrava cadere a pezzi.

Mi volto, e le porte si aprono. Ecco la porta di casa. Le chiavi sono nella tasca sinistra dei pantaloni. Questo per fortuna lo ricordo ancora. Le prendo. Le infilo nella toppa. Giro. Apro.

Un rumore assordante, come un treno che frena. Spalanco la porta. Un corridoio lungo, il pavimento di gomma nera. Sedili. Una fila a destra, una a sinistra. I finestrini. I finestrini sono coperti di pioggia. Il rumore. Questo è il rumore di un motore. Ma questo. No. Io non posso crederci davvero. Io ho le allucinazioni. Sto male. Faccio un passo. Entro dentro. Davanti a me vedo l'interno dell'autobus da dove ero sceso pochi minuti prima. Dietro di me la porta del mio appartamento, chiusa, d'improvviso. Tornai indietro, provai a sfondarla; niente da fare. Mi guardai intorno. Mi tremava il collo, non riuscivo neanche a camminare dritto. Vidi una testa. C'era una persona seduta nei posti avanti. Era lui.

"Bentornato ragazzo!"
"Frank. Sii sincero con me! Io sono all'inferno. Tu sei il demonio vero?"
"Beh, pure il demonio adesso? Prima il killer, poi lo psicopatico e la morte; tutto meno che il tuo autore. Ti viene così difficile crederlo ragazzo?"
"Non lo so. Io non so più cosa vedo. Non mi ricordo chi sono. Entro in casa e mi ritrovo su un autobus che credevo di aver abbandonato per sempre. A questo

punto tutto è possibile". Crollai a sedere sul posto accanto al suo.

"Tu mi hai drogato, non è vero Frank? Tu e quel farabutto dell'oste! Sii sincero. Volete rapirmi? Volete rapinarmi? Volete uccidermi? Cosa volete fare di me? Dimmelo Frank!"

"Ancora con la storia della congiura? Questa non è una truffa ragazzo! Questo è la fine del tuo racconto. E' il finale della storia che ho scritto. Tu sei il protagonista. Non ci credi ancora? Tieni, ti faccio leggere qualcos'altro".

Aprì di nuovo il quaderno nero. Mi indicò alcune pagine. Era il mio dialogo con lui. Aveva scritto anche quello.

"Tu vuoi sempre fregarmi, non ti stanchi mai, vero? Adesso ho capito come sono andate le cose! Io mi sono addormentato ed ho sognato. Ho soltanto sognato di uscire da quest'autobus, e l'ho fatto sotto l'effetto ritardato delle droghe che l'oste mi ha messo nella zuppa. Ecco perché era tanto brutta! Nel frattempo, mentre io dormivo, tu ha scritto sul quel tuo quadernetto delle truffe il nostro dialogo, non per filo e per segno certo, tanto chi se lo ricorderebbe; sarebbe stato sufficiente qualcosa di simile, di più o meno confacente a quello che ci siamo effettivamente detti, in modo da potermi ingannare facilmente. E una buona memoria a te sembra un mezzo sufficiente per fregarmi, non è vero?".

"Ragazzo. Adesso. Leggi qui". Mi indicò una pagina bianca.

"Si bravo! Che dovrei leggere? Qui non c'è scritto proprio un bel…"

Leggevo. Leggevo qualcosa! L'inchiostro si stendeva sulla pagina bianca, come fosse una penna a condurlo su è giù per quelle righe. Quel quaderno scriveva da solo! E scriveva… scriveva questo! Stavo leggendo i miei pensieri, mentre correvano nella mia testa!

"No amico! Questa è una stregoneria! E' un trucco! Tu sei un professionista e… e…"

"E tu sei il mio personaggio caro mio. Un personaggio sfortunato. Un personaggio destinato a soffrire. E lo sai perché? Perché io sono il Re loquace. Io sono l'autore franco. Io sono quello che rivela ai suoi personaggi che non esiste niente per loro, oltre la loro storia. Io sono l'autore che vuole il male delle sue creature, perché rompo il segreto, spezzo il sigillo che separava l'opera dalla vita; e la vita irrompe nell'opera, l'opera diventa la vita. La distinzione si sdilinquisce. Il vero e il falso, il giusto, lo sbagliato, il bene e il male, ricadono su se stessi, come i castelli di carte truccate. L'autore che parla coi suoi personaggi li induce alla follia. Spezza in frammenti la loro identità e a loro, non rimane che ricadere in pezzi.

Tu non sai più chi sei. Sei il protagonista. Ma non sei il buono come credevi. Non sei neanche il cattivo come ti ho indotto a pensare. Che cosa sei? Non sei neanche vivo. Ma se tu avessi lo spessore… se tu avessi lo spessore potresti sopravvivere a tutto questo! Se tu fossi un personaggio vero, potresti capire che da tutto questo c'è soltanto da guadagnare. Ma la verità è che tu non sei un personaggio degno. Tu non hai neanche un nome. E quando la storia finisce, tutto ciò che rimane di un personaggio è il suo nome nella mente dei lettori. E' la sua memoria. E' il suo messaggio. Quando io porrò fine a tutto questo, quando io serrerò l'ultima frase di questo quaderno con un punto fermo, tu morirai. Ma non temere. Manterrò la mia promessa. Tornerai a casa. Tornerai a casa e lì le parole finiranno. Forse. Forse in fin dei conti avevi ragione. Io non sono un vero autore. Sono solo un killer. La penna è il mio coltello. Tu sei la mia vittima. E questa. Beh, questa è soltanto la mia vendetta".

Frank alzò la penna. Io la guardai, e tentai per l'ultima volta di non credere alle sue parole.
Aprì il quaderno, e cominciò a scrivere.

"Il ragazzo si alzò. Non c'era più niente nel suo corpo. La sua identità si era persa fra le pagine di questo racconto. Si mise in piedi, barcollando. L'autobus traballava, così si aggrappò a me. Non parlò, non mi guardò neanche in volto. Ma i suoi occhi; i suoi occhi chiedevano aiuto. Si trascinò fino alla porta di legno in fondo all'autobus. La aprì; adesso non era più bloccata. Entrò finalmente in casa. Era una casa come tante, squallida, male arredata. I mobili erano di bassa qualità, le luci erano tutte spente: non si curò di accenderne nessuna. Passò per il soggiorno, la televisione era accesa, e illuminava a stento la stanza di un verde opaco. Sentiva parlare, ma non ascoltava. Per terra era sporco. Sul tavolino di fronte la tv giacevano ancora resti del pranzo del giorno prima. Ci passò davanti, e si diresse in cucina. Accese la luce: fredda, fluorescente. Forse sarebbe stato meglio al buio. Al centro della stanza vi era un tavolo bianco con le gambe di ferro e alcune sedie lasciate alla rinfusa; sul quel tavolo c'era uno cappello alto e verde, e delle carte francesi. Aggirò il tavolo. Aprì il frigo, trovò un cartone di latte, lo prese, e ne versò il contenuto in un bicchiere di vetro non troppo pulito. Si sedette al tavolo della cucina.

Guardò fuori dalla finestra: era tutto nero. Più nero del cielo notturno. Poi girò gli occhi verso il basso, guardò il suo latte congelato nel bicchiere di ghiaccio. Ne bevve un sorso. Poi un altro. A un tratto sentì qualcosa in bocca. Qualcosa di grande; avrebbe voluto sputarlo, ma non voleva spargere il liquido in giro per tutta la cucina. Così si trattenne. Ingoiò buona parte del latte, poi portò la mano alla bocca e estrasse qualcosa dal suo interno. Era una caramella. Tonda. Nera. Il ragazzo la osservò per qualche secondo. La posò sul tavolo davanti a sé, accanto al cappello. Adesso sembrava averlo notato; lo prese, e se lo mise sulla testa. Rimase fermo per qualche secondo con gli occhi fissi in un punto. Guardava se stesso sedere, sedere immoto in quello squallore. Si mosse d'un tratto e prese la caramella che aveva davanti a sé tenendola stretta fra due dita. La guardò portandola più vicino al viso. Poi poggiò il gomito sul tavolo, e tenne il polso della mano con cui reggeva la piccola sfera scura leggermente reclinato verso il basso. Guardò verso la porta d'ingresso: sapeva che io lo stavo ancora osservando. Mi guardò negli occhi. Non parlò. Sorrise. Sorrise come un demonio. Per un'ultima volta ancora".

Fine.

Frank

Punto. Aveva finito. A Frank scivola via un sorriso. Richiude il quaderno. Ripone la sua penna in tasca. Guarda in avanti e i sedili di fronte cominciano a sfasciarsi, le pareti a cadere, i finestrini a infrangersi. Il pavimento sotto di lui scompare. Viaggia sull'asfalto, seduto nel vuoto. Poi ogni altra cosa scompare. Frank rimane seduto. È immobile su una panchina che dà su una grande pista di ghiaccio in mezzo al parco. È ormai sera, ma c'è ancora tanta gente. Adulti e bambini giocano a rincorrersi. I lampioni in ferro battuto illuminano la neve che continua a cadere leggera, mentre un bagliore di stelle trapela appena fra le grigie coltri del cielo. Frank, col suo vestito blu, sembra incastonarsi come una gemma in quel quadro assopito di tinte invernali. Indossa una camicia bianca, sovrastata da una cravatta e una giacca blu scuro. È elegante. Lo è sempre stato. Ma adesso sta morendo di freddo. Nella fretta ha dimenticato il cappotto in ufficio. Meglio tornare a prenderlo.

I corvi gracchiano sopra gli alberi spogli lasciando cadere qualche piuma nera sul pavimento freddo. Frank ripone il suo quaderno nella borsa scura e la richiude con cura. Dà un ultima occhiata intorno. Osserva ancora il ghiaccio e il ghiaccio gli congela gli occhi. Volta lo sguardo.

Vede una signora. Si irrigidisce. Ha i capelli lunghissimi e dorati, un cappotto lungo e chiaro, e dei bellissimi guanti bianchi a ripararle le mani dal freddo. Non la vede subito in volto. Lei si volta. La conosce. Lei si accorge che la stava fissando come una specie di maniaco, ma lo saluta cordialmente da lontano. Lui ricambia, visibilmente imbarazzato. Stringe il manico della borsa tra le sue mani, gira elegantemente i tacchi delle scarpe nella direzione opposta. Va via in fretta.

Frank era impiegato in una grande azienda di elettronica da oltre venticinque anni. Ricopriva un posto di responsabilità nel settore del controllo qualità dei prodotti. Possedeva una grande esperienza, e coordinava decine di persone con diligenza e professionalità. Teneva molto al suo lavoro. Ma non avrebbe mai tenuto tanto al suo lavoro da trascurare la cura dei suoi affetti più cari. Ogni martedì e giovedì Frank andava via prima dall'ufficio. Saliva sulla sua auto e si recava a prendere la piccola Katy, la figlioletta di nove anni. Alle sette doveva essere di fronte al centro sportivo dove la bambina prendeva le prime lezioni di pattinaggio artistico. Era la sua passione. Quegli abiti addosso le ricordavano quelli di una principessa delle fiabe. Stava diventando già molto brava. Frank non stava mai con lei. Non ci riusciva. In famiglia lavorava soltanto lui. Loren, la moglie, era stata di recente licenziata in seguito a uno sfoltimento del personale della sua azienda. Stava provando a trovare un altro lavoro, ma era difficile.

Frank faceva gli straordinari: usciva da lavoro ogni sera alle dieci, alle nove e mezza ogni tanto. Ma il martedì e il giovedì no. Non se ne parlava. Frank aspettava quei giorni come aspettava la domenica. D'altronde se lo poteva permettere. Era uno dei membri più anziani, uno di quelli che più di tutti aveva contribuito allo sviluppo dell'impresa. La sua incredibile efficienza aveva sempre permesso a Frank di occupare un posto di riguardo nelle attenzioni del direttore, Thomas White, l'anziano fondatore del marchio. Frank era un uomo felice. Aveva una bella casa, non tanto grande, ma Loren se ne prendeva cura con la stessa attenzione con cui faceva crescere la piccola Katy. Quando tornava dai suoi estenuanti turni lavorativi, quella casa era l'universo in grado di esaurire tutti i suoi desideri. La figlia lo abbracciava; quando fuori faceva freddo la moglie gli preparava sempre un bicchiere di latte caldo. La casa era calda d'inverno e fresca d'estate, era sicura. Era il suo rifugio nascosto; la macchina del tempo che impediva ai momenti felici di voltargli le spalle, e scappare via. Ma, lo sappiamo. Le macchine del tempo non esistono. E il Frank di quei giorni andati, non è il Frank del quaderno nero. Il Frank di allora, non è l'autore di questa storia.

Adesso Frank odia il suo lavoro. Sta in quell'ufficio il tempo necessario per ottenere una paga minima. Niente di più, niente di meno. Entra la mattina alle otto. Si ferma per la pausa pranzo dalle due alle tre.

Non pranza. Rilegge la sua storia. Poi torna al lavoro. E' svogliato. E' scontroso. Non parla più con nessuno. I suoi colleghi lo evitano. Quelli che una volta lo apprezzavano come loro superiore e gli volevano bene, eseguono le sue direttive passivamente; senza neanche rispondergli. Frank a volte apre il suo quaderno anche durante l'orario di lavoro. Legge qualche riga. Poi si blocca. A volte ricomincia, a volte richiude il quaderno. E' distratto. Non sta facendo un buon lavoro.

Sono le otto: Frank recupera il suo cappotto nero e va a casa. Di notte nella sua città c'è sempre un po' di freddo. Di inverno si gela. Vede le luci accese dei palazzi, le macchine che gli passano davanti. Raggiunge la sua. La mette in moto. Parte. Fa sempre lo stesso percorso. Ogni giorno all'andata, ogni sera al ritorno. Passa davanti a un ristorante, ed è sempre pieno di gente. Lì ci andava quasi ogni sera una volta, ma adesso, passa sempre dritto. Poi arrivato a un determinato incrocio, cambia direzione; allunga sempre la strada per tornare a casa. Potrebbe andare dritto, sarebbe la cosa più logica da fare, invece non lo fa mai. Circumnaviga l'isolato, dopo altri dieci minuti raggiunge il palazzo dove abita e vi parcheggia appena sotto. Civico 97. Non ha mai cambiato casa.

Sale con l'ascensore. Quinto piano. Ci vuole un po'. Si guarda allo specchio, ha un aspetto orribile. Il suo volto sembra cadere a pezzi. Le porte si aprono. Arriva di fronte la porta di casa. Le chiavi.

Le chiavi sono sempre lì, nella tasca sinistra dei pantaloni. Apre la porta ed entra. Inutile indulgere sulle condizioni della sua abitazione: erano passati degli anni da quando il calore accarezzava le spalle di chi vi entrava. La televisione era rimasta accesa. I riscaldamenti erano spenti; se è possibile in quella stanza faceva più freddo che fuori. Ci sono dei rimasugli di cibo sul tavolo. Lascia cadere la borsa sul divano, neanche si toglie il cappotto: fa troppo freddo. Si dirige in cucina. C'è un cartone di latte poggiato sul tavolo. Lo prende e versa il contenuto in un bicchiere. Il liquido appanna il vetro. Il latte è freddissimo, già a temperatura ambiente. Prende l'unica sedia che giace casualmente lontana dal tavolo, la trascina verso di sé facendo rumore, e vi si siede. Mette entrambi i gomiti sul tavolo. Dalla cucina fissa la porta d'ingresso. Poi beve un sorso, mentre la televisione parla, e lui... lui non ascolta quello che ha da dirgli.

Un giorno Thomas White morì. Era vecchio, ma fino all'ultimo aveva voluto restare a capo della sua azienda. Forse per attaccamento al lavoro, forse perché non si fidasse più di tanto di suo figlio, il giovane e ambizioso Ray White. Probabilmente entrambe le cose. Sta di fatto che Ray successe al padre nella direzione dell'azienda di famiglia. Un cambiamento era nell'aria, Thomas era vecchio e stanco, ma nessuno si aspettava sarebbe morto così da un momento all'altro.

L'evento provocò agitazione negli uffici della White Corp. C'era chi vedeva l'avvenimento come il rilancio di una azienda ormai legata ai modi desueti della vecchia industria, chi ci vedeva la propria e l'altrui rovina. Ray era considerato da tutti un giovane molto intelligente, ma troppo cinico, egoista e senza alcuno scrupolo. Avrebbe potuto rilanciare l'azienda; avrebbe potuto anche distruggerla. Nessuno sapeva cosa sarebbe accaduto. Frank non credeva nulla. Era molto dispiaciuto per la morte del suo superiore e amico. Dubitava che il figlio avesse le stesse capacità del padre; tuttalpiù gli appariva uno sciocco e un montato. Ma, dopotutto, era disposto a concedergli una possibilità, e da subito si dimostrò molto gentile nei suoi confronti. Era iniziata una nuova era.

Si scoprì che l'azienda era in default. Stipendi troppo alti, vendite esigue, qualità mantenuta a livelli insostenibili. Il nuovo direttore gettò il panico. In ogni settore licenziò un dipendente su tre. Tutti gli stipendi subirono tagli significativi. Frank temette di ricadere nell'incubo già vissuto dalla moglie, e Ray White non si sarebbe fatto certo un problema se la sua famiglia fosse rimasta senza neanche il denaro per pagarsi gli alimenti.

Ma Frank non venne licenziato. Era lì da troppi anni. La sua anzianità di servizio gli garantì di mantenere il suo posto, ma a nuove e rigidissime condizioni.

I controlli sulla qualità dei prodotti sarebbero dovuti essere diversi, meno rigidi, più efficienti. I prodotti avrebbero dovuto funzionare bene scegliendo i materiali e i modi di produzione più economici reperibili sul mercato. Bisognava adeguarsi al mercato. Bisognava superare la concorrenza. Frank avrebbe dovuto lavorare in modo diverso: dopo venticinque anni, avrebbe dovuto modificare le sue priorità, accettare una linea completamente diversa di cui, per altro, non era del tutto convinto. Ma Frank aveva un grande rispetto per l'autorità; il nuovo direttore doveva sapere quello che faceva, e lui avrebbe eseguito le sue nuove mansioni col medesimo zelo di prima.

In effetti le cose andarono meglio. A costo di perdere la sua identità di azienda famosa in tutto il mondo per l'alta affidabilità dei suoi prodotti, la White Corp. divenne in poco tempo una società altamente concorrenziale, capace di vendere a prezzi bassissimi prodotti di bassa e media qualità, in grado al contempo di soddisfare una fetta di domanda decisamente più elevata; la creazione di un sito di vendita online rappresentò poi il completamento dell'opera. Frank aveva avuto un ruolo importante nello svecchiamento dell'impresa. E Ray lo sapeva. Il direttore aveva notato il suo coordinatore del reparto qualità. Apprezzava il suo lavoro, la sua dedizione. Ma c'era qualcosa.

C'era qualcosa che gli dava fastidio. Si era informato su di lui: era amato da tutti i suoi colleghi, era una persona affabile, ma sapeva anche quando usare la mano ferma. Aveva una bella famiglia, una macchina, una casa e un mutuo da saldare. Era un uomo normale. Ma era un po' troppo perfetto. Troppo metodico. Probabilmente Ray si sentiva il suo opposto: genialoide, fosforico, completamente nevrotico; parlava veloce, spesso a sproposito. Tendeva a dire sempre quel che pensava. Tanto, sapeva di poterselo permettere. Si arrabbiava anche spesso. Quando si infuriava urlava e cominciava a tremargli l'occhio sinistro.

Frank e Ray erano due persone completamente diverse. L'uno era il bianco. L'altro era il nero.

"Ehi! Vecchietto! Alle 7.58 spaccate già in ufficio eh?"
"Si, certo Sig. Direttore. Come sempre. A sua disposizione!"
"Oh sì, beh, certo che lo sei! Sei perfetto tu! Sempre così diligente, puntuale. Sempre così soffocantemente abbottonato, ma perché non ti lasci andare un po' eh?".

Ray si avvicinò a Frank e cominciò a snodargli con forza il nodo della cravatta. Non ci riusciva. Tuttalpiù in quel modo lo avrebbe soffocato.

"Direttore… guardi, non si preoccupi, me ne occupo io!"

Frank riuscì a fatica a liberarsi dall'aggressione al collo del direttore. Si sfilò la cravatta con le sue stesse mani, e la riposò sullo schienale di una sedia.

"Ecco. Così va meglio signore?"

"Oh, ma che bravo! Sì! Così va molto meglio. Basta che lasci fare le cose a te, e tutto si risolve. Sai fare proprio tutto tu…"

"Faccio quello che devo Direttore"

"Ray! Io sono Ray. Ray White. Il figlio di Thomas White. Non fare finta di non saperlo"

"Mi dispiace Dirett… ehm, Ray. Io non intendevo…"

"So che eri molto amico di mio padre"

"Si Sig. Ray. Lo ero."

"Bene. E allora per quale motivo non puoi essere anche mio amico? Gli amici si danno del tu, non è forse così?"

"Certo Ray. E' esattamente così!"

"Bravo il mio Frank. Frank… Tauro, giusto? Che nome strano! Tuo padre era italiano, o qualcosa del genere? A me puoi dirlo sai! Io sono, come dire, mezzo spagnolo!"

"Non proprio. Il fatto è che il mio nome è… è buffo da dire. E' come una sorta di gioco di parole". Questa frase sembrò compiacere il direttore in modo particolare.

"Frank! Tu non fai altro che stupirmi! Un gioco di parole? I tuoi genitori dovevano essere proprio dei burloni allora!"

"Diciamo… diciamo che è un nome d'arte"

Lo guardò negli occhi. Poi sorrise divertito.

"Ma quanto mistero dietro gli occhi neri del mio Frank! Sai, mi piaci molto. Credo che farò di te il mio... compagno di giochi!"
"Beh, è senz'altro una cosa curiosa. Ma, se le fa piacere..."
"Se mi fa piacere tu non ti sottrarrai, vero Frank? Tu non ti sottrai mai agli ordini dei tuoi superiori...".
"No signore!"
"No signore!". Mi fece il verso. "Ray ti ho detto! Non signore!" – alzò la voce. Poi continuò con un tono calmo. Calmo e sinistro. "Gli amici. Gli amici si chiamano per nome Frank. E il mio nome è molto importante per me. È importante per te. Il mio nome è Ray!".
"D'accordo Ray! Non mi sbaglierò più! Te lo prometto".
"D'accordo allora. Ci vediamo in giro."

Ray voltò le spalle, e scomparve. Da allora Frank lo vide appena, giusto qualche volta da lontano, e di sfuggita. Ma da quel momento la sua vita cambiò. E non in meglio.

La vita di Frank proseguiva routinaria. Giorno dopo giorno andava a lavoro, svolgeva al meglio le sue mansioni, poi tornava a casa dalla sua famiglia. Nonostante il suo carico di impegni fosse persino aumentato, il suo stipendio, come quello di tutti gli altri, era diminuito. Riusciva appena a sostenere le spese più importanti. Pagava il mutuo della sua bella casa, manteneva la sua famiglia e cercava di assicurare lo standard di vita più elevato che avrebbe potuto permettersi alla moglie e alla figlia. A fin mese non restava quasi nulla. Non riusciva a risparmiare niente. Eppure gli sarebbe piaciuto. Per quanto fosse soddisfatto della sua vita, per quanto tutto quel che poteva desiderare si muoveva gentile fra le mura accoglienti della sua abitazione, gli sarebbe piaciuto organizzare un bel viaggio. Partire. Andare lontano. Lontano dalla noiosa routine di ogni giorno. Gli piacevano le isole tropicali. Un posto caldo. Lontano da quelle strade, da quelle stanze, da quel gelo che ogni mattina gli intirizziva le ossa. Frank cominciava a stancarsi della sua vita tagliata a segmenti, come uno schema geometrico disegnato a tavolino; e forse, questo, non avrebbe mai dovuto pensarlo. Perché? Perché venne accontentato. Cominciarono a succedergli cose strane. I suoi rapporti, i suoi documenti di lavoro, presero a sparire. Più di una volta dovette riscrivere tutto da capo perché, pochi giorni prima di consegnarli, i suoi lavori scomparivano dal cassetto chiuso a chiave. Così cominciò a portare sempre con sé le sue pratiche, nella valigetta scura che lo accompagnava ovunque andasse. Non li lasciò più incustoditi in ufficio. Risolse il problema. Risolse un problema.

Era notte. Era di venerdì. L'orologio ticchettava sul muro di fronte la scrivania di Frank, mentre le ombre disegnate dai contorni indefiniti dei mobili intorno a lui si allungavano fitte sul pavimento di legno scuro. L'orologio di Frank era assurdo. Glielo avevano regalato, e chiunque lo avesse fatto voleva solo divertirsi. Chiunque lo avesse comprato, poi l'avrebbe gettato via; lui invece ci si era affezionato. Non aveva i numeri. Non aveva alcuna tacca a sostituirli. Era tutto bianco, con due lancette nere a forma di freccia che si dipartivano dal centro. L'unico modo di leggere un orologio del genere sarebbe stato attaccarlo nel verso giusto, in modo tale che il lato del 12 fosse rivolto verso l'alto, quello del 6 verso il basso. Ma Frank non lo attaccò così: lo attaccò alla sua parete a caso, in modo che solo lui fosse a conoscenza del verso giusto dal quale doverlo guardare. Solo lui avrebbe saputo leggere l'ora di quell'orologio. Era un suo vezzo. Uno dei pochi. Lo trovava divertente.

Il suo orologio quindi, in quel momento segnava un orario indecifrabile. Ma era sicuramente sera. Anzi, probabilmente erano quasi le dieci, perché, da lì a poco, Frank sarebbe dovuto andare via. Scriveva qualcosa su delle carte bianche, illuminate da una luce gialla molto forte che si rifletteva sui suoi occhiali rotondi. La scrivania era di legno, sempre in disordine. Ma era un disordine calcolato. Anche in quel caso, lui sapeva dove era riposta ogni cosa; ma lui, e lui soltanto. Nessun altro avrebbe potuto reperire qualcosa in quella

172

montagna di penne, quaderni, libri e pinzatrici. Mise un punto fermo alla fine dell'ultima parola. Lo metteva sempre. Riportò la testa e le spalle perpendicolari allo schienale della sedia. Gli faceva male il collo. Lo toccò con la mano sinistra, mentre con la destra si tolse gli occhiali rotondi che portava sul naso.

Li lasciò ricadere sul tavolo; una caduta controllata, si intende. Poi tirò indietro la sedia, e fece un po' di rumore. Il rumore risuonò leggero nella grande stanza vuota. Non c'era più nessuno. Si guardò attorno. Erano andati via tutti. Sì, qualcuno lo aveva salutato mentre era intento nel suo lavoro, ma non credeva che la stanza si fosse svuotata completamente. Sì, perché l'ufficio di Frank non era una stanzetta; aveva la struttura di una piccola biblioteca, e un tempo doveva esserlo stato. Ma adesso quel locale fungeva per lo più da archivio aziendale: nelle grandi librerie di legno che la riempivano completamente in ogni ordine di grandezza erano stipati bilanci, rapporti contabili, contratti di fornitura, ogni genere di documento vitale per l'impresa. Frank non si occupava di gestirli, vi erano delle persone addette a farlo, ma quella grande stanza di legno era diventato il suo ufficio. La sua scrivania occupava solo un piccolo angolo, di fronte a un muro, eppure quando qualcuno entrava, chiedeva a lui il permesso di consultare qualche documento. La "biblioteca", così la chiamavano, era il suo piccolo regno.

Si alzò in piedi lentamente. Era davvero molto stanco. Gli faceva male la schiena, aveva le gambe indolenzite. Chissà da quante ore non si alzava da quella sedia. Doveva pure andare in bagno. C'era un piccolo bagnetto appena fuori dalla biblioteca, sarebbe bastato uscire e girare a destra; ci avrebbe messo un attimo. Attraversò a passo veloce l'intera sala, ma la biblioteca era un piccolo labirinto. Vedeva i registri, i libri e le carpette scorrergli veloci sotto gli occhi. Svoltò a sinistra, poi a destra, poi ancora a sinistra. Era fuori. Non vedeva nessuno neanche nei lunghi corridoi del piano terra. Molte luci erano già state spente. Quell'atmosfera. Quella desolazione. Ci era abituato. Ma quella volta, sentiva qualcosa di diverso. Si recò nel bagno di servizio, né usci dopo pochi minuti. Ripercorse la strada a ritroso. Andava veloce. Poi si fermò di scatto; aveva la netta impressione che qualcuno lo seguisse. Si voltò, ma alle sue spalle non vide che un lungo corridoio vuoto. Sentiva i suoi passi rintoccare nella stanza: rintoccavano i suoi tacchi sul legno, come le lancette ticchettavano sulla parete antistante. Arrivò nuovamente alla sua scrivania. Non doveva fare altro che recuperare tutti i fogli, metterli in borsa e…

"Ma che?… Cosa diavolo?…".

C'era qualcosa sulla scrivania. In piedi. Sopra i suoi fogli c'era un oggetto. Lo prese in mano; da vicino non vedeva bene. Riprese gli occhiali che aveva poggiato sul tavolo. Era. Era una sorta di pupazzo. Aveva un capello verde sulla testa e il volto deformato da un sorriso satanico. Era un pupazzo orribile. Somigliava un po' al personaggio del Cappellaio Matto. Lo voltò da tutti i lati. Notò che sotto la base c'era scritto qualcosa. Una scritta rossa. "Change place". Frank cominciò a sentire freddo. Molto freddo. Poi un rumore. Che cos'era? Vide un libro bianco cadere giù da uno scaffale in alto. Lì ci doveva essere qualcuno. Chi era? Voleva ucciderlo? Era un ladro? Frank prese in mano la prima cosa che gli sembrò somigliare ad un'arma. Il tagliacarte argentato gli tremava su e giù nella mano completamente sudata; con quel tremore non sarebbe mai riuscito neanche a sollevare il braccio.

Una vampata di sangue invase il petto di Frank. Il cuore batteva troppo forte, tanto che si dovette appoggiare un secondo. Non riusciva più a muoversi. Non si era mai trovato in una situazione del genere, mai in tutta la sua vita, e non aveva idea di come affrontarla. Aveva visto qualcosa del genere nei film. Nei film il protagonista si sarebbe diretto fiducioso verso gli scaffali brandendo con una certa confidenza un'arma improvvisata. Lui si spinse ancor di più contro il muro. Dopotutto nei film il nemico ti prende sempre alle spalle; almeno questo lo sapeva. Ma Frank commise un errore diverso: lui non chiuse gli occhi. Fra gli scaffali, fra i libri e le scartoffie, nel buio della stanza, vide qualcosa. Erano due occhi sbarrati. Erano gli occhi di un uomo, ma sembravano gli occhi di un demone. Lo guardavano. Lo guardavano fisso. Lui li guardò. Provò orrore. Orrore esangue, incruento. La paura più profonda che un uomo possa provare. Solo pochi secondi. Poi svenne.

Riaprì gli occhi. Era stordito. Non capiva neanche dove si trovasse. Si ritrovò disteso su dei sedili scuri e non troppo morbidi, mentre sentiva freddo alle gambe e ai piedi. Alzò la testa, e vide le sue gambe stese sbucare fuori dal finestrino di una macchina. Si sentiva molto debole. Sentiva anche un peso sullo stomaco: in effetti aveva qualcosa poggiato sulla pancia. Si alzò. Si guardò intorno. Non c'erano dubbi, la macchina era la sua. Osservò l'oggetto che nel frattempo gli stava rotolando giù per il ventre; era una scatola di plastica bianca. Sopra vi era impressa una croce rossa. Aveva tutta l'aria di essere il contenitore di un piccolo kit di primo soccorso. Lo prese in mano e scese dalla macchina. Tirava un vento molto forte, gelido, forse stava anche per iniziare a nevicare. Era nel parcheggio davanti alla sede della sua azienda, proprio dove stava lavorando fino a poco tempo prima. Salì di nuovo in macchina, questa volta al posto del guidatore. Sul sedile accanto vide poggiata la sua preziosa borsa scura. Si chinò frettolosamente su di essa per controllare che tutto fosse in ordine. Forse gli avevano di nuovo sottratto qualche documento importante. No. Sembrava tutto al proprio posto. C'era persino quel pupazzo inquietante col cappello che aveva trovato sulla sua scrivania. Guardò l'orologio dell'auto: erano appena le undici. Era rimasto svenuto per almeno un'ora. Ma adesso doveva tornare a casa al più presto, o Loren si sarebbe seriamente preoccupata. Osservò la scatola del primo soccorso sulle sue gambe. Forse avrebbe potuto trovarci qualcosa di utile, la aprì. Dentro c'era un foglio di carta con scritto qualcosa in rosso. Lo lesse.

"Svieni troppo facilmente. Dovresti mangiare di più".

Sotto il foglio c'era qualcosa. Era un tramezzino. Un tramezzino al tonno. Nient'altro. Niente bende, niente siringhe. Niente di niente. Richiuse la scatola bianca. La gettò fuori dal finestrino. Le chiavi erano già inserite e penzolavano appena sotto il volante. Frank era troppo stanco, troppo sconvolto, troppo impaurito per essere arrabbiato. Voleva solo tornare a casa. Mise in moto. Fece marcia indietro. Ma qualcosa non andava. Sentiva rumori strani, e la macchina tremava. Accelerò ugualmente per uscire dal parcheggio. Non arrivò neanche in strada. Le gomme cedettero. Erano bucate. Tutte e quattro.

Il Re Bianco

Il fine settimana era passato. Frank era riuscito a sopravvivere a quella notte rocambolesca. Tornò a casa coi mezzi, e durante quel fine settimana fece sostituire le gomme della sua auto; questo diede un'ennesima batosta ai ben magri bilanci di casa Tauro. Non disse niente alla moglie. Inventò di essere tornato più tardi quella sera per un carico di lavoro maggiore del solito, ma niente di più. In realtà fu fortemente indeciso se denunciare gli accadimenti di quella notte alla polizia. Era chiaramente vittima di qualcuno. Sicuramente di uno psicopatico. Ma c'era qualcosa che impediva a Frank di denunciare alcunché: sospettava fortemente del nuovo direttore della WhiteCorp. O meglio, quel folle era senza ombra di dubbio il responsabile di quelle azioni; l'unica incertezza consisteva nel capire se agisse personalmente, senza dire niente a nessuno, o fosse piuttosto il mandatario di quelle azioni criminose. Molto probabilmente ne era il mandatario. E per questo immaginava che un eventuale denuncia alle forze dell'ordine, avrebbe potuto soltanto peggiorare la sua situazione. Sarebbe stato eccessivamente difficile dimostrare la colpevolezza di quell'uomo.

La cosa più probabile che sarebbe potuta scaturire da eventuali indagini e polverone mediatico, sarebbe stato il suo licenziamento dall'azienda, con la scusa accomodante degli esuberi di dipendenti. No. Frank non poteva rischiare tanto. Era meglio agire in maniera più prudente: lunedì avrebbe parlato direttamente con Ray. Dopotutto gli si era proposto come suo amico; doveva prestargli ascolto. Lo avrebbe messo davanti ai fatti, e avrebbe studiato le sue reazioni. Probabilmente, sentendosi messo sotto pressione, il direttore sarebbe stato costretto a interrompere la sua assurda condotta. Solo qualora non avesse ottenuto niente da questo incontro e gli attentati alla sua persona fossero proseguiti avrebbe intrapreso un'azione legale.

Lunedì Frank si recò al suo ufficio e, come ogni mattina, arrivò qualche minuto prima delle otto. Entrò dalla porta principale, salutò gentilmente il portiere, porse i suoi più cordiali saluti ai dipendenti che incontrava, e loro ricambiarono affettuosamente. Svoltò a sinistra, poi diritto e a destra. Giunse di fronte a un distributore di bevande automatico; un caffè lo avrebbe preso volentieri. Si fermò, poggiò la borsa scura a terra, inserì pochi spicci nella fessura per le monete e aspettò. Nell'attesa il suo occhio venne colpito da dei movimenti lontani: poco più in là notò degli uomini con delle tute blu che trasportavano via dei carrelli ricolmi di pacchi color compensato. Uscivano proprio dal suo ufficio; non c'era dubbio, quegli uomini venivano proprio dalla biblioteca.

Quando il distributore gli chiese di selezionare la quantità di zucchero desiderata, lui era già andato via. Si precipitò nel suo ufficio. Vide una stanza semi vuota.

Le grandi librerie di legno c'erano ancora, anche se non tutte, ma il resto era scomparso. La sua scrivania non c'era più, i centinaia di registri stipati negli scaffali erano stati eliminati. Era in atto un vero e proprio trasloco. Lì davanti a lui, ad osservare compiaciuto l'opera di smantellamento della biblioteca, vi era proprio l'uomo con cui Frank si era riproposto di parlare quella mattina.

"Ehi! Ray! Mi spieghi cosa sta succedendo qui? Cosa state facendo alla biblioteca?"
"Oh! Guarda chi si vede! Frank! Come sta il mio vecchietto? Tutto bene amico mio?"
"Sì, tutto bene. Ma…"
"Vieni con me! Lascia che ti renda partecipe della mia visione".

I due uscirono dalla biblioteca, e si diressero verso il distributore automatico che Frank aveva abbandonato correndo pochi minuti prima.

"Vedi Frank, ti starai chiedendo perché stiamo, come dire… distruggendo il tuo ufficio. Perché quello è il tuo ufficio vero?"
"Da venticinque anni"
"Oh, ma allora sei anche più vecchio di quello che pensassi. Complimenti Frank, ti mantieni bene per essere forse ancora più anziano di quello stanzone dal gusto medievale!". Frank non rispose.

"Non te la prendere. Sto solo scherzando. Bene, stavo dicendo: perché stiamo svuotando quell'enorme deposito inutile? Dai, prova a immaginare!"
"Non riesco proprio a immaginarlo Ray"

Ray scoppiò a ridere.

"Tu non hai proprio fantasia! E' facile! La svuotiamo perché… è inutile! Visto che era facile? E lo sai perché è inutile? So che non ci arrivi da solo, quindi te lo dico io. È inutile perché noi, non so se te ne sei accorto, non siamo un monastero, né un museo. Siamo un'azienda, un'azienda che deve combattere contro una concorrenza spietata. E tu hai idea di quante altre imprese si avvalgano di un'enorme stanza piena di scartoffie per archiviare e conservare tutti i loro dati più importanti? Solo quelle che ormai sono fallite da cento anni amico mio! Caffè?".

Si fermarono davanti il distributore.

"Oh! Ma tu guarda che fortuna! Ce n'è uno già pronto qui sotto. Qualche sprovveduto deve averlo dimenticato! E di recente, è ancora caldo. Caffè gratis Frank?"
Veramente quello…"
"Va bene vecchietto, sei schizzinoso, lo prendo io!". Lo afferrò portandolo repentinamente alla bocca. "Manca un po' di zucchero. Comunque, non è finita qui mio caro! Il nostro archivio sarà adesso completamente

digitale, com'è ovvio che sia, inoltre, di certo non lascerò che uno spazio così grande venga sprecato. Ecco il progetto. Sostituiremo l'inutile e ingombrante sala dei topi con una bel bar per i dipendenti! Secondo me ci esce fuori anche una mensa aziendale. Così tutti i dipendenti potranno più comodamente mangiare senza uscire dallo stabile, pagando un prezzo simbolico. Più cura, più soddisfazione, più efficienza! Sono le piccole cose che rendono grande un'impresa, non credi anche tu Frank?"

"Vero Ray. Ma credo anche che avreste potuto almeno avvisarmi per tempo. Dopotutto è anche del mio ufficio che si parla, da venticinque…

"Da venticinque anni, si Frank, ho capito! Non fare il musone adesso. Il genio, quando arriva, non avverte. Hai solo da guadagnarci, fidati di me. Anzi! Sai che ti dico? Vieni nel mio ufficio. Non adesso, che ho da fare. Facciamo stasera. Ho una proposta da farti".

"Stasera? A che ora?"

"Di solito finisci alle 10 non è vero?"

"Sì. Lei come fa a saperlo?"

"Ehi vecchietto sveglia, non è ancora venuto il momento di andare a dormire! Sono il tuo direttore! So tutto di te! Facciamo alle 8, oggi smetti di lavorare un po' prima, ti sta bene?"

"Va bene"

"Perfetto. Quindicesimo piano. Ti precedo. A dopo vecchietto!"

Mentre pronunciava queste parole, Ray era già sull'ascensore. Le porte si cominciarono a chiudere.

"Ehi Ray un momento, e adesso io dove…

Le porte si chiusero.

"… io adesso dove lavoro?".

Le otto di sera. Arrivarono molto più tardi del solito. Frank si arrabattò come poté fino a quell'ora, lavorando come avrebbe lavorato un fantasma in catene sperduto nei corridoi di un castello scozzese. Non si era affatto ripreso dallo shock. Venticinque anni, spazzati via da una massa di energumeni vestiti di blu agli ordini di una specie di pazzo sconsiderato. Forse aveva anche ragione. Quel locale era troppo vecchio, antiquato, superfluo. Ma era il suo locale, e le modalità tramite cui ne era stato deprivato gli sembravano obbedire molto più a obblighi di boicottaggio, che di efficienza. Era solo l'ultima brillante trovata del direttore per rendergli la vita impossibile. Ne era più che sicuro. Ma perché poi? Cosa gli aveva fatto di tanto male per meritare un simile trattamento? Forse. Anzi, probabilmente, era soltanto pazzo, e lui… lui era davvero solo il suo giocattolo. Non gli restava che sperare con tutte le sue forze che anche questo misterioso appuntamento non si rivelasse soltanto un'altra imboscata.

Si aprirono le porte dell'ascensore. Quindicesimo piano. Era l'ultimo. L'ascensore salì velocemente fino a che le porte non si riaprirono nuovamente. Frank sapeva bene dove si trovava l'ufficio del direttore. C'era stato più di una volta quando Thomas White era ancora il presidente della sua impresa, prima che la sciagurata prole prendesse il suo posto. Un po' se lo ricordava anche all'interno: era un ufficio molto grande, con un arredamento di gran gusto, a metà strada fra l'antico e il moderno; sulla sinistra poi vi erano delle enormi vetrate da cui si godeva un suggestivo panorama della città. Gli piaceva andare lì. Sapeva che quell'uomo lo apprezzava sia personalmente che professionalmente, e ricordava soltanto sensazioni positive mentre percorreva i corridoi che lo riconducevano, una volta ancora, verso quella grande porta di legno. Ma passo dopo passo quei ricordi, quelle sensazioni, si trasformano soltanto in una fastidiosa nostalgia di qualcosa di bello che non sarebbe mai più potuto tornare; di qualcosa di positivo, che adesso era stato sostituito da un senso di angoscia e frustrazione, paura e rabbia. Poi finalmente arrivò alla porta.

Davanti l'ufficio vi erano stanziati due grossi individui in giacca e cravatta nere, con una cuffia infilata nell'orecchio sinistro; una sorta di piccolo posto di blocco costituito da alcune guardie del corpo. Non c'era mai stato nulla di simile di fronte quell'ufficio. Erano modi di fare molto più adatti al boss di un'associazione criminale, che non al direttore di un'impresa di elettrodomestici. Frank si avvicinò, non senza qualche riluttanza.

"Desidera?". L'energumeno di destra gli rivolse la parola.
"Sì! Dunque, io sono il Dott. Frank Tauro, ecco il mio tesserino. Sono qui per...
"Si accomodi Signor Tauro. Il direttore la stava aspettando".

Lo scimmione era stato ben addestrato. Lo introdusse educatamente. La porta si richiuse alle sue spalle.

"Frank! Benvenuto! Accomodati, accomodati. Ma che ore sono? Oh, le 7.58. Come di mattina, anche di sera. Complimenti per la coerenza Frank!"
"Non ci avevo neanche fatto caso Ray".

La stanza era enorme, anche più grande di come la ricordava. La luce era calda e intensa e sulla sinistra la grande vetrata a muro temperava il tepore rosso degli interni col languore bluastro della notte. Ma quello fu l'unico elemento che venne incontro ai lontani ricordi di Frank; per il resto quel posto gli apparve completamente diverso, del tutto estraneo. Sulla destra era apparso un bellissimo camino, con la base in marmo bianco, e le superfici in legno rossastro. Davanti al fuoco che crepitava allegramente erano state posizionate due poltrone barocche, di velluto e dorate, dalle forme molto complesse e di dubbio gusto. Tra le poltrone vi era un tavolino di vetro, sostenuto da una piccola struttura in ferro battuto; la superficie del tavolino era interamente occupata da una scacchiera coi quadrati rossi e neri, coi pezzi neri e bianchi. Sulla sinistra, a coprire parzialmente la grande vetrata, era stata aggiunta una pesante tenda rosso porpora, mentre sul pavimento vi erano adagiati diversi tappeti: il più grande e appariscente un tempo doveva essere stato una grossa zebra. Un ingombrante lampadario a cristalli lunghi e brillanti scendeva giù dagli alti soffitti, e in fondo sulla destra si sarebbe potuta notare una piccola libreria riempita interamente con bottiglie di liquore di ogni tipo; solo un libro bianco faceva capolino timidamente dall'ultimo scaffale in alto a destra, riposto lì casualmente, forse a giustificare la presenza della libreria stessa. A prima vista, più che un ufficio di un direttore d'impresa, sarebbe sembrata la sala di un casinò di Las Vegas.

"Coraggio Frank, non restare lì come un allocco, accomodati pure".

Ray parlava dalla grande scrivania posta in fondo alla stanza, a diversi metri dalla porta d'ingresso. Gli indicò una delle sedie dorate che gli stavano di fronte. Frank era in un palese stato di soggezione. Si mosse lestamente, con passo rapido e sicuro. Sfortunatamente nel suo maldestro tentativo di dissimulare l'evidente stato d'ansia, sopravvalutò la stabilità dei tappeti su cui muoveva passi tanto coraggiosi. Uno di essi scivolò sul pavimento di pietra rosata e lucida, portando inevitabilmente via con sé il piede d'appoggio di Frank. Era solo questione di alcuni secondi prima che la sua faccia toccasse terra.

Ray si alzò dalla scrivania, rimanendo al suo posto.

"Ehi! Vecchietto, non così in fretta! Qui si scivola, abbiamo appena passato la cera! Non vorrai rovinarmi il pavimento!". Frank lo guardò da terra, steso a pancia in giù. "Ehi, guarda che scherzavo amico! Hai bisogno d'aiuto?... Sicurezza!"

I due enormi individui in nero piombarono nella stanza prima che Frank riuscisse a girare lo sguardo.

"Sicurezza, per favore, prendete quell'uomo!".

I due energumeni si avventarono sul povero Frank.

"Ma no, non c'è bisogno. Ce la faccio benissimo da so… Ehi!"

I due lo afferrarono energicamente da entrambe le braccia, strattonandolo. Gli fecero molto più male che bene.

"Vieni qui! Che cosa volevi fare, eh? Bastardo! Adesso tu vieni con noi!"
"Ma che cosa..."

"L'avevamo notato subito che non eri un tipo apposto. Signor Ray, deve stare più attento alle persone che invita nel suo ufficio! Ci dica, cosa facciamo dell'impostore?"

"Ma non sono un impostore!"

"Sì Signor Ray, cosa facciamo di questo manigoldo?"

"Manigoldo? Ma che termini sono?"

Il Signor Ray rimase in silenzio per un po', forse riflettendo sulla brutta fine da riservare al lestofante.

"Razza di scimmioni senza intelletto! Lo dovevate solo aiutare a rialzarsi da terra! 'Prendetelo' da terra! Non 'catturatelo'! Santo cielo! Dovrei rispedirvi al circo da dove vi ho raccattati!"

"Cosa? Ma noi credevamo… ci perdoni Signor White, noi…"

"Via! Via di qui adesso! Non voglio più vedervi né sentirvi! Chiedete scusa a Frank, e poi uscite da quella porta!"

"Ci… ci scusi signore, noi non volevamo…".

"Va bene ragazzi, non fa niente".

"Non mi avete sentito prima? Fuori di qui adesso!".

La sicurezza abbandonò la stanza con la coda fra le gambe. Frank si pulì la giacca, e questa volta, riuscì a sedersi per davvero.

"Devi perdonarmi Frank, a volte l'incompetenza del personale raggiunge dei livelli allarmanti.

Probabilmente dovrei ingaggiare degli agenti di sicurezza che mi proteggano dai malintenzionati, per poi assumerne altri che mi proteggano da loro. Ti sei fatto molto male amico?”

“No, no. Sto bene. Anzi, ti chiedo scusa per l’inconveniente”.

“Scuse accettate Frank! Ma adesso andiamo a noi. C’è un motivo per cui ti ho fatto venire qui”.

“Sì, hai parlato di una proposta”.

“Una proposta, esatto Frank. Vedi ci ho pensato, e non ho ritenuto giusto quello che è stato fatto al tuo ufficio. O meglio, credo sia stata la cosa giusta da fare per il bene della WhiteCorp., ma riconosco che per te sia dura da accettare dopo tanti anni di onorato servizio in questa azienda. In un primo momento avevo pensato di assegnarti un anonimo cubicolo al secondo piano, accanto al locale manutenzione; ma sarebbe stato un insulto, un’imperdonabile mancanza di rispetto per la tua carriera. Così ho preso in considerazione tutte le altre possibilità a mia disposizione. Ma nessuna ti si addice Frank; nessuna stanza di questa sede è adatta a ospitare la tua professionalità, il tuo carisma, la tua esperienza. Ed è stato in questo modo che un’idea mi ha colpito. Ma certo! L’unico ufficio abbastanza grande e prestigioso, degno di una persona come te Frank… è questo! E’ il mio ufficio! E allora? Perché non dartelo amico mio? Non diverrai il direttore, ma vivrai come se lo fossi! Non so se il nuovo arredamento risulti di tuo gusto, ma una tua parola e provvederò io stesso ad apportare tutte le modifiche necessarie”.

Proprio in quel momento Frank notò l'enorme arazzo posto alle spalle del direttore. Aveva tonalità bordeaux, ed era decorato col disegno di un grande drago nero stilizzato e in rilievo. Sì. Un cambio di arredamento sarebbe probabilmente stato necessario.

"Che ne dici Frank? Saresti contento?"

"Signore, ehm, Ray... io, non so cosa dire. Sarebbe un onore per me. Ma mi sembra esagerato, io non potrei mai..."

"Sì. In effetti hai ragione. Non potresti mai" – Frank lo guardò senza capire. "Non potresti mai perché prima... dovresti battermi!"

"Batterti?"

"Una partita a scacchi Frank. Solo io e te, uno contro l'altro. Nessun squadra, nessun fattore esterno, nessuna fortuna. L'uno il nero, l'altro il bianco. La tua geometria contro i miei scarabocchi, il tuo metodo contro la mia paranoia; l'ordine che si imbatte nel mondo del folle. Se vinci, avrai diritto al mio ufficio. Anzi! Perché solo al mio ufficio? Se mi batti, ti prenderai la mia vita. Il mio lavoro. Tutto quello che posseggo. Se il bianco vedrà il nero cadere, io farò di te il presidente di questa azienda"

Frank non riusciva a rispondere per quanto dissennate riuscivano a suonare quelle parole nelle sue orecchie. Rimase come impietrito.

"Frank... Vecchietto? Tutto bene? La caduta ti ha fatto forse perdere qualche neurone per terra? Aspetta...".

Ray si alzò dalla sedia, e si recò diligentemente a controllare, setacciando con lo sguardo il terreno dietro le spalle di Frank, mentre lui rimase seduto, attonito. Neanche si girò a guardarlo.

"No Frank. La ricerca non sembra aver dato risultati apprezzabili; credo che siano ancora tutti là dentro... anche se... dal tuo sguardo non si direbbe"
"No Ray, non è questo. Ammetterai che è una proposta singolare e...
"Sì. Uomo singolare, proposta singolare. Logico."
"Sì Ray. Ma perché farmela? Potevi semplicemente darmi un altro ufficio, uno qualsiasi. Io non ho bisogno di grandi spazi o della vista sulla città. Mi basta uno spazio tranquillo dove poter lavorare. Non devi preoccuparti".
"Ecco! È Questo il motivo per cui ti faccio questa proposta! Perché sei un uomo noioso Frank! Sei un soggetto stanco, passivo, privo di fantasia, avaro di sorprese! E se vuoi la verità, ti confesso che questo tuo atteggiamento mi rende ancora più instabile di quanto io non sia normalmente. In qualche modo, tu mi fai impazzire Frank. Sul vero senso della parola. Per una volta vorrei che mi sorprendessi. D'altronde, questa non è una sfida casuale... spero tu te ne sia accorto".
"Sì... in effetti, proprio gli scacchi... gli scacchi sono stati una mia passione giovanile. Ma lei come..."

"Domanda già fatta, risposta già data Frank. Smetti di annoiarmi così. Io, sono, il tuo, direttore! Io ti conosco meglio di quanto tu non conosca te stesso. In gioventù sei stato un campione di scacchi. Non solo. Non ti piaceva soltanto giocare a scacchi: ti piaceva giocare, a qualsiasi cosa! Poker e Blackjack in particolar modo. Eri un giocatore d'azzardo Frank, e anche molto abile. Questa tua abilità ti ha permesso di uscire da questo tuo vizietto quasi indenne, senza gravi perdite, senza che nessuno potesse neanche immaginare. Ognuno conserva i suoi fantasmi dietro i suoi occhi onesti Frank; ma purtroppo gli occhi nascondono anche un altro difetto: non riescono a mentire in eterno. Tutto è cambiato. Sei diventato un bravo ragazzo, hai preso moglie, hai avuto una bellissima figlia, una famiglia normale che ti ha regalato discrete soddisfazioni. Hai smesso, te ne sei liberato. Hai rinnegato i tuoi fantasmi, hai persino smesso di giocare a scacchi per non portare con te niente che potesse ricordarti il passato. Ma tutto questo... questo è brutale! Questo è un crimine Frank! Un tempo tu... tu eri una persona divertente! Adesso sei diventato... solo un uomo grigio che trascina una borsa scura. Sei uno schiavo Frank. Sei uno schiavo della tua routine, uno schiavo della tua famiglia, del tuo lavoro. Sei un mio schiavo Frank. E io... io sto solo cercando di offrirti la tua libertà".

Quell'uomo. Ma chi si credeva di essere? Come faceva a sapere tutte quelle cose? Aveva sicuramente incaricato qualcuno di entrare nella sua vita, di osservarlo, di riportare a galla un passato che era stato sepolto sotto anni di diligente osservanza delle regole. Un passato che in pochi conoscevano, che in molti avevano dimenticato, che Frank considerava soltanto un capitolo non troppo felice della sua vita. Ray... quell'uomo era un pazzo. Un figlio di papà che doveva ogni sua fortuna a contingenze del destino che per certo esulavano dalle sue reali capacità. E adesso si permetteva anche di giudicarlo, di sbattergli in faccia i suoi trascorsi, trattarlo come un uomo senza spina dorsale, desideroso soltanto di asservirsi ai suoi comandi.

"E va bene Ray. Giochiamo! Facciamo questa partita. Ma bada... perché sarà l'ultimo ordine che eseguirò per te"
"Quegli occhi! I tuoi fantasmi... Frank sei tornato!" – Ray sorrideva e applaudiva. "Questo è l'uomo che volevo vedere. Questo è l'uomo degno di sfidarmi! L'uomo audace di un tempo. Ma ascolta un po': così questa non sarebbe certo una scommessa per te. Questo non è un azzardo. Troppo facile! Se vinci prendi tutto; se perdi, non ti viene tolto nulla. Il Frank di una volta non si sarebbe certo assoggettato a un giochetto del genere. Non c'è adrenalina se si volta le spalle al rischio! Sai, so anche un'altra cosa su di te: sei un gran lavoratore, ma mi hanno riferito che stranamente due giorni alla settimana batti un po' la fiacca. Il martedì, e il giovedì mi sembra. Vai via ben due ore prima dell'orario convenuto; capisco che sei un veterano, ma

capirai anche che prendersi simili libertà in tempi di crisi come questi non giova affatto agli interessi dell'impresa. Bisogna fare dei sacrifici Frank. Piccoli sacrifici, e bisogna che tutti ne facciano: se vinco io tu lavorerai fino alle 10 di sera tutti i giorni, senza eccezioni. Inoltre facciamo che mi considererò sollevato dall'incombenza di trovarti un ufficio degno della tua persona; direi che l'ufficietto al secondo piano andrà più che bene. Mi sembra un rischio tutto sommato tollerabile: piccole prospettive di perdita, supportate da immense potenzialità di guadagno. È la scommessa dei sogni di ogni giocatore. Spero adesso non vorai tirarti indietro per così poco…".

Bastardo. Lui sapeva. Sapeva anche quello. Era una scommessa troppo sproporzionata. Ray doveva sapere che quelle poche ore in più per Frank volevano dire qualcosa di più; qualcosa che poco aveva a che fare con le logiche del profitto. Ma ormai le fiamme degli ardori passati avevano consumato ogni traccia di calcolo razionale dalla mente animosa e vendicativa del nuovo Frank che sedeva a stento davanti al volto compiaciuto del suo direttore. Nuovo o vecchio, in quel momento Frank cominciò a odiare seriamente quell'uomo, quel ragazzo impudente. La sua famiglia non era il suo lavoro. Ray non aveva alcun diritto di tirarla in ballo, in nessun modo.

"Sì Ray. Hai ragione. Non mi tirerò certo indietro per questo!"

"Va bene allora, vecchietto. Vediamo che sai fare…".

Ray condusse Frank davanti al camino. I due si sedettero l'uno di fronte all'altro, ancora una volta. Frank volle i bianchi. Ray prese i neri. Entrambi usufruirono di un bicchiere di cristallo, ambrato di cognac, per snebbiare le idee. La mano di Frank sorvolò veloce la scacchiera e si posò sul pedone di fronte al re bianco. Il comando era stato impartito, l'azione intrapresa. Il gioco iniziava.

Locanda

La televisione parlava. Frank non ascoltava. Stava seduto lì in cucina a bere il suo latte gelato, scrutando il vuoto, guardando nel suo passato. Rivedeva continuamente quella scena, e chiudere gli occhi... beh, coi ricordi non serve a niente.

"Frank! Che faccia nera che hai! Mi sembri sconvolto. Non te l'aspettavi, vero? Ma vedi, per quanto tu sia bravo, la verità è che non potevi vincere questa partita. Vuoi che te ne spieghi il motivo? Ma è semplice! Non potevi vincerla perché il Re bianco, sono io! Lui non è te. Lui è me! Così non poteva fare altro che assecondarmi e farmi vincere. Non cogli l'ironia? Il mio nome Frank. Anche il mio nome è, come dire, un gioco di parole. Le mie origini sono ispaniche, e questo lo sanno in molti. Quello che sanno in pochi è che il mio cognome in origine era Blanco, non White. Fu mio padre a farlo cambiare in White al momento di fondare la sua impresa, forse per nascondere le sue origini, forse perché credeva che un cognome anglofono gli fornisse una maggiore credibilità. Sta di fatto che io non avrei mai compiuto una scelta simile. Non si deve mai rinnegare il proprio passato Frank, né le proprie origini, né come hai fatto tu, tantomeno come ha fatto mio padre. A questo punto dovrebbe essere evidente: Rey Blanco, re bianco, non è altro che il mio nome. E questo tu avresti dovuto prenderlo in considerazione prima di giocare Frank; prima di scegliere il lato bianco della barricata" – Ray si fermò un momento e si mise sulla testa un cappello, lungo e verde.

"Frank, ti presento il mio cappello. Cappello, Frank; Frank, Cappello! È molto lieto di conoscerti. Aspetta. Come dici? Anche tu vuoi un po' di cognac. Ancora? Ma non avevi detto di aver smesso? Fattelo dire, sei proprio un cialtrone. E va bene, ma ti garantisco che questo è l'ultimo bicchiere che ti concedo! Non vorrei mi diventassi un basco ubriacone" – Ray si tolse il cappello e versò al suo interno un intero bicchiere di acquavite francese, come se stesse abbeverando una pianta. "Oh! Adesso sei contento?" – lo scosse un po', tenendolo per le falde con entrambe le mani. Poi se lo rimise in testa, riversando l'intero contenuto sul suo viso.

"Ok! Scusa. È solo un po' viziato. Adesso va tutto bene. Ti stavo dicendo qualcosa… ah sì! Io sono pazzo Frank. Non lo sono diventato; sono nato così, con un cappello verde in testa. Lui mi segue da quando sono bambino, non mi ha mai abbandonato, e io non l'ho mai ignorato; gli ho sempre portato il dovuto rispetto. Perché lui è quello che sono. All'inizio credevo di doverlo nascondere, di poterlo indossare soltanto in camera mia, quando nessuno mi guardava, altrimenti… altrimenti mi avrebbero scambiato per quello che sono. Ma poi ho acquisito il successo Frank. E il successo rende tutto più bello, tutto più tollerabile. È un gran trucco di trasformismo! Il folle diviene l'eccentrico, il porco il playboy, il narcisista l'icona di stile, il farneticante l'opinionista, il malvagio il paladino del giusto. Gli occhi vedono quel che le sembianze suggeriscono, e le sembianze del successo, quelle del potere e del denaro, seducono lo sguardo come il miraggio inganna l'uomo in cerca dell'acqua nel deserto. Adesso non solo posso indossare il mio cappello ovunque desideri, io posso fare ancora di più: io posso non indossarlo affatto! Io posso essere il mio cappello. Ovunque, con chiunque.

Io non temo di parlare, non ho paura di sbagliare, di non soddisfare le ottuse aspettative degli altri. Sono gli altri che devono adeguarsi al mio modo di fare. Io so in ogni momento chi sono, chi sono davvero: sono un bianco, non un nero. Per questo vinco, per questo ti ho sconfitto. Tu al contrario, mio caro Frank, ti trucchi, proprio come fanno le prostitute: ti riempi la faccia di un cerone bianco e posticcio per apparire bello, impeccabile, immune al giudizio negativo degli altri. Rinneghi te stesso, perché hai paura. Scegli il bianco anche quando sei il nero, credi di essere nel giusto anche quando, evidentemente, stai sbagliando. Tu non sei tu mio caro Frank. Io invece sono veramente io. Io sono il Re Bianco, e tu... tu, in effetti, non sei niente".

Faceva sempre più freddo. Frank respirava e il suo respiro era vapore che si alzava davanti ai suoi occhi. Stringeva il suo bicchiere di latte e le dita rimanevano impresse nella condensa grigia che avvolgeva il vetro trasparente. Serrava le palpebre, per non vedere dove si trovava; chiudeva gli occhi per non ricordare come ci era arrivato.

Le luci. Le luci sul viso della bambina. Le ultime che vide, mentre sua madre la teneva stretta al suo petto. Quando tornò a casa la sera le chiamò. Loro non risposero. Forse avevano cenato fuori. Accese la tv. Un incidente all'incrocio fra la terza e la quinta; era lì vicino. Era troppo vicino. Le sue orecchie ascoltavano e i suoi occhi inorridivano, non poteva essere davvero come dicevano quegli avvoltoi dei giornalisti; i nomi dovevano essere sbagliati! Prese la giacca, corse fuori, e si precipitò sul luogo dell'incidente. Vide la polizia, le ambulanze, le televisioni, un grande autobus arancione abbattutosi contro l'angolo di un palazzo. Sull'asfalto bagnato scivolava del sangue scuro e delle caramelle rotonde. Tante caramelle, tutte bianche.

Quella sera, sotto la luna bianca e impassibile, sarebbe dovuto morire lui. Se fosse andato lui a prenderla, come al solito, quel giovedì sarebbe morto soltanto lui. L'avrebbe salvata. Ma probabilmente non sarebbe morto nessuno. Lui non viziava la sua bambina. Lui non si sarebbe mai fermato a quel negozio di dolciumi. Sarebbe corso dritto a casa, da sua moglie; se quel giovedì lui non fosse stato rinchiuso in quella stanzetta accanto al ripostiglio di servizio, loro sarebbero ancora una famiglia felice.

Il primo anno Frank fu sostenuto dall'affetto di tutti, anche di quelle persone che prima di allora non gli avevano mai rivolto neanche un saluto. Amici, conoscenti, colleghi furono prodighi di consigli, di condoglianze, di rammarico. Persino la televisione prese in considerazione la sua storia: lo invitarono a un celebre talkshow serale, seguito da centinaia di migliaia di persone. Era naturale. Lui non voleva andarci. Ma gli amici lo convinsero che era la cosa giusta da fare: tutti dovevano conoscere la sua tragedia, tutti avrebbero dovuto commuoversi di fronte alle parole che tremavano nell'emozione dei suoi ricordi terrificanti; ogni telespettatore avrebbe dovuto godere di quel racconto così intenso. Frank volle provare. Gli rivolsero molte domande, la gran parte ricche di sensibilità e intelligenza.

"E mi dica. Lei cosa ha provato quando ha sentito quella notizia in televisione?"; "La sua vita è cambiata da quel giorno?"; "Ma cosa ha visto esattamente quando è arrivato sul luogo dell'incidente?"; "Crede che potrà mai tornare ad essere felice come prima?". Lui sopportò educatamente tutte le domande. Poi, altrettanto educatamente, si alzò e scagliò il trespolo sul quale lo avevano piazzato in testa alla conduttrice della trasmissione. Venne denunciato per lesioni. Da quel momento Frank cominciò a isolarsi sempre di più: al lavoro i colleghi cominciarono a evitarlo, temevano fosse diventato un instabile e un violento; i suoi pochissimi amici non fecero più nulla per aiutarlo, decretando che tanto, nulla sarebbe valso a farlo uscire da quello stato di paranoia catatonica. Frank era sempre triste, depresso, a stento rideva alle battute: non poteva considerarsi per certo un tipo di grande compagnia, né il commensale ideale per una spensierata cena fra amici. Non lo chiamò più nessuno. Per un periodo la sera continuò ad andare a mangiare al ristorante italiano di uno dei suoi più cari amici, Pietro Gentiloni, un personaggio grassoccio e simpatico che gestiva uno dei locali più noti della città. Era un cliente affezionato, e sin dai primi giorni di apertura era sempre tornato a mangiare lì con sua moglie e sua figlia.

"Ehi! Frank! Accomodati. Qui lo sai che sei sempre il benvenuto! Ti consideriamo uno di famiglia ormai!".

Sì. Proprio uno di famiglia.

Anche Pietro aveva una moglie e un figlio ormai grande. Quella del ristorante era una gestione familiare che andava avanti ormai da più di dieci anni con grande successo. Beatrix e Johnny, la moglie e il figlio, si occupavano delle questioni inerenti la cucina, mentre lui serviva ai tavoli, ultimamente avvalendosi di alcuni camerieri di supporto considerata la vasta affluenza al piccolo locale. I coniugi Gentiloni erano cortesi e disponibili. Certo, dovevi pagarli, ma finché il rapporto ristoratore-cliente restava ben saldo arroccato su solide disponibilità finanziarie, l'amicizia dei due locandieri sarebbe rimasta una delle più care e sincere.

Frank era stato accolto al locale anche dopo i terribili avvenimenti che lo coinvolsero in prima persona. Per almeno un anno e mezzo si recò a cenare in quel posto, quasi ogni sera, ordinando più o meno sempre le stesse cose; niente di impegnativo, tuttalpiù una zuppa e un po' di pane. Sedeva sempre da solo, in un tavolo vicino alla porta d'ingresso. Quel locale gli piaceva molto: era caldo, accogliente, ben arredato. Si vedeva che i proprietari avevano messo una discreta cura nel progettarlo, sin dai più piccoli particolari. L'ambiente era rustico, aveva l'aspetto di un'antica taverna, eppure spiccavano elementi estranei di eleganza, come le sedie in ferro battuto coi cuscini merlettati, le mensole di legno con le raffinate ceramiche al di sopra e le bellissime piante agli angoli del locale. Soltanto non capiva per quale motivo, in mezzo a tutta quella cura per i particolari, avessero preferito lasciare la porta di collegamento con la cucina tutta verniciata di bianco. Rispetto al resto del locale, quella porta in bella vista era decisamente un pugno nell'occhio.

Frank stava seduto e osservava. Osservava in silenzio le persone che gli stavano intorno, con gli occhi che penetravano, senza fiatare, senza permettere alla confusione di distrarre lo studio attento delle loro conversazioni. Banalità. Frasi già sentite, sempre le stesse. Insipidi luoghi comuni portati in tavola col contorno di verdure grigliate e un bicchiere d'acqua. Le loro risate, i loro denti ingialliti per le parole che vomitavano dalle labbra rosse e gonfie di sangue; le rughe del lor viso, le rughe sulla fronte dei più giovani, le frasi senza senso, gli insindacabili giudizi borgesi. Ogni sera in quel locale scendeva una coltre di fumo, di un fuoco che bruciava petrolati e sostanze chimiche, che sulla lingua sapeva di gomma bruciata e raffineria, di persone che processavano gli assenti, di condanne elargite e poi ritirate quando ritenute più scomode, di ipocrisie che bruciavano nei sorrisi beffardi e sornioni dei più intelligenti. Frank non aveva mai respirato quell'inquinamento prima di allora; forse perché prima era felice, soddisfatto, incastonato come una gemma nella sua vita normale. E la felicità, il consumo, l'imbarazzo della scelta, la soddisfazione… non sono altro che i buoni motivi che vengono forniti ai ciechi per non aprire mai gli occhi; per convincerli a non cedere alla curiosità di diserrare le palpebre, mai, neanche per un solo secondo, neanche per controllare se le loro pupille siano effettivamente in grado di percepire la luce oppure no. E chi ha bisogno di bendare una persona con la forza, suscitando la sua reazione scontata e stizzita, quando si può incruentemente persuaderla di essere cieca sin dalla più tenera età? Chi ha bisogno di legare un uomo e una donna con una catena al fondo di una caverna, quando si può parlare loro con la voce degli dei, e convincerli che fuori di lì il sole li scioglierebbe? Beh, forse solo… un vecchio dittatore un po' ottuso e poco scaltro.

Forse la verità è che Frank era soltanto diventato un intollerante. Sopportava a stento persino il suono della voce delle altre persone; la felicità degli altri, adesso per lui rappresentava il male serpeggiante sugli alberi del pianeta. Pietro ogni tanto gli offriva una mela rossa. Frank rifiutava. Inizialmente rifiutava solo quello; non gli piaceva molto la frutta. Poi cominciò a rifiutare il locale, infine l'intera famiglia Gentiloni. Li vedeva lì, ogni sera, indaffarati a servire tutte quelle bocche grondanti di saliva, non solo sufficientemente ricchi da aprire un altro locale nella stessa città, ma persino felici e affiatati. Pietro era amico di tutti, parlava con tutti, non certo solo con lui. A pensarci bene, perché Pietro era uno dei suoi migliori amici in fin dei conti? Non gli aveva mai fatto uno sconto nei lunghi anni di affezionata frequentazione di quel locale; non gli aveva mai offerto neanche un caffè. La sua famiglia doveva essere stata sterminata da un autobus perché gli offrisse una mela ogni tanto. Fuori da quel locale non lo invitava mai da nessuna parte, non uscivano mai insieme, con la scusa dei rispettivi lavori, rispettivamente così impegnativi. Pietro non preferiva Frank in nulla. Pietro era uno dei migliori amici di Frank per una mera questione quantitativa: si conoscevano da tanti e tanti anni, non molto più di questo. Frank cominciò a mal sopportare quell'ambiente. Ma non dovette essere lui a caricarsi l'imbarazzo di non frequentarlo più da un giorno all'altro, così, senza alcun motivo plausibile.

Una sera Pietro arrivò, con la sua solita faccia allegra e pasciuta.

"Ehi Frank! Va tutto bene?"
"Si, grazie Pietro. La zuppa è buonissima, come al solito. Rinnova i miei complimenti a Beatrix".
"Grazie Frank! Senz'altro, glielo dirò sicuramente" – Frank rimise la testa nel piatto, e continuò a portare il cucchiaio alla bocca.
"Senti Frank, in effetti ti volevo dire una cosa importante…" – Frank smise di mangiare. Posò il cucchiaio. Lo guardò negli occhi.
"…ecco, noi siamo amici da tanti anni Frank. Mi ricordo quando, avevamo aperto solo da poche settimane, e tu e Loren venivate qui a mangiare: tu ordinavi sempre la carne di vitello con le patatine, mentre Loren…". Frank riabbassò lo sguardo.
"Taglia corto Pietro".

Pietro si scompose un po', continuando il suo discorso, sempre più imbarazzato.

"Sì, hai ragione Frank. Ecco ti stavo dicendo che noi siamo amici, e che quando ci sono dei problemi possiamo dircelo senza difficoltà. E in questo caso Frank, tu vieni al mio ristorante sempre con questo cappotto scuro, con questo volto stanco e trasandato; fattelo dire, sembri quasi un serial killer conciato così!"
– Pietro rise nervosamente, e spinse la spalla di Frank al

fine di coinvolgerlo nel suo scherzo. Frank continuò a guardare dritto davanti a sé.

"Ecco Frank, e in realtà, figurati, a me... cioè, a me non importerebbe nulla, anzi, anche io stavo cercando un cappotto con questo taglio, come il tuo, ma... ma, insomma..."

"Insomma...". Frank non si muoveva. Pronunciò quella parola con un tono parecchio spaventoso.

"Insomma Frank sei inquietante! Ecco, l'ho detto. Messo in quel tavolo, sempre da solo, tutto vestito di nero, con quella faccia cupa... più che un cliente sembri un maniaco, o un assassino! Io non te lo avrei mai detto, perché ti conosco bene, so che sei una brava persona, ma sai, più di un cliente s'è lamentato. E il problema è che in questo periodo non posso permettermi di perdere clientela, sai com'è... la crisi e tutto il resto".

"Quindi ci sarebbe un periodo in cui puoi permetterti di perdere i tuoi clienti? Non c'è problema. Dimmi qual è. Verrò solo allora".

"No Frank, non è questo il punto, mi hai frainteso. Io..."

"Tu non puoi perdere i tuoi clienti. Certo, ti capisco. E d'altronde io non somiglio a un tuo cliente, giusto? Bene. Allora non ti dispiacerà se adesso vado...".

Frank si alzò in piedi di fronte al suo tavolo.

"Frank, sono contento che tu non te la sia presa e abbia compreso le mie ragioni, ma mica devi andare via adesso! Almeno finisci di mangiare la tua zuppa!"

"No Pietro. Non c'è bisogno. Non era poi così buona. Salutami Beatrix. Salutami Johnny. Salutami i tuoi clienti".

"Certo Frank! Sarà fatto! Ma tu qui puoi tornare quando vuoi! Basta… basta che magari assumi un atteggiamento meno inquietante… sai, i clienti…" – Pietro accompagnò Frank alla porta.

"Tranquillo Pietro. Non avrai più alcun problema da me".

Pietro sorrise largamente, mentre gentilmente gli apriva la porta.

"A presto Frank! Ci sentiamo!".
"Sì… a presto".

Quelle furono le ultime parole che si scambiarono i due vecchi amici. Gli ultimi sorrisi. Le ultime cortesi menzogne.

Social Network

L'aria che respirava Frank in quella stanza era fredda e pesante. Adesso il bicchiere di latte giaceva congelato e ormai quasi vuoto sull'angolo sinistro del tavolo. Frank sedeva davanti a un computer grigio metallizzato, con la luce bianca che gli illuminava il volto, con il resto della camera inondata dalla flebile luce verde prodotta dalla televisione con lo schermo tappezzato di macchioline bianche e nere, a segnalare la completa mancanza di ricezione del segnale. Guardava lo schermo, con gli occhiali tondi e trasparenti che per i riflessi avrebbero impedito a chiunque di percepire la direzione del suo sguardo. Navigava in acque profonde, con la mente assente e lo sguardo distratto, cliccando a caso sulle pagine di un celebre sito web: una grande piazza sociale virtuale dove tutti i suoi amici interagivano condividendo pensieri, foto, video, commenti, qualsiasi cosa potesse servire a disvelare al mondo la loro vera personalità, quella migliore. Frank si era iscritto al sito perché a quanto pare era l'unico abitante del pianeta Terra a non possedere un suo alter ego virtuale; era l'unica persona rimasta a non poter contare su almeno un qualche centinaio di amici, l'unica persona i cui pensieri non piacevano a nessuno. Si iscrisse perché era in cerca di una qualche forma di compagnia; in effetti né trovò tanta. Tanti volti, tanti nomi, un'interminabile vetrina di facce senza corpo.

Anzi no, siamo onesti. Molti il corpo lo avevano e lo mostravano pure, allo specchio o al mare, con un certa dovizia di particolari, rigorosamente nella sua forma migliore. Ritrovò molti amici che credeva di aver perduto, risucchiati nel vortice delle contingenze, delle strade divise, dei lunghi destini incrociatisi per poi voltarsi le spalle, una volta per sempre. Con alcuni di loro organizzò persino di rivedersi qualche volta, magari per uscire insieme una sera, magari per mangiare qualcosa di veloce; una pizza, plausibilmente. Il social network lo stava aiutando. Lo stava incoraggiando a recuperare i contatti perduti con il mondo, gli stava insegnando che c'era tanta gente meravigliosa su questo pianeta, tante persone sorridenti, di cui persino le sventure più pungenti in fondo potevano far sorridere; di cui persino i pensieri più scontati, in fondo, potevano essere straordinari. E in fondo, quello che contava, quello che conta, era piacere agli altri. Non piacere sul serio, chi lo pretenderebbe: qualche pollice in su una volta ogni tanto sarebbe stato sufficiente a riabilitare settimane di ego perduto per le strade trafficate e indifferenti delle grandi città traboccanti di luci. Un pollice in su commenta più di mille parole.

Mille parole sarebbero stati certo un'inutile perdita di tempo, se confrontati con l'efficienza di un simbolo onnicomprensivo, assoluto, unilaterale, con cui difficilmente avresti potuto sbagliarti. Il tempo è denaro, e l'amicizia non fa eccezione. C'è chi questo lo sapeva bene, come il saggio Pietro; e c'è chi invece ancora idealizzava un parola scontata, stuprata e inflazionata dalle migliaia di rapporti occasionali a cui viene superficialmente attribuita. Sul web non c'è il tempo per essere conoscenti. Sul web c'è soltanto il tempo per diventare amici e piacersi vicendevolmente, senza parlarsi, perché a due amici così, le parole non servono mica. Chi ci è nato dentro non ci fa caso; chi era abituato ad altro, ci si abitua volentieri; chi si aspettava qualcosa di diverso, non ci si abituerà mai. Per fortuna questi ultimi sono in pochi. Nessuno si aspetta niente. Nessuno aspetta nessuno. Chi lo fa, inevitabilmente, soffre. E nella vita, nel social network, nessuno può permettersi di soffrire tanto.

Avanti. Aspettate che Frank dia la stoccata finale al grande male dei rapporti moderni? State aspettando la disfatta dell'inganno virtuale ad opera dell'ennesima raffinata riflessione sulle storture del grande spazio sociale? Aspettate allora, aspettate pure. Perché Frank almeno una cosa da tutta questa storia l'aveva imparata: chi vince, prende il potere; chi prende il potere è l'unico legittimato a raccontare la storia. A chi non è niente viene lasciata la parola come ai pesci che si dibattono disperati sulla sabbia viene concessa la libertà di aprire la bocca per respirare. Aprite la bocca per respirare dunque, se ci riuscite. Ma che non si parli. Che non si alimenti la grande ipocrisia della parola scomoda, che è confortevole per tutti, meno che per chi l'ascolta per l'ennesima volta; la grande favola del paladino senza macchia che cavalca in solitaria per le terre perdute spinto dal bene profondo che muove i suoi intenti. La fiaba del buono, e del cattivo, che si scontrano nell'ultimo grande duello, uno di fronte all'altro, con il male che ha perso in partenza, eppure sopravvive a ogni nuovo racconto. Le parole sono preziose, e se il mondo fosse coerente, starebbe in silenzio. Se il mondo fosse coerente, starebbe seduto in una stanza buia come Frank, a guardare se stesso tacere.

Quelle riflessioni erano dettate dalla rabbia, dalla frustrazione. In realtà lo capiva bene. Il problema era lui. Non erano gli altri, non era il social network. Il problema è che lui... lui non voleva piacere a nessuno. Non ne aveva più la forza. Non aveva più la forza di apparire. Cominciò a desiderare, a desiderare intensamente una forma empatica di telecinesi. No, non la voleva per lui; la desiderava per gli altri, per tutti gli altri. Avrebbe tanto voluto che le persone fossero in grado di guardargli dentro in un secondo, che con un solo sguardo avessero il potere di sondargli lo spirito, di sollevare il suo essere puro fuori dall'involucro delle sue azioni fraintese, dei suoi occhi neri persi nel vuoto, delle sue apparenze fuorvianti; che con una sola carezza avessero la possibilità di percepire le sue emozioni, le sue sensazioni, la sua bontà, il suo dolore. Frank lo sapeva bene. L'essere e l'apparire sono molto meno antitetici di quanto comunemente non si creda. Forse in pratica, sono persino la stessa cosa. A meno che ognuno di noi non possieda quel magico potere infatti, chiunque voglia essere qualcosa, deve necessariamente anche apparire quel qualcosa.

L'uomo gentile è colui che compie azioni cortesi. È gentile perché appare cortese. Se l'uomo gentile rimanesse isolato in un angolo a non parlare con nessuno, chi potrebbe definirlo realmente gentile? E con quale diritto? Ma lo è nell'animo, nella sua più profonda essenza! Forse. Ma nella più profonda essenza dell'uomo gentile vi è sicuramente l'indole di compiere azioni cortesi. Se non lo fa, non sembra esserci alcun motivo plausibile per definirlo gentile, non soltanto nella sua apparenza, ma anche nel suo essere più profondo. L'essere va dimostrato. Va mostrato. L'essere deve manifestarsi di fronte ai nostri sensi, di fronte alle nostre strumentazioni se necessario. Finché l'essere rimane nascosto, nella pratica, finisce per non esistere, per nessuno, se non per l'unica persona che può sentirlo dimenarsi dentro di sé. L'essere diventa così lo spettro del folle: solo lui lo vede, solo lui può parlarci. Darebbe qualsiasi cosa per mostrarlo a tutti gli altri; lui sa per certo che esiste, che è reale. Può sentirlo. Ma gli altri no. E il folle, finisce spesso nel bagno di un ospedale a parlare con se stesso, con il collo un po' sbilenco, davanti a uno specchio sporco di dentifricio alla menta.

L'apparenza inganna, è vero, ma una persona non appare mai per davvero quello che non è: il truffatore che compie azioni cortesi, similmente a quanto fa l'uomo gentile, appare quello che non è, ossia un uomo disponibile e a modo, quando in realtà non è altro che un uomo egoista e deprecabile. Ma non è forse nella vera essenza del truffatore compiere azioni gentili, al fine di portare a termine i suoi obiettivi egoistici? Certo che sì. E allora l'apparir gentili risulta essere perfettamente compatibile con il mestiere di truffatore, anzi, il mestiere lo richiede. L'apparenza inganna perché gli stessi comportamenti sono compatibili con più modi di essere, e se ne viene osservato solamente uno di questi isolatamente, si può facilmente giungere alla conclusione sbagliata. Ciò non toglie che se ognuno di noi avesse a disposizione l'intera gamma di comportamenti e dei diversi modi di apparire di una stessa persona, allora soltanto molto difficilmente potremmo ingannarci nel ricavare l'essere di quell'individuo dal suo apparire. L'apparire non è l'opposto dell'essere: esso non è altro che il suo canale, la sua unica via verso l'esterno, la sua eterna frustrazione.

Adesso avete capito perché tutti evitavano Frank? Oltre che per il suo lungo cappotto nero e lo sguardo omicida, passava il giorno e la notte a consumar la mente appresso a simili riflessioni. Riflessioni inutili, inespresse, come il suo essere che marciva divincolandosi dentro di lui, urlando, lentamente, facendolo svegliare la notte in preda alle crisi di panico. Frank non voleva mostrarsi più a nessuno. Di conseguenza Frank non era più nessuno. Sul social network le persone promuovevano se stesse, le loro storie, le loro avventure. Tutti parlavano, nessuno si ascoltava. Per chi voleva apparire quello era un paradiso, l'invenzione più rivoluzionaria del secolo: una rete di intrattenimento idolatra dell'Io, più che una rete sociale. Ma per chi come Frank non aveva alcuna intenzione di mostrare al mondo le sue foto in cucina col bicchiere di latte freddo, il social network non offriva particolari risposte.

Frank cercava una persona che lo ascoltasse, non che gli parlasse di sopra, in ogni momento della sua giornata, come nell'orario di lavoro, anche nella riservatezza del gabinetto. Ma Frank era solo. Come lo era in rete, lo era nella realtà. E la realtà, lo si sa bene, è una questione di prospettive. La realtà è reale perché la puoi percepire coi tuoi sensi. Ma se puoi usare i tuoi sensi per percepirla, allora forse puoi usarli anche per modificarla, per crearne una nuova. La realtà in cui viveva Frank non era virtuale; non era reale. La realtà di Frank apparteneva alla mitologia, alla religione se vogliamo. Frank non era sulla terra, non era né in paradiso, né all'inferno. Frank sapeva perfettamente dove non si trovava. Ma adesso era arrivato il momento di capire esattamente in quale luogo volesse essere. Fu in quel momento; fu in quel preciso momento che Frank cominciò a scrivere la storia del quaderno nero.

Neve

E' mattina. Frank apre gli occhi. Dalla porta della stanza da letto si introduce una striscia di luce flebile e grigiastra. È ancora presto, ma si alza lo stesso, tanto non sarebbe mai riuscito a riprendere sonno. Si tira fuori dal letto, a fatica, prima una gamba; dopo qualche minuto anche l'altra. Quella mattina sembrava fare persino più freddo del solito, probabilmente fuori nevicava. Esce dalla stanza in pigiama, dopo pochi passi arriva in soggiorno. Sente una folata di vento gelido sferzargli violentemente il viso, congelargli il petto e lo stomaco. Sì, fuori nevicava; e anche dentro. Doveva aver dimenticato la finestra della cucina aperta la sera prima: il lato positivo è che adesso casa sua somigliava proprio a uno chalet di montagna; il lato negativo è che somigliava a uno chalet di montagna senza le pareti. La cucina e il soggiorno erano tutti imbiancati, come fossero stati colpiti da una violenta bufera di neve. La carta bianca si librava vorticando nell'aria gelata e le tende sostavano sospese dal vento, come le lunghe gonne delle ballerine danzano in un teatro d'inverno, mentre la neve continuava a cadere, come fuori, anche dentro, candida, e indifferente.

Frank osserva meravigliato. Trova la circostanza molto pittoresca. Non va neanche a richiudere la finestra, piuttosto si rivolge al suo attaccapanni ormai sbilenco e riverso contro il muro a causa del vento, sfila il suo cappotto nero con forza, e lo indossa velocemente. Nel movimento ha definitivamente trascinato a terra l'attaccapanni; ma con una tempesta di neve in casa, lo considera un particolare trascurabile. Si reca in bagno. Vi entra, e non accende alcuna luce; non lo fa mai, gli dà fastidio agli occhi, in special modo di mattina. Si appoggia al lavandino e comincia a tirarsi dell'acqua in faccia, prima lentamente, poi man mano più forte, fino quasi a schiaffeggiarsi. Solleva la testa, guarda il suo viso bagnato riflesso nello specchio. Prende un asciugamano rosa, lo adagia delicatamente sul volto e inizia ad asciugarsi, con movimenti lenti e cadenzati, perché per un momento riuscisse a percepire la morbidezza e il calore della fibra spugnosa. Riabbassa le mani, rialza lo sguardo verso lo specchio. È tanto buio che della sua immagine riesce a vedere poco più che un'ombra scura; a stento riconosceva i tratti del suo viso. Dietro di lui c'era qualcuno.

Un'ombra nello specchio, come lui. Grande, alta, completamente nera, con delle grandi ali che le spuntavano da dietro la schiena. Ultimamente la vedeva spesso. La ignorava, a volte ci parlava, a volte la scherniva. Frank va in cucina, prende il suo latte innevato, e questa volta lo versa in un pentolino di metallo, per poi metterlo sul fuoco. C'è un limite al freddo che un uomo è in grado di sopportare. Osserva la fiamma blu che divampa nell'aria ghiacciata, stende le mani e le braccia sul pentolino; percepisce un piacevole tepore. Beve il suo latte, con qualche biscotto, poi accende il computer. Oggi è mercoledì, è il suo giorno libero. Controlla la posta: nota l'ennesima mail di sollecito della banca. Sono già due mesi che Frank non paga più le rate del mutuo della sua casa. Pagare ancora? Per quella casa? Per chi? Viveva in casa sua come uno straniero, come un'anima di passaggio che poco a poco aspettava di abbandonare l'ormai distante mondo dei viventi. Poi adesso era come se vivesse all'aperto, come se non avesse davvero un tetto sopra la testa, come se la neve e la pioggia che bagnavano il tavolo dove faceva colazione fossero diventate sue coinquiline.

Ma anche nella volontà, anche nell'ostinata volontà di perpetrare quella farsa, Frank non avrebbe potuto pagare più niente. Non aveva più un soldo. A lavoro il suo stipendio era diminuito ancora a causa delle sue bassissime performance lavorative; gli avevano persino detto che doveva ritenersi fortunato a non aver perso definitivamente il posto. I pochi soldi che guadagnava li spendeva sui siti di gioco d'azzardo. Sì, era tornato a giocare. Non frequentava più le bische clandestine come faceva da ragazzo, ormai era troppo vecchio e stanco per potersi permettere intrattenimenti tanto pericolosi, ma nella solitudine di quella cucina non era riuscito a fare a meno di ricadere nell'antico vizio di gioventù. Se è per questo non era più neanche così bravo come allora. Perdeva spesso, perdeva praticamente tutti i soldi che giocava. Probabilmente il suo computer grigio gli stava causando molti più problemi di quanto non gliene stesse risolvendo.

E la sua storia? La sua storia era finita. La sua storia era la sua vendetta, scritta al chiaro di luna: i suoi nemici avrebbero sofferto nel suo racconto, almeno quanto avevano fatto soffrire lui nella sua vita. Sarebbero stati annichiliti, privati di ogni speranza, di ogni dignità, di ogni possibilità di redenzione; persino la loro identità sarebbe dovuta dissolversi nell'inchiostro brunito di quelle pagine. Eppure questo non era tutto. Per quanto non li tollerasse, Frank cominciò a rendersi conto che i suoi personaggi erano in qualche modo innocenti. Più scriveva e più si convinceva che in fondo, non fosse poi colpa loro se si comportavano in quel determinato modo: erano soggetti costruiti, scritti e diretti, non facevano altro che interpretare il ruolo che gli era stato assegnato, niente di più. Loro non erano cattivi; non erano neanche buoni. Erano solo i suoi personaggi, facevano soltanto il loro lavoro.

Il suo racconto divenne la sua consolazione nelle notti senza stelle. La sua fantasia notturna. Di quelle fantasie che, nel buio, ti sembra quasi di poter toccare, mentre il suono del piano accompagna leggero i pensieri sfuggenti. E in fondo quale reale, o immaginaria, differenza potrebbe mai esistere fra noi e i personaggi di un racconto? Ray era un folle psicopatico. Lo aveva forse scelto lui? Non credo. Nessuno sceglie davvero cosa vuole diventare. I nostri geni determinano la nostra personalità; poi l'ambiente in cui cresciamo e di cui assorbiamo le influenze costruisce in modo più o meno permanente il personaggio che reciteremo per il resto della nostra vita. Siamo messi al mondo per giocare bene il nostro ruolo, per seguire il copione della nostra dramatis persona. Per semplicità diciamo che ci sono le persone buone, e delle persone malvagie che vi si oppongono. Ma è evidente che i secondi siano necessari almeno quanto i primi e viceversa, come in un romanzo: Ray e Frank sono le due facce della stessa luna, quella luminosa, e quella oscura. Chi sia l'una, chi sia l'altra, non è scontato, ma adesso è poco importante. Il fatto è che Frank e Ray sono i due antagonisti: nessuno dei due sarebbe potuto esistere senza l'altro. La loro storia non sarebbe mai stata scritta, se non fossero esistiti entrambi, nello stesso momento, l'uno contro l'altro. Il bene e il male, la vita e la morte, sono fratello e sorella: sono inseparabili, e si vogliono bene. Ray non è cattivo. Il tuo nemico non è mai cattivo. È solo nato per andarti contro, è stato scritto perché la storia possa avere un senso e andare avanti. Frank era arrivato a questa conclusione, e coerentemente cercava di applicarla nella sua vita, evitando di odiare le persone che gli avevano fatto tanto male, interpretando i loro continui successi, e le sue corrispettive sconfitte, come la trama di una storia del tutto imparziale.

Frank passò tre anni della sua vita nel tentativo di spiegarsi il male; e per quanto fosse dura da accettare, era evidente. Era evidente che il dio a cui credeva, a cui ognuno di noi, in modo diverso, crede, non opera alcuna differenza fra la vita e la morte. E' evidente che non consideri la nostra vita come qualcosa di bene, e la nostra morte come qualcosa di male. È evidente che non ritenga coloro che perseguono la vita, i buoni, soggetti migliori di chi persegue la distruzione e la morte, ossia i cattivi. È sotto gli occhi di tutti. Ma nessuno può crederci davvero. Nessuno è tanto forte da lasciarsi annegare volontariamente in un'angoscia tanto grande. Neanche Frank.

Frank aveva visto il male nei suoi occhi profondi e tenebrosi. Aveva conosciuto la morte col suo vero volto. La sofferenza degli innocenti, il prolificare degli empi e dei malvagi, lo spegnersi di tutte le stelle del cielo che corrono a nascondersi di fronte all'arrivo della notte. Sì, lui avrebbe voluto; avrebbe voluto pensare che tutta la crudeltà piovuta a dirotto sulla sua testa fosse necessaria al mondo almeno quanto la felicità che aveva vissuto negli anni precedenti. Ma era solo un uomo. Un uomo debole e incoerente, come tutti gli altri. Così Frank portò a termine il suo racconto. Si vendicò contro Ray, che trasformò in un ragazzo senza nome, senza passato e senza futuro. Contro Pietro, abbandonato nella disperazione dietro a un bancone vuoto. E forse anche contro se stesso, per non aver mai saputo reagire a tutto questo, se non in un tetro mondo di carta. Adesso, il quaderno nero giaceva raggrinzito e ricoperto di neve sul tavolino del soggiorno.

"Frank…". È una voce profonda e inquietante. Una voce alle sue spalle.

"Frank, che stai facendo?". La voce scoppia a ridere.

"Non c'è bisogno che tu risponda. Lo vedo che stai facendo. Stai facendo lo sfigato… come al solito".

Frank beve un altro sorso del suo latte appena riscaldato, e finge di non sentire. L'ombra grande e nera alle sue spalle si avvicina al suo orecchio.

"Frank… ti sei guardato intorno? Hai per caso notato che la finestra è ancora aperta? Questo è l'ambiente adatto a un tonno surgelato, non a un essere umano. Comincio a sentire freddo persino io, il che è tutto dire. Inoltre credo che tu abbia anche lasciato il fuoco del fornello acceso. Oh! Ma aspetta: lascialo pure così, lo userò per riscaldarmi un po' la schiena".

La figura nera si allontanò dall'orecchio di Frank, si rivolse al fornello, e vi si appoggiò di spalle, avvertendo una piacevole sensazione di calore. Frank continuava a guardare lo schermo del suo computer, mandando giù un sorso di latte una volta ogni tanto. Dopo un po' la figura sembrò cominciare a percepire qualcosa di strano.

"Frank… ma non senti anche tu questo odore strano di… eh? Cosa?".

L'ombra nera si accese come una grande torcia luminescente, avvolta dalle fiamme bluastre. Cominciò a divincolarsi, lamentandosi e muovendo le braccia.

"Frank! Frank! Mi sono incendiato! Dannazione!"

La figura si dimenava alle spalle di Frank che non faceva una piega. Si sentì un grande urlo.
La grande figura in fiamme si abbatté sul tavolo della cucina, travolgendo ogni cosa, tranne Frank e la sua sedia. Poi cadde per terra rotolando sul pavimento tappezzato di neve, in un confuso miscuglio di ghiaccio, fuoco e ombre scure; Frank seguitava a osservare impassibile. Si alzò dalla sedia rimasta ormai senza tavolo, si voltò e spense il fornello dietro di lui; poi chiuse anche la finestra. Nel frattempo la figura nera si era rialzata e ristabilita quasi del tutto. Frank tornò a sedere al computer, che a sua volta era tornato al suo posto insieme al tavolo e a tutto il resto. L'ombra si materializzò nuovamente alle sue spalle.

"Ehi! Si può sapere perché non mi hai aiutato?"

"Ho spento il fornello"

"Sì. Dopo che avevo già preso fuoco però!"

"Non credevo che la Morte prendesse fuoco".

"Ah, se è per questo neanche io! Perciò mi sono spaventato. Sai che è una sensazione strana, prendere fuoco e non poter morire; tu hai mai preso fuoco Frank?".

Frank non rispose.

"Immagino di no. Altrimenti saresti più comprensivo. Voi umani siete così suscettibili quando si parla di esperienze mortali... sempre attenti a evitare la morte, noiosi e prevedibili. A proposito di noia, ancora su quel computer Frank? Non ti stufi mai? E ancora brutte notizie a quanto vedo. Vogliono pignorarti la casa. Oh, beh! Se la vedessero adesso probabilmente te la lascerebbero tenere: somiglia all'interno di un carretto dei gelati. Manca solo una pista di ghiaccio in salotto, lì a posto del tappeto, e potresti facilmente convincere qualsiasi giudice che questo sia un parco per i giochi invernali, non certo una casa".

Frank non rispondeva più.

"Frank... sei proprio un buffone. Fingi quanto vuoi, ma non sarai mai felice" – la figura si sedette sul tavolo, proprio accanto al computer. "Sai cos'ero curioso di fare Frank? Di leggere la tua storia. Adesso l'hai finita, no? Finalmente! Ci hai messo un po'. Quanto? Tre anni all'incirca? Tre anni di una vita segnata da solitudine e sofferenze, avvelenata dall'odio, imputridita dal nulla. Tre anni in cui l'unico amico che ti parla ancora sono io; e tu non hai neanche la cortesia di rispondermi. Tre anni di merda Frank, scusa la volgarità. Ma ne è valsa la pena, no? Hai portato a compimento il tuo progetto diabolico, la tua vendetta terribile, il tuo ultimo gesto nei confronti del mondo dei malvagi. E allora, dati i presupposti, come faccio a non essere curioso? Dev'essere una storia molto divertente! Dimmi, dove hai messo il tuo quaderno nero? – l'ombra parla, e si alza di nuovo in piedi – Dove hai riposto il quaderno che hai gelosamente custodito nella tua borsa per tutto questo tempo, come fosse il tuo gioiello più prezioso? Dove? In cassaforte?".

L'Ombra si sposta in salotto, lasciando dietro di sé un lungo alone oscuro, e infila la testa dentro un quadro che rappresentava due cavalli bianchi e due chimere. Vi passa attraverso tutto il collo.

"No! Qui non c'è niente. Strano. Allora forse è ancora in borsa!... No, non c'è neanche qui. Non l'avrai messo sotto il materasso, vero Frank?".

L'ombra abbassò lo sguardo verso il tavolino del soggiorno, trovando qualcosa che aveva già trovato ben prima di iniziare a cercare.

"No! Non ci credo! Eccolo! Ma era proprio lì, sotto i miei occhi e sotto la neve. Beh, Frank complimenti, questa è psicologia inversa: non avrei mai pensato di controllare sul tavolino davanti alla tv, accanto agli scarti della pizza surgelata di ieri!".

L'ombra solleva il quaderno umido e congelato tenendolo con solo due dita dall'angolo superiore di destra. Frank non la guarda, anzi avvicina la faccia allo schermo del computer, come se non vedesse bene qualcosa. La figura urla forte: "Frank!". Scompare e riappare accanto al volto dell'uomo impassibile seduto al computer, lasciando penzolare il quaderno nero dalle stesse due dita con cui prima lo aveva sollevato. Gli sussurra nell'orecchio parole veloci, veloci e taglienti.

"Questa è la tua vendetta. Questo ghiacciolo che gocciola inchiostro è la tua spada fiammeggiante contro il male; il tuo asso di picche, contro il cuore degli assi. Sei sicuro? Eh, Frank?" – l'ombra svanisce e ricompare dall'altro lato del volto. "Sei sicuro che questo quaderno sia la tua vendetta? Ti senti appagato? Sai dov'è Ray in questo momento Frank? Credi sia in una stanza in penombra seduto a un tavolo a farsi un solitario con le carte francesi, aspettando che la morte sopraggiunga? Io non credo proprio Frank. Io credo che lui se la stia decisamente spassando, alle tue spalle, mentre tu marcisci sotto la neve, come un pezzo di carne dimenticato nella cella frigorifera di una macelleria. Tu, insieme al tuo stupido racconto. Nessuno sa neanche che esisti, come nessuno leggerà mai quello che hai scritto. Tutto quello che sei, tutto quello che hai fatto, non esiste nemmeno Frank!

Mettitelo in testa – la figura riappare adesso di fronte a Frank, al di là del tavolo. "A meno che... tu non faccia in modo che esista".

"Adesso basta! Io non accetto i consigli, né le offerte, né i putridi giudizi della Morte! Adesso smetti di darmi il tormento! Non credi di avermi creato già abbastanza problemi?"

"Frank, anche io mi sono stufato di te. Mi sono stufato di te che parli a vanvera e non dai seguito alle tue parole; mi sono stufato di te che al posto di vendicarti seriamente, scrivi una storiella per bambini e ti dibatti nell'insipienza delle tue azioni; mi sono stancato di te che continui a chiamarmi Morte. Ormai non ti contraddico neanche più, perché credo che tu non voglia capire. Ma questa volta credo valga la pena ripetertelo un'ultima volta, perché forse in questo modo ti sarà chiaro che non c'è altro modo di liberarti di me se non assecondare le mie volontà. Io non sono la Morte.

Sono la tua ombra alata. Sono lo spirito oscuro che si nasconde dietro i buoni giudizi di ognuno, dietro le buone azioni, dietro la luce dei vostri occhi. Dietro ci sono io, nessuno può liberarsi di me. Potete tenermi a bada, potete persino fare finta che io non esista neppure; ma non riuscirete mai a farmi tacere. Mi sentite strisciare nel vostro cuore ogni volta che sorridete a una persona che non avreste voluto neanche salutare; mi percepite nelle vostre menti quando vedete qualcuno sorpassarvi, ignorandovi, non avendo neanche idea del male che ha portato nelle vostre vite; mi sentite urlare quando l'odio vi stringe il petto e i pugni, quando non c'è più niente da dire, quando le parole sono finite, e non rimane altro che la natura e la violenza. Io sono la tristezza e il dolore, le lacrime e l'ipocrisia, l'amarezza e la malinconia, la sostanza nera dalla quale, talvolta, nasce anche la poesia. Non sono il Male. Non sono la Morte. Io sono la paura della morte. Io sono la morale della sopravvivenza, la forza più grande, l'anima nera che muove lenta l'universo nelle ombre. E non c'è niente di male in me. Il male è in voi: nell'ipocrisia che mi nega, nella faccia di cuoio dei benintenzionati, degli altruisti, dei generosi e dei buonisti, dei fulgidi signori dei libri che cercano la cultura leggendo, soltanto per ricavarne l'impagabile soddisfazione di sputarla in faccia al primo sventurato che gli capiti a tiro. Io sono la ricerca del piacere. Voi l'ipocrisia. Io sono la vostra natura, voi la parola che mi nega.

Frank. A me dispiace. La tua mente è intelligente. Arriva a capire anche questo. Arriva a comprendere che il tuo nemico ha il tuo stesso valore, che merita il tuo rispetto, anche se ti ha causato tanto male; che il suo bene vale almeno quanto il tuo. Ma sono io, sono io a impedire alle tue azioni di essere coerenti coi tuoi pensieri. Sono io a farti stare così male. È per colpa mia che non smetterai mai di odiare Ray, per quanto tu possa ragionarci su, per quanto tu possa scrivere, per quanto tu possa considerarlo come il male necessario che redimerà l'intera umanità. Frank! Tu devi odiare

Ray! Devi odiare chi ti ha distrutto la vita. Devi uccidere, chi ti ha già ucciso. Ogni altro pensiero che derivi dall'artificio della tua intelligenza, non ti libererà dalla tua natura. Non ti sottrarrà dal tuo obiettivo. Se tu sei un buono Frank, allora il tuo dovere su questa terra è combattere il male. Per te il male ha un volto e un nome. Ray White. Ray White deve morire Frank. E tu sarai l'eroe della tua storia, soltanto se riuscirai a ucciderlo. Ma questa volta per davvero".

Frank ha le mani tra i capelli e la testa sul tavolo. Si alza in piedi di scatto.

"No! Io non sono un assassino! E non sono un egoista! Io... io non odio Ray White! Lui non ha nessuna colpa!" – Frank cammina avanti e indietro. La sua voce diventa calma e inquietante. "No. Io so che Ray non è cattivo. Lui è solo un personaggio. Qualcuno ha scritto il suo personaggio, e lui... lui non ha colpa se il suo autore ha deciso che si sarebbe dovuto comportare come un pazzo squinternato! Lui ha giocato bene la sua partita. Ha recitato bene la sua parte, anche se malvagia. Io invece no... io invece mi sono lasciato sconfiggere, e ho perso tutto".

L'ombra lo seguiva.

"Frank, tu non sai neanche più cosa sia vero e cosa sia falso. Ray non è un personaggio! Ray è un criminale in carne ed ossa, e la tua storia non è la tua vita Frank! La tua vita fa schifo! E tu devi reagire! Devi uscire da questa stanza, da questo inferno ghiacciato, e devi andare a vendicarti! Devi uccidere il Re bianco! Non hai ancora perso Frank. Non è troppo tardi! Puoi ancora fare la cosa giusta".

"No! Non esiste il giusto! E lo sbagliato è un'invenzione dell'uomo per evitare di autodistruggersi. Io e Ray siamo solo avversari su una scacchiera, antagonisti in un racconto! Siamo stati messi uno contro l'altro, ma non sappiamo neanche il perché. Ray non è cattivo, io non sono buono... io...io...".

Frank non riesce a respirare. Apre la bocca per prendere aria, ha gli occhi sgranati, i muscoli non rispondono più. Dalla cucina guarda verso il soggiorno e vede una luce abbagliante avvicinarsi sempre di più; riesce a stento a tenere gli occhi aperti. La luce illumina il vento e la neve che vorticano violenti di fronte al suo volto pieno di terrore. Deve scappare, ma non può muoversi. La luce è sempre più vicina, anzi, adesso le luci sono più forti, e sono diventate due. Le sue orecchie vengono ferite da un suono assordante, il suono oscuro e prolungato di un clacson. Non può fare più nulla, non chiude gli occhi, non si muove; le luci lo investono. Sente dolore. Non vede altro che luce e lunghi capelli, luce e capelli biondi disegnati sopra i visi bianchi senza linea e contorno. La luce scompare, e il fiato ritorna ai polmoni come un fiume in piena, in un lungo raccapricciante respiro finalmente liberatosi della prigionia della paralisi. Frank si volta di scatto.

Adesso sente ridere. Cosa diavolo è? Si guarda intorno alla ricerca della sua ombra scura, ma non la vede più da nessuna parte; è scomparsa, non può essere lei. E allora chi? Quella risata l'ha già sentita da qualche parte, in qualche modo la conosce. Viene da un'altra stanza: forse la camera da letto. Frank percorre il corridoio a passo veloce, ma già non sente più nulla. Arriva alla sua camera, la porta è socchiusa. La apre. C'è il letto disfatto, il suo armadio, la sveglia con le luci rosse. Niente di strano. Ma sente ridere, ancora una volta. Il suono doveva provenire da un'altra stanza. Il corridoio è buio, non si sente niente, se non il legno scricchiolare sotto i passi pesanti e angosciati dell'uomo col cappotto che si aggirava pauroso per casa. È tutto buio, la luce del passaggio è ancora fulminata. Ancora alcuni passi senza vedere al di là del suo naso seguendo con la mano destra l'andamento regolare del muro, e Frank si ritrova davanti l'ultima porta in fondo al corridoio. Vi appoggia accortamente l'orecchio: in effetti sente qualcosa, qualcosa di flebile, forse una specie di scricchiolio.

Apre la porta, lentamente, e accende la luce; non fa nemmeno in tempo a staccare il dito dal pulsante sul muro. Un uomo senza testa e con le braccia mozzate gli piomba repentinamente di sopra, facendo mostra di un atteggiamento apertamente ostile. È il terrore. Ne nasce una feroce colluttazione. Frank si scansa, spinge via l'orrida figura e sferra un pugno rapido e preciso, colpendo violentemente l'incauto attentatore al torace. Una piccola nube di polvere si leva nell'aria illuminata dalla lampadina gialla della piccola stanza. Frank riesce appena a intravedere il suo nemico accasciarsi dolorante al suolo; il bastardo sembrava aver decisamente risentito del colpo. La polvere si riposa lentamente sugli scaffali di legno, e la vista di Frank riacquista lucidità. Il bastardo, era un manichino malfermo con indosso una giacca lunga e scura, giacca che adesso giaceva riversa vicino al secchiello delle scope. Probabilmente Frank non si ricordava neanche di nascondere un mostro del genere in quello sgabuzzino. Ripresosi, e un po' scosso dall'inatteso combattimento, il nostro uomo sbatte con forza le mani sui pantaloni e sui vestiti, tossisce un po' e richiude la porta alle sue spalle.

Un'altra risata, ancora più forte delle precedenti. Ormai è vicinissima. Deve venire… viene dalla porta accanto. Frank indietreggia. Esita. Non vuole aprire quella porta; non posa le sue mani su quella maniglia da almeno tre anni. Non sa neanche più per certo che cosa possa esserci rimasto lì dentro. Ma la risata è sempre più forte; è insopportabile. Prende coraggio, fa un passo avanti, allunga il braccio destro e porta la mano sul pomello della porta; gira la maniglia ed entra di getto. Dalle finestre semi chiuse con delle serrande di legno verde trapelavano dei piccoli fasci di luce bianca che illuminavano l'aria leggera di quella stanza. Tutto era immobile; tutto era rimasto immobile. Quella stanza, sì, era una vera e propria macchina del tempo. A destra c'era il letto rosa a baldacchino, con i tendaggi bianchi e i fiocchi color panna agli angoli superiori. Sopra il letto riposavano sereni alcuni animali di peluche, mentre il cavallo a dondolo di legno era rimasto per tutto quel tempo ad aspettare lì, fedele sotto quella stessa finestra. Gli scaffali erano ricolmi di giochi e bambole di pezza, e sul tappeto al centro della stanza giaceva solitaria una palla di plastica rossa. Adesso Frank non ha il coraggio di guardare anche a sinistra. Ma la sua testa si volta da sola, come trasportata dal desiderio di rivedere una volta ancora un qualcosa che non avrebbe mai osato neanche ricordare.

Dall'anta dell'armadio, appesa a una gruccia di legno accanto al disegno di un cielo stellato, scendeva con grazia un lungo vestito bianco con le sfumature rosate e le spalline rigonfie. Una lunga fascia di tessuto chiaro e lucente cingeva la vita della gonna, ricadendo verso il basso come polvere di stelle, mentre piccoli fiocchi e merletti decoravano il resto, evitando di appesantire l'educata eleganza della composizione, rimanendo timidi ai loro angoli di stoffa. Era un vestito piccolo e semplice. Non era certo un pretenzioso abito da sera, né un posticcio costume di carnevale. Era soltanto il vestito dolce e discreto di una piccola principessa delle fiabe, che amava danzare e cantare per i corridoi del suo minuscolo castello.

E così, mentre guardava lontano, d'improvviso, il suo sguardo si perse, e una carezza leggera sfiorò il suo viso; una brezza fresca gli aprì i polmoni, mentre il canto si sollevava fra le note malinconiche di una timida nostalgia d'amore. Amore, che si barcamena stuprato e vilipeso dalle storie del mondo, sfruttato dalle parole mendaci dei poeti e degli amanti, l'amore che solo altissimo può viaggiare nei cieli, al di sopra delle nuvole, al di là del mondo e delle stelle, verso l'infinita consapevolezza della sua fragilità. L'amore che ha paura di se stesso, di cadere verso il basso, di non essere all'altezza dei suoi occhi e del suo viso, perché non c'è niente di più grande, niente di più semplice, delle curve delicate di un sorriso. E un bacio gli sollevò il cuore e gli sciolse le membra, un bacio senza corpo, come un respiro sulla guancia. Un abbraccio debole. Un ultimo abbraccio, ancor prima di lasciarsi. Niente da dire. Neanche una parola. Perché l'amore non si dice addio. L'amore non chiacchiera. L'amore rimane, come la luna, di notte, a far compagnia alle sue stelle.

Una risata fortissima. Un'altra risata e l'incanto è svanito. La stanza torna scura e desolata, e il cavallo cigola sinistro, dondolando nervosamente avanti e indietro. La risata è metallica e inquietante. Frank sente qualcosa alle sue spalle, un fruscio gelido, si gira di scatto. Non c'è nulla. Non capisce da dove possa venire quel suono. Adesso i suoi occhi ricadono sulla piccola scrivania accanto alla finestra. Ci sono dei quaderni da disegno, vari pennarelli, colorati gettati in posizioni diverse. C'è anche un altro oggetto in piedi su quella scrivania, ma Frank non riesce a riconoscerlo. Si avvicina. Lo prende in mano. È un pupazzo. Un pupazzo col cappello verde. No! Non può essere quello che pensava. La sua fronte comincia a sudare freddo, lo gira al contrario e ne guarda la base: "Change place". Era impossibile! Quel giocattolo Frank lo aveva gettato via quella sera ancora prima di tornare a casa. Che diavolo ci faceva lì sopra? Il pupazzo ride di nuovo. Frank si sente in pericolo. In quella stanza non c'era nessuno, non poteva esserci nessuno, eppure… eppure aveva la netta impressione che qualcuno lo stesse osservando. Il cavallo continua a muoversi incontrollato, il pupazzo continua a emettere quella risata assordante. Si gira di scatto verso l'armadio col vestito bianco: d'un tratto è socchiuso.

C'è una striscia nera e orribile fra le due ante di legno, una striscia d'angoscia, d'angoscia e di buio. Ma quel buio si muoveva; dentro il buio c'è qualcosa. Frank apre la bocca nel tentativo di respirare, non riesce più a muoversi; il pupazzo continua ridere nella sua mano che trema incontrollata. Le ante si aprono, lentamente, cigolando. Il sudore si congela sulla schiena, il cuore impazzisce nel petto, le gambe non reggono più lo sforzo: Frank cade a terra. Il buio continua a muoversi, mugola, si contorce, si aggroviglia su se stesso. Il raccapriccio invade gli occhi sgranati dell'uomo che striscia per terra. Una gamba rovente e irrorata di sangue muove un passo dall'oscurità; poi l'altra, molle e disossata, la segue, trascinandosi sul pavimento incapace di alzarsi da terra. Le braccia dondolano avanti e indietro, come il cavallo di legno, devastate da profonde ferite da taglio.

Il sangue scorre, come un fiume infernale, e inonda il pavimento, inzuppando il tappeto, bagnando le mani impotenti di Frank. La figura ha un vestito rosa ormai a brandelli, i capelli biondi incrostati di rosso e il volto buio come la notte. Ormai gli è vicino.

"Papà" – il mostro parlò, ed emise parole innocenti. "Perché non sei più venuto a prendermi? Non mi volevi più bene? Io ti voglio ancora bene però. Non lasciarmi andare via di nuovo".

Frank osservava e non reggeva lo sforzo. I suoi occhi si inondarono di lacrime e del sangue delle sue mani che tentavano di asciugarle. Non riusciva a parlare, ma sussurrò qualcosa, con la voce affogata nel dolore.

"No! No tesoro mio. Io... io non ti ho mai abbandonato! E non ti lascerò andare via di nuovo. Coraggio, adesso prendi la mia mano".

Frank piangeva. Piangeva come forse non aveva mai fatto prima. Allungò la mano verso la figura nera col vestito da ballerina e tese il suo braccio il più possibile per afferrarla.

"Va bene Papà. Io mi fido di te. Ma se vuoi davvero che io torni da te, non devi mai più chiudere gli occhi. Non puoi farlo ancora. Se vuoi riportarmi indietro dalle tenebre, devi guardarle in faccia. Devi guardare la mia faccia. Se chiuderai gli occhi, noi ci divideremo per sempre. Va bene Papà? Terrai gli occhi aperti?"

"Ma certo tesoro. È solo questo quello che mi chiedi per poterti riavere al mio fianco?"

"Si Papà. È solo questo".

Frank tese allora entrambe le mani verso la piccola terrificante figura.

"Afferra le mie mani Katy, coraggio! Non devi avere paura".

La figura si mosse, lentamente, e le tenebre la seguivano, mentre il sangue continuava a scendere giù sul pavimento come i laghi dell'inferno. Frank si tendeva verso di lei, con gli occhi sbarrati, ricolmi di lacrime e di speranza, con i suoi occhi inconsapevoli di stare guardando dritto nel volto della morte. E più la figura si avvicinava più il suo volto oscuro si scopriva, rivelando pezzo per pezzo le più orride verità dell'esistenza, con i lineamenti invecchiati e la pelle devastata dal fuoco. Frank non chiudeva gli occhi. Non li chiudeva perché aveva fatto una promessa alla persona più importante della sua vita. Ma ancora una volta, Frank aveva perso in partenza. Una volta ancora

Frank aveva accettato la scommessa sbagliata, e il volto delle tenebre non era quello di sua figlia. I suoi occhi si richiusero, urlando, perché non volevano credere a quello che stavano vedendo; si richiusero contro la sua stessa volontà, perché gli occhi dell'uomo non possono sopportare lo strazio della fine. Gli occhi dell'uomo si chiudono sempre, di fronte alla morte.

Un urlo straziante squarcia l'aria calda e immobile della stanza, la figura infernale si contorce, si lamenta, tende le sue mani insanguinate per un'ultima volta, poi viene risucchiata violentemente nell'armadio da dove era venuta fuori. Le ante si richiudono con forza una contro l'altra, facendo dondolare ampiamente il vestito bianco che vi era appeso.

"No! Katy!".

Frank urlò per un'ultima volta ancora quel nome. L'aveva lasciata andare, questa volta per sempre, mentre quell'insopportabile risata continuava a martellare le sue orecchie, e il sangue che prima inzuppava il pavimento era svanito via dal tappeto e dalle sue mani. Il pupazzo era finito sotto la scrivania. Frank si alzò in piedi, con gli occhi ancora bagnati e le labbra irrigidite dallo sforzo della disperazione. Prese in mano il pupazzo col cappello verde che lo guardava e rideva, col suo sorriso statico e diabolico. Rimase immobile per qualche secondo, guardando di fronte a sé, reggendo il pupazzo con entrambe le mani. Gli staccò la testa, e lo lasciò ricadere sul pavimento. Il pupazzo adesso non rideva più.

Frank uscì dalla stanza, richiudendo con cura la porta. Attraversò velocemente il corridoio gelato, recandosi in camera da letto. Si vestì, mettendo addosso i primi abiti che trovò gettati lì intorno, e si rimise addosso il suo cappotto nero. Passò nel soggiorno e i suoi occhi erano gelidi come la neve che ancora vorticava leggera per quelle stanze. Prese la sua borsa, vi mise dentro i documenti, il suo quaderno nero, la sua penna, Nello stesso tempo prese il computer ancora aperto con la mano destra, mentre con la sinistra continuava a reggere la borsa. Si accorse di dover prendere anche l'ombrello, e nella fretta si ritrovò con entrambe le mani occupate. In quel momento una delle finestre del quinto piano di quel palazzo si infranse, mentre dall'esterno si vide un oggetto grigio e metallico volare fuori, precipitando violentemente sull'asfalto sottostante. Adesso Frank sembrava aver guadagnato un po' di spazio in mano per portare con sé il suo ombrello. Aprì la porta di ingresso, la richiuse alle sue spalle, e dopo qualche minuto lo si sarebbe potuto vedere attraversare a passo veloce la strada di fronte il suo complesso.

Nove Fiori

"Nove fiori per favore".

"Nove fiori? Ma che tipo di fiori desiderava signore?"

"Rose"

"Ah benissimo! Lei è fortunato allora! Oggi abbiamo una promozione sulle rose: se prende almeno 10 rose, paga sempre la metà su ogni altre 10 che acquista! Quindi per esempio se ne prende 10 ne paga 5, se ne acquista 20, paga 10, e così via. Sa, con questo tempaccio oggi nessuno compra fiori. È decisamente la sua occasione per stupire la sua amata con uno stravolgente mazzo da 50 belle rose rosse! Oggi ne pagherebbe solo 25. Le va bene? È davvero un affare!"

"Me ne dia nove".

"Ma signore! Lei mi ha almeno ascoltato? Che numero è nove? A questo punto ne prenda almeno dieci, così ne pagherebbe soltanto cinque. E le faccio notare che sto decisamente parlando contro il mio interesse!"

L'uomo col cappotto nero guardò per la prima volta il fioraio dritto negli occhi.

"Nove".

Il negoziante sentì freddo.

"Gliele prendo subito signore. Rosse?"

"Si. Le conti bene".

Il fioraio agì con estrema rapidità, mentre il vento sferzava il bavero dell'uomo con i capelli colore del buio.

"Ecco a lei. Nove belle rose rosse, non una di più, naturalmente non una di meno".
"Grazie. Tenga pure il resto"

L'uomo lasciò al negoziante una cifra ben superiore al richiesto, probabilmente tutto quello che gli era rimasto in tasca. Rientrò in macchina, poggiò i fiori sul sedile del passeggero, e gli passò sopra la cintura di sicurezza. Mise in moto. I tergicristalli spazzavano via la neve che si accumulava veloce sul parabrezza, mentre il sole filtrava appena dalle folte coltri di nubi luminescenti che ricoprivano la città. La vita si affaccendava per le strade, caotica, indifferente, coi sui colpi di tamburo e quel ritmo fastidioso interrotto dalla grazia evanescente delle camicie e dei profumi femminili. I negozi erano tutti aperti, quel giorno di neve sembrava quasi un giorno di festa, mentre i ragazzi con gli zaini sulle spalle scherzavano a scivolare sul ghiaccio dei marciapiedi e le ragazze ridevano di quel cialtrone che era andato a schiantarsi con la faccia contro un palo della luce.

In quel giorno di metà gennaio, la vita, imbiancata e inconsapevole, viveva. Viveva nell'eterna energia degli uomini e delle donne che camminano verso una meta, nel cuore delle madri che si recano a prendere i figli sotto scuola, nei sorrisi delle persone che comunicano fra di loro, che sognano il loro futuro, che quando sono stanche si accomodano un secondo al bar, per prendere un caffè con l'amico di una vita. La vita, in quella gelida mattina di metà gennaio, emanava uno strano insondabile tepore, più o meno come il debole vento caldo che soffiava dal riscaldamento della macchina di Frank. La sua pelle sentiva il calore, lo rilassava, mentre guardava fuori e guidava con gli occhi socchiusi e la radio accesa. Ma Frank non viaggiava a caso. Anche lui, come gli altri, aveva una meta; anche lui, come gli altri, partecipava alla vita, alla vita che si era costruito, a quel che la vita gli aveva concesso. A modo suo, Frank stava ancora vivendo. L'auto si fermò di fronte a un grande cancello nero. Frank scese dall'auto, slacciò la cintura alle sue rose e le portò in braccio con sé.

"Ehi! Ehi! Lei! Cosa avresti intenzione di fare? Mica può lasciare l'auto qui davanti al cancello e andarsene!"
"Tenga. Se la sposti da solo".
"Ma che cosa... mica faccio il parcheggiatore io! Torna subito indietro, altrimenti sarò costretto a chiamare la polizia e farle rimuovere il mezzo! Ehi lei! Cioè tu! Mi stai ascoltando?! Torni qui!".

Frank, lei o tu che fosse, non ascoltava proprio niente. Entrò dal cancello principale del grande cimitero cittadino e iniziò a camminare veloce. I grandi viali si dipartivano in tutte le direzioni, incorniciati da robusti alberi dai rami scuri e spogli che in primavera avrebbero dipinto di verde l'intera area cimiteriale. Ma adesso c'era solo il bianco, il bianco dei fiocchi e dei fiori sui sepolcri di pietra. E il nero. Frank camminava fra gli ombrelli degli astanti silenziosi, e a ogni passo i corvi rivendicavano il loro dominio incontrastato sui cieli delle terre dei morti, sapendo tacere, in un istante, perché dopotutto anche loro, col tempo, avevano imparato a rispettare chi non sarebbe più stato in grado di ascoltare il loro flebile canto. Frank cammina, col capo dritto e lo sguardo profondo, cerca di vedere lontano, su per una delle piccole collinette che si ergevano dai quattro angoli del cimitero. È lì che deve arrivare. La strada è lunga, e l'aria è gelida, ma la sua mente è altrove, e non sente quello che gli altri possono ancora sentire.

Ci mette circa 15 minuti. Finalmente è arrivato. Non se ne rende conto, ma ha il naso, gli occhi e le orecchie del tutto congelate. Non importa, tanto ci è abituato; in casa non viveva molto diversamente. Le vede in lontananza e si avvicina ancora di pochi passi. Adesso loro vivono lì, sotto l'erba e il sole della primavera, sotto il candido manto dell'inverno. Adesso loro vivono sotto. Sotto quella vita che vive, che ha la presunzione di agitarsi continuamente sopra le loro teste, anche se loro adesso non ci sono più; sotto quella vita che ha ancora il coraggio di continuare. Frank si inginocchia sui loro nomi scritti sulla pietra, uno accanto all'altro, come se si tenessero ancora la mano, perché la morte non può essere tanto malvagia da separare due anime che si stringono così forte. Le rose rosse. Che banali; e quanto inadatte per un omaggio funebre. Per un attimo lo pensò, mentre le riponeva adagio sul terreno scuro e bianco ai suoi piedi. Eppure. Quanto era dolce quel ricordo nella sua mente per fargli dimenticare tutte quelle altre stupide convenzioni sociali che devono sempre metter bocca su tutto, pure sulla morte dei suoi più intimi affetti. Nove rose rosse.

Era il sette settembre, e, sì, erano le sette. Un ragazzo di poco più di vent'anni faceva jogging per le strade verdi e immerse nella luce del sole che muore alla sera. Faceva jogging, ed era vestito di tutto punto: una giacca scura, una cravatta dello stesso colore, la camicia bianca, le scarpe appuntite di pelle nera, e dei pantaloni eleganti tenuti su da una cintura di buona marca. Teneva anche una grossa scatola di cioccolatini sotto il braccio sinistro, e, mentre correva, costeggiava il grande fiume che attraversava la città. Forse, a guardar meglio, non stava proprio eseguendo il suo salutare allenamento quotidiano. Il ragazzo correva, e aveva il fiatone: non respirava più tanto bene, le ginocchia cominciavano a far male, e il fianco destro iniziò a pesargli notevolmente, come se le costole non riuscissero più a reggere il peso delle interiora del suo corpo. Insomma era stanco.

"Oh! Piano, piano cavallo da corsa!".

Il ragazzo riuscì ad evitare per poco lo scontro con un uomo che si dinoccolava in mezzo al marciapiede.

"Corri dalla tua ragazza eh? Guarda che se ti presenti così al massimo riuscirai a farla ridere!"
"Non è ancora la mia ragazza. E alle ragazze piace ridere. Comunque sì, vado decisamente di fretta".

Il ragazzo fece per voltarsi e scappar via. L'uomo lo afferrò lestamente dal braccio.

"Dove vai? Fammi vedere! Fammi vedere che cosa stai portando a quella povera donna..." – l'uomo sfilò la scatola rosa da sotto il braccio del ragazzo – "Ah! Cioccolatini al liquore! In una scatola a forma di cuore poi! Complimenti davvero. Ma sai che la tua faccia non mi è affatto nuova... mi sembra di averti già visto da qualche parte... non ricordo bene dove però... Ma aspetta! Sicuro! Tu eri in televisione l'altro giorno!"
"No, si sbaglia signore, io non..."
"Ma certo che sì! Ti hanno intervistato alla tv, ne sono certo!"
"Le ripeto che si sbaglia. Io non sono mai stato intervistato da nessuna televisione! E poi perché mi avrebbero dovuto intervistare scusi?"
"Ma come perché! Lei non è forse l'uomo più originale del mondo?"
"L'uomo più originale del..."

Il ragazzo non fece in tempo a capire, che vide la sua preziosa scatola di cioccolatini francesi librarsi nel cielo, per poi ricadere leggiadra dentro al fiume.

"Ma che diavolo fa! È impazzito? Ha una vaga idea di quanto siano costati quei…"

"Shhh, sshhh… fa silenzio uomo più originale del mondo. Lei ci capisce poco o nulla di donne. Ascolti me. Le dico io qual è un regalo che lascerà davvero di stucco la sua fidanzata…" – l'uomo prese il ragazzo sotto il suo braccio e lo trascinò giù fino alla sua altezza.

"Le ripeto signore che non è ancora la mia fidanzata!"

"Certo che non lo è! E certamente non lo è per una ragione. Ma non c'è da disperare, per fortuna sono arrivato io a salvarti da te stesso…"

"Lei dice?"

"Certo che io dico".

"E allora sentiamo, mi vorrebbe spiegare quale sarebbe questo regalo strepitoso che mi eviterebbe di apparirle troppo banale?"

"Detto, fatto. Te lo mostro subito amico mio…"

L'uomo svoltò l'angolo trascinando con sé il giovane vestito di tutto punto. Fecero ancora pochi passi, e si ritrovarono alle soglie di un negozietto in mezzo alla strada.

"Ta dan! Eh? Che ti dicevo? Non è un idea troppo geniale?". Il ragazzo non riusciva a parlare.

"Ragazzo, con questi non ti puoi sbagliare! Ce ne sono di tutti i tipi, per tutti i gusti e, quello che più conta, non esiste una sola donna a questo mondo a cui non piacciano!"

"Fiori..."

"Eeesatto ragazzo! Sì, sono fiori! Vedo che lo spirito di osservazione non ti manca!"

"E tu... tu avresti vilipeso la mia costosa scatola di cioccolatini additandola di essere banale, perché io comprassi dei... dei fiori?"

"Ehm, certo sì... Io avrei cosa scusa?"

"Vilipeso..."

"No, macchè! Non li vendiamo a peso, non siamo mica una salumeria! Li vendiamo a numero o a mazzo. Allora senti, quanti ne vuoi? Facciamo un bel mazzo grande? Mi sembra proprio l'occasione giusta!"

"E così tu lavori qui..."

"Beh certo, questa è la mia attività!"

"L'attività più originale del mondo".

"Fai lo spiritoso adesso ragazzo? Vedrai che tornerai a ringraziarmi per aver buttato via quell'orrida scatola di cioccolatini al caffè!"

"Erano al liquore"

"Ancora peggio! Quelli non piacciono proprio a nessuno. Ti è andata bene!".

Il ragazzo non sapeva più cosa rispondere.

"Allora! Che fiori prendiamo? Che cosa piace alla tua ragazza?"

"Beh... non saprei... io... non gliel'ho mai chiesto"
"Hmmm... va bene, ho capito. Devo fare tutto da solo santo cielo! Patricia, un bel mazzo di 20 rose rosse per il signore!"
"Ma..."

Il ragazzo venne immediatamente zittito da una voce squillante e femminile che proveniva da dietro alcune piante.

"Non ne abbiamo più Rodolfo! Te l'ho già detto oggi pomeriggio! Le dobbiamo ordinare!". Patricia, che stava abbeverando alcune piante, si alzò in piedi, con un fazzoletto blu che gli ricopriva i capelli. Poi continuò. "Tu non mi ascolti mai quando ti parlo eh?"
"Ma non dirmi che non ne sono rimaste neanche una decina!"
"Se proprio vogliamo fare i pedanti, ne sono rimaste nove mio caro! Ma è come se le avessimo finite! Chi vuoi mai che venga qui a comprarsi nove..."
"Silenzio un secondo... Eccola! L'ho trovata! Sentito ragazzo? Patricia è un genio!"
"Ah sì? Ehm, senza offesa signora Patricia! Io non volevo..."
"Non preoccuparti per lei ragazzo. Lo sa che non è un genio!"
"Ma sentilo!".

Patricia apparve un po' contrariata. Rodolfo riprese incurante.

"Ecco l'originalità che stavamo cercando! Non sta nell'oggetto, ma nel suo numero! Nove rose rosse! Questa è la tua occasione di stupire la tua ragazza!"

"Sì. Proprio una grande occasione! Penserà o che sono uno spilorcio, o un rimbecillito".

"Sì, lo penserà, se glielo farai credere. Oppure lo ricorderà per tutta la vita".

"Senta, mi ha già fatto perdere abbastanza tempo. Mi dia questi fiori e mi faccia andare, altrimenti il regalo diventerà l'ultimo dei miei problemi"

"Oh, su questo mi trovi assolutamente d'accordo. Patricia, prepara immediatamente una bella confezione per quelle nove rose!"

"Rodolfo, lasciatelo dire, tu sei proprio un criminale!"

"Ah! Ragazzo non badare a quel che dice quella donna. E, detto fra noi, stai attento a questa ragazza: all'inizio sono tutte dolci e carine, ma poi… poi diventano proprio come quella lì"

D'improvviso un pesante vaso d'argilla si infranse ai piedi dell'irriguardoso fioraio.

"Hei! Che cosa ti dicevo? Ma ti sei ammattita? Mi potevi anche uccidere, lo sai?"

"Mi è scivolato".

Al ragazzo scappò via un sorriso. Pochi altri abili gesti della signora col fazzoletto blu, un ultimo ritocco al fiocco rosso da parte del piccolo fioraio e…

"Bene! Ecco a te. Adesso vai, ma non correre troppo. Non vorrai arrivare tutto sudato!"

"No, cercherò di non andare troppo veloce. Quanto le devo?"

"Ah! Quanto mi devi? Pensavi fossi un truffatore? Ragazzo, io sono il tuo angelo custode! Ho solo scambiato il tuo ridicolo regalo con uno altro. Prega che io abbia avuto ragione!"

"Direi che non mi rimane altro da fare allora. Arrivederci, e grazie!"

"Addio ragazzo! Buona fortuna!"

E così il giovane riprese a correre, più veloce di prima, per non arrivare tardi all'appuntamento più importante della sua vita.

"Ehi! Come mai quel fiatone?"

"Fiatone? Chi? Io? No, questo è il mio respiro normale! Respiro profondamente perché il medico mi ha detto che ho i polmoni… un po' stretti, quindi sai com'è, per allargarli…"

La ragazza rise.

"No Frank, in effetti non so com'è avere i polmoni stretti. E dì un po': il dottore ti ha consigliato qualcosa anche per i tuoi capelli? Li hai sempre così bagnati?"

"No, ma che dici? Questo… è perché… io vivo in una zona piovosa"

"Una zona piovosa? Della città?"

"Si, esatto! Hai presente? La zona… quella al nord!

"La zona nord?"

"Sì, proprio quella!"

"Ma dai! Io abito nella zona nord!"

"Ma… dai! Che coincidenza, tu abiti proprio lì. E quindi… è una zona dove piove spesso, giusto?"

La ragazza sorrise.

"Sì, in effetti lì piove molto spesso Frank. Però che strano che i tuoi bei vestiti non si siano bagnati per niente, eh?"

"Eh? Questi? Eh già! Ehm… a volte succedono cose strane in questa città…"

E mentre il suo cervello si contorceva ancora nel vano tentativo di reperire una spiegazione più o meno plausibile a quell'ennesima incongruenza, a Frank purtroppo sfuggì di mente che avrebbe sempre potuto dire che si trattava di uno smoking subacqueo, comprato in un negozio di attrezzature da pesca d'elìte; così si limitò a distogliere lo sguardo dai suoi occhi, gettandolo via sul pavimento. La ragazza si chinò leggermente in avanti per osservarlo meglio.

"E dimmi… esiste anche un qualche motivo medico, o meteorologico, che ti spinge a tenere entrambe le mani strette dietro la schiena?"

"Eh? Le mani?"

"No, le gambe Frank!". Frank sobbalzò.

"Le gambe? Che cos'hanno le mie gambe? Forse sono un po' storte lo so, ma ti garantisco che prima di venire qui non erano mica così! Devo aver preso qualche storta mentre correvo... ehm, cioè, volevo dire, mentre camminavo in modo assolutissimamente signorile per arrivare fin qui!".

"Ma Frank, stavo scherzando! Le tue gambe non hanno proprio nulla che non va, tranquillo!"

"Tranquillo? Ah! Meno male allora! Mi hai fatto prendere un colpo!"

Alla ragazza bastava guardarlo anche solo di sfuggita perché un sorriso gli scivolasse via dalle labbra, per poi perdersi come tanti altri, fra i leggeri bagliori del cielo notturno.

"No, le mie braccia stanno benissimo. È solo che... ecco... ho pensato di portarti un piccolo pensiero!"

"Frank! Ma sono bellissime! Grazie! Ma davvero non dovevi! Hanno anche un buonissimo profumo".

In quel momento il vento fresco della sera riempì i non troppo stretti polmoni di Frank fino a gonfiarli di un'inesprimibile sensazione di sollievo.

"Sono... sono contento che ti piacciano!".

Ed è strano alle volte pensare come le emozioni che esplodono incontrollate fra le costole, catastrofiche come le stelle ai confini delle loro galassie, non riescano poi a trasmettere che un'impercettibile bagliore, lontano ormai anni luce dal sentimento che le ha generate. Ma questo non può essere il loro destino: nel buio di quegli anni trascorsi a viaggiare in luoghi che solamente un dio potrebbe ardire a descrivervi, tenendosi vive a vicenda come i lembi di una medesima altissima fiamma, esse si sono portate dentro una piccola speranza, tanto timida da restare seduta in silenzio ad aspettare, tanto bella da far tremare la voce ai più sfacciati, tanto folle da non potervi credere a meno di non vederla realizzarsi, così, in un secondo. Vedere lei, che guarda coi suoi occhi le luci del cielo immenso, anche se troppo grande, anche se troppo difficile, anche se a un tratto potrebbe perdervisi dentro, e non tornare mai più. Lei che osserva e sa riconoscere le stelle, lei che vede quel bagliore, quell'impercettibile bagliore, che divampa silenzioso fra tanto rumore. Lei che vede. Lei che sente. Non è che questa l'inconfessabile, piccola speranza che si nasconde dentro le emozioni di chi ama.

I due iniziarono a camminare, persi nei loro sguardi mancati, coperti e riscaldati dalle ombre che disegnavano i lunghi lampioni accesi nel blu della sera.

"Frank"
"Sì"
"Sai una cosa?"
"No"

"… Era una domanda retorica, non dovevi rispondere!"

"Scusa, io…"

"Queste rose sono davvero bellissime. Ma sai cosa mi avrebbe fatto veramente impazzire?"

"È una domanda retorica?"

"No Frank!"

"Oh, allora posso rispondere. No, a dir la verità non saprei proprio"

"Cioccolatini al liquore!"

"Che? Ciocc… cioccolatino… tu avresti preferito…"

In quel momento Frank venne colpito da un gabbiano in testa. Il gabbiano si abbatté al suolo strillando come un ossesso e sbattendo le ali; ma tutto sommato si riprese in fretta, e tornò a spiccare il volo nel giro di qualche minuto. La sua vittima al contrario era rimasta immota in mezzo alla grande piazza circolare.

"Frank! Frank! Tutto bene? Come stai?"

"… al liquore… ma com'è possibile?"

"Frank! Ti sei rimbambito? Stai bene?"

"Eh? Sì certo che sto bene. Perché?"

"… Ma come perché? Ti è piombato un uccello in testa!"

"Un uccello? Dove?"

"Senti Frank, forse sarà meglio andare un attimo in ospedale. Sei in stato di shock, magari lì possono darti qualcosa per…

"Brutto lestofante, imbroglione, custode dei miei stivali… se lo rincontro io…"

"Frank! Ma che borbotti? Ce l'hai con il gabbiano?"

"Ma senti Loren…"

"Si Frank, cosa c'è? Non ti senti bene?"

"Avresti davvero preferito una scatola di cioccolatini, alle rose che ti ho portato?"

Alla ragazza si aprì un gran sorriso.

"Sei proprio uno scemo Frank! Ti è piombato un volatile in testa, e non te ne sei neanche accorto! E adesso mi fai questa domanda… Ma non ci avrai creduto per davvero?"

"Ehm… è una domanda ret… No, perché mi hai confuso con questa faccenda, non so più esattamente quando devo rispondere…"

"Prima ti prendevo in giro! Ti dicevo così perché in realtà non sopporto proprio quei cioccolatini! I rispettivi fidanzati li regalano continuamente alle mie amiche che, essendone oramai stufe, poi usano rifilarli a me, con i loro sdolcinatissimi pacchetti rosa e il loro gustaccio amarognolo! Credo proprio che te li avrei scagliati in testa se avessi avuto anche tu questa idea".

Frank rimase pietrificato.

"Dì un po', tu che fai finta di niente… non avrai avuto intenzione di regalarmi una cosa del genere, vero?"

"Chi? Io? Ma chi? Ma con chi stai…No! Assolutamente, ma per chi mi hai preso? A una persona

come me, che possa mai venire in mente di regalare a una ragazza dei cioccolatini al... come li hai chiamati?"
"Al liquore"
"Ecco! Ppff! Al liquore. Figurati... neanche bevo io..."
"E invece tu mi hai portato queste bellissime rose rosse! Grazie di cuore"
"Eh già! Infatti. Le rose sono decisamente meglio!".

"Ma vuoi vedere che il lestofante era in combutta con Loren? Altro che angelo custode. Come faceva quel vecchio diavolo a sapere che..."

"Ma a proposito, quante me ne hai regalate? Vediamo subito..."
"Aah! No! Non... non si possono contare!"
"Come no! E perché?"
"Eh no! E perché! E perché... il negoziante mi ha espressamente detto che questo e un mazzo con un numero non meglio identificato di rose"
"Eh?"
"Sì, è una cosa strana, ma ti dico solo che lui per fare il conto di quante me ne stava dando ha utilizzato un calcolo algebrico-matematico complicatissimo! Pensa che si è pure dovuto aiutare con un grafico a un certo punto".
"Un grafico? Delle rose?"
"Sì, sì! Una cosa molto complessa! Tanto che alla fine nemmeno lui sapeva esattamente quante rose mi aveva dato. Mi ha detto semplicemente che secondo i suoi calcoli, doveva essere un numero compreso fra un

minimo di 10 e infinito, quindi adesso sarebbe del tutto inutile mettersi a ipotizzare quale numero possa essere, perché si tratterebbe soltanto di una grossa perdita di tem..."

"Sono nove!"

Frank rimase con la bocca aperta, con l'ultima sillaba incastrata in gola che gli riscese giù insieme al resto della frase

"Sei... sei brava in matematica! Il fioraio evidentemente non tanto... quel cialtrone, quando lo rivedo ti garantisco che..."

"Frank, sai una cosa?"

Questa volta Frank non rispose.

"Sai... sai che il 9 è sempre stato il mio numero preferito? Non so perché, lo è da sempre, sin da quando ero bambina. Ho sempre pensato che mi portasse fortuna, che fosse un numero che avesse a che fare col mio destino. E in qualche modo, questa sera così strana... queste rose sembravano saperlo."

Frank non sapeva cosa dire. La sua mente era congelata, mentre sentiva un forte bruciore divampargli nel petto e sulla fronte. Ma le parole adesso giacevano lontane nelle spire di quella sera silenziosa, nel lungo abbraccio della notte che conserva i segreti degli amanti senza che loro avessero mai pensato di rivelargliene alcuno. Infine, quel silenzio ricoprì dolcemente ogni cosa.

E il vento freddo congela le lacrime sulle guance dell'uomo in ginocchio sui fiori appassiti dei suoi ricordi passati; mentre il fiato diventa corto, mentre il tempo diventa stretto. E non c'era alcun motivo per cui un quadro del genere prendesse corpo. Non c'era alcun legame fra quei ricordi e quell'immagine. Nessun nesso, nessuna ragione, nessuna giustizia. Vittima del fato, di un destino avverso qualcuno avrebbe detto; ma il fato sembra vederci spesso troppo bene per colpire a caso. Quell'uomo, non era lì per caso. Qualcuno lo aveva voluto lì, sotto la neve, sotto la pioggia dei pensieri dei dannati che risalgono lenti dai sepolcri a invocare la loro vendetta; qualcuno aveva voluto vedere i suoi pugni stretti intorno agli steli dei fiori coi petali rossi. Qualcuno osservava quei petali congelarsi, spezzandosi come il cristallo, sulla pietra nuda che chiude gli occhi di fronte ai volti di chi chiede di tornare indietro. Un uomo lo aveva voluto lì in quel momento. E quell'uomo doveva pagare lo stesso prezzo che le anime pagano al loro traghettatore per vedersi togliere ogni speranza. Solo due monete. Due monete quell'uomo se le sarebbe potute permettere.

79

L'uomo col cappotto oscuro si rialzò in piedi. I suoi
pensieri ristagnavano e la sua pelle bruciava forte per il
freddo pungente. Non importava quanto altro tempo
ancora si fosse soffermato con le sue mani sulle pietre
congelate; non importava quanto ancora avesse cercato
di vivere con loro, di condividere il suo tempo con chi
ormai non viveva più nel tempo degli uomini. Per
quanto lui avesse continuato a chiamarle, loro non si
sarebbero voltate. E allora, come poteva essere definita
la vita di un uomo che osservava la sua stessa vita
riflessa sotto una spessa lastra di ghiaccio? Mentre
continuava a parlargli quella sua vita annegava,
urlando, e non facendo rumore, dimenandosi nell'acqua
fredda sotto la terra che ignorava il suo respiro che
spirava, immobile, commosso, senza che un solo occhio
vedesse; senza che un solo cuore sentisse. Già. Nessuno
avrebbe dato a Frank una definizione della sua vita in
quel momento. Se egli avesse chiesto, qualcuno
probabilmente avrebbe allargato il suo sorriso migliore,
avrebbe steso un lungo braccio affettuoso intorno alle
sue spalle e gli avrebbe forse concesso una solidale
pacca d'incoraggiamento.

"Tutto bene Frank?"
"Sì. Beh, in effetti… non proprio tutto bene. Sto
attraversando un periodo abbastanza difficile: verso in
una disastrosa condizione finanziaria, soffro ancora per

la perdita dei miei affetti più cari, e conseguentemente anche la mia salute ne ha risentito particolarmente".

"Ah. Capisco. Va bè, ma per il resto tutto bene, no?"

"Ah, per il resto dici? Sì, certo. Per il resto tutto bene".

Ma sì, tutti lo sapevano: non c'era mica da preoccuparsi per Frank. Lui era fatto così dopotutto, sempre un po' cupo, un po' pessimista, sedotto dall'irrefrenabile spirito di un inconsolabile scrittore di tragedie. Non parlava certo sul serio quando si esprimeva in quei termini. No, infatti. Frank non parlava di certo: non potendo più parlare sul serio, parlò sempre di meno, fino a fare della sua voce poco più che un gradevole suppellettile da camino. Fatto curioso, considerato che Frank in effetti non era poi neanche in possesso di un camino sopra il quale poterla riporre in attesa di tirarla fuori, qualora ne avesse avuto bisogno, una volta ogni tanto. Ma ho un'altra domanda adesso: cosa rimane all'uomo al quale la sua storia ha strappato via i suoi affetti, il suo denaro, la sua pace e infine la sua voce? Cosa deve fare l'uomo vestito di nero, quando l'uomo vestito di bianco lo ha derubato con ferocia della sua intera vita? Cosa? Mi dispiace, ma non c'è uno di voi che possa rispondere erroneamente a questa domanda.

L'uomo che camminava sulla morte si voltò, e il suo volto spaventava chi incrociava il suo sguardo, violaceo, pallido, con la pelle delle mani e delle guance divenuta come fragilissima porcellana. Incedeva a passi lenti, ma si doveva sbrigare: ormai non era più il tempo di esitare. Ormai non era più il tempo di camminare sulla neve dei cimiteri. E le orme che pian piano calcava lasciando il suo passato alle spalle, lo chiamavano da lontano, pregandolo di tornare indietro; perché più si fosse allontanato, e più loro avrebbero cominciato a sbiadire, prede inermi del vento, frutto del tempo che corre alla cieca verso la fine.

Frank stava solo andando a ucciderlo. Solo questo, non voleva fare niente di più, niente di meno. In fin dei conti era solo una vita; una vita per riscattarne tre, neanche così sarebbe riuscito a riportare quella partita in pareggio. La partita di scacchi vinta dai neri, comandati da un Re bianco, che poi non si era rivelato essere altro che un folle con indosso un cappello verde. Perché ostinarsi a capirci qualcosa? Perché perdere altro tempo a sforzarsi di trovare una spiegazione razionale a tutto questo?

Infine la figura nera aveva ragione. Non c'era nient'altro da fare, nessuna altra spiegazione da dare: l'universo nella mente di Frank non era il medesimo universo in cui viveva Ray. Il suo racconto non sarebbe mai riuscito a creare la giustizia in un mondo che non fosse fatto di carta, e il suo inchiostro da solo non avrebbe mai potuto lavare via una così profonda macchia di male. Il mondo lo aveva tradito. La sua storia gli aveva voltato le spalle. E adesso? Chi altri? Chi altri avrebbe voluto approfittare di quella sua debolezza? Forse quel signore che se ne stava assorto sulla panchina a far finta di leggere un libro? Chi voleva prendere in giro, si vedeva benissimo che in realtà lo stava fissando da diversi minuti: probabilmente nella sua mente lo derideva per come un uomo della sua età stentasse già a camminare. E che dire della famiglia che gli procedeva accanto? Erano andati a piangere un loro caro al cimitero, eppure sembravano sorridersi l'un l'altro... che cosa stavano tramando? Ridevano forse di lui? Dei suoi occhi scavati nel viola di una pelle ormai completamente disidratata? Oppure della sua figura divenuta troppo magra e un po' dondolante? In effetti avrebbe dovuto mangiare di più, cominciava proprio a somigliare al pugnace manichino del suo ripostiglio. E cosa dire di quel bastardo di un cane laggiù? Non appena lo ha visto ha cominciato ad abbaiare come una bestia infernale. Perché diavolo ce l'aveva con lui? E adesso? Cosa vuole quella signora? Cammina veloce e si sta decisamente avvicinando troppo. Non vorrà mica parlare con Frank! L'uomo nascose la testa all'interno del bavero della suo cappotto nero e accelerò il passo.

"Signore! Signore mi scusi!"

Che diamine. Allora cercava proprio lui. Forse gli era caduto qualcosa. Ma no, tutto quello che gli serviva era custodito all'interno delle tasche del suo cappotto e nella sua borsa nera. Sicuramente vorrà qualcosa da lui. Probabilmente dei soldi; in qualsiasi forma glieli avesse potuti chiedere sarebbe stato indifferente. Anche se ne avesse avuti, non avrebbe più concesso un centesimo di sé, a nessuno, a meno di non ottenere qualcosa di ben preciso in cambio. Ma sfortunatamente per Frank la signora era parecchio rapida rispetto la sua imbarazzante andatura a passo veloce, considerato che non riusciva più neanche ad allungare le gambe per quanto freddo le attanagliava. Frank poté comunque sfuggirle fino a che non si ritrovò nei pressi dell'uscita del cimitero. Lì dovette rallentare ulteriormente, a meno di non volere andare a schiantarsi contro la moltitudine di persone che affollavano il viale centrale.

"Signore! Oh, meno male l'ho raggiunta. Mi ha fatto fare una bella corsa però!"
"Cosa vuole? Soldi? Non ne ho"
"Soldi? Oh, no signore io mi chiedevo solo se avesse bisogno di…"
"Cosa? Fiori per i miei cari defunti? Un posto vacante per quando io sarò defunto? Un set di pentole? No, me la cavo da solo, la ringrazio"

La signora sorrise appena, poi si allungò per portare le sue piccole braccia intorno al suo collo.

"Ehi, ehi, ma cosa avrebbe intenzione di fare! Vuole strozz…"
"Ecco signore. La prenda, e si copra per bene il volto mi raccomando. Quando l'ho vista passare mi è sembrato proprio avesse una stalattite al posto del naso! Non si preoccupi, io ne porto sempre un'altra in borsa. Passi una bella giornata, e abbia più cura di sé! Arrivederla!".

La signora piccola e con le gambe veloci, si dileguò in fretta, svanendo in un battito di ciglia, senza disturbare, come il vapore nell'aria congelata di gennaio. Frank farfugliò ancora qualcosa, con il collo e mezzo volto intrappolato nella grande sciarpa di lana rossa.

"Ma che diavolo?..."

Era decisamente intontito, quasi come avesse ricevuto una forte botta in testa.

"Tsk... una stalattite al posto del naso io? Che faccia tosta. Mica c'è poi così tanto freddo oggi! O almeno, io non ne sentivo granché. Forse un po' alle gambe, ma non certo al volto!"

Frank continuò a camminare, con il pensiero fisso su quel volto di donna.

"E va bene, forse in effetti prima cominciavo a non sentire più la faccia... adesso va un poco meglio. Però ci si comporta mica così! Arriva una dal nulla, prima ti insulta e poi ti mette le mani al collo. Anzi, al contrario. Prima ha tentato di strozzarmi con la sciarpa e poi mi ha pure dato del trascurato!".

Frank avrebbe pensato di tutto.

"Era pure bruttina in effetti. Con quelle gambette corte".

Avrebbe negato ogni evidenza.

"Bah! Avere più cura di me. La gente non vuole capire che io mi trovo benissimo alle basse temperature!"

E avrebbe pure richiesto l'impossibile.

"A questo punto mi avrebbe potuto dare anche qualcosa per le gambe! Lì sì che sento freddo".

Pur di non sentirsi costretto.

"Eppure... quella donna...

A dovere qualcosa.

"... è stata gentile"

A qualcuno.

"Avrei dovuto ringraziarla, al posto di dire 'Ma che diavolo'".

Chi ringrazia dà in pegno il suo sorriso a chi, guardando nel tuo volto, ha dimenticato per un secondo i contorni del proprio. Chi dice grazie vede coi suoi occhi qualcosa che non avrebbe mai davvero sperato di vedere: le immense leggi del creato cadere come le carte di un castello costruito sul tavolo di una cucina, di fronte l'evidente grandezza dell'animo umano. Grandezza a cui nessuno, davvero, ha mai creduto fino in fondo. E Frank è solo uno fra tanti, fra i tanti a ritenere che l'umanità non meriti alcuna gratitudine per le sue azioni, perché, quali tra esse ha mai avuto una prospettiva più ampia dell'umanità stessa? Quale uomo, o quale donna, è mai stato in grado di sentire dentro di sé la felicità di un'altra persona? L'universo ha sentenziato la grande condanna: che ci sia una Babele per le lingue, e una prigione per le anime. Così, che importerebbe se un giorno lontano il mondo intero dovesse finalmente riuscire a parlare un'unica grande lingua? Cosa importerebbe se le loro bocche si incrociassero, ma le loro menti restassero senz'acqua né cibo rinchiuse fra le mura di quella inespugnabile galera? Nessuno riuscirà mai a capire fino in fondo cosa l'altro sta tentando di dire, nessuno riuscirà mai a percepire dall'interno i veri sentimenti di un'altra persona, così il dolore, come la felicità. La vera essenza di un essere umano, rimarrà per sempre destinata a un'insondabile isolamento in bilico fra la comunicazione dei sensi e l'incomunicabilità dei suoi sentimenti. Eppure.

Eppure c'è chi dice grazie: chi ringrazia chi lo aiuta, e lo ringrazia per averlo fatto dimenticandosi di se stesso. E il nostro sorriso sorride a un popolo che si alza e combatte di fronte all'oppressione delle catene che ne legano l'anima mani e piedi, impedendole di sentire. Una mano che si tende, è l'universo che urla la sua sconfitta. Un sorriso che si spande, è la gioia della libertà riacquisita; la meraviglia per l'immensità dell'uomo che non si arrende alla realtà e prende per mano il suo sogno lontano. Per quanto incredibilmente folle. Per quanto terribilmente falso.

Sì perché queste sono belle parole, ma le parole sulla carta, Frank lo aveva imparato a sue spese, non sostituiscono la realtà delle cose. Per un attimo ci stava ricascando. Il sorriso di quella donna, il calore gentile della sciarpa che adesso si stava prendendo cura del suo volto; quelle piccole carezze lo avevano offuscato per qualche minuto. Stava per tornare a pensare che nell'umanità ci fosse ancora qualcosa di buono, che in fondo non fosse colpa di nessuno se lui si trovasse in quella condizione, che forse... forse Ray non fosse poi così cattivo.

"Oh Lei! Guarda chi si vede di ritorno! L'uomo che mi aveva scambiato per un parcheggiatore! Come vedi la tua macchina non è più qui. Ho chiamato il carro attrezzi, e l'hanno portata via. Può trovarla al deposito. Adesso scommetto che avrai i tuoi bei problemi con la polizia!"

No. Quella gentilezza che gli avvolgeva il collo era solo un'incidente di percorso. L'umanità non si smentiva. Anzi, sembrava quasi provare un certo malato, irrefrenabile piacere nella sofferenza altrui. La sua destinazione non sarebbe cambiata, la sua missione sarebbe stata portata a termine in ogni caso. Anche senza macchina. Anche senza quella sciarpa rossa intorno al collo.

"Ci può scommettere...".

La neve aveva ricominciato a cadere lenta sui tetti e le strade, mentre il sole si era ormai arreso da un pezzo al grigio dominio delle coltri. Gli ombrelli scuri cominciarono ad aprirsi uno dopo l'altro sui capi dei passanti, e quello di Frank, si levò presto verso il cielo proprio come il loro. Nell'aria si respirava freddo e odore di stufato di carne con le castagne, mentre la gente si riversava di fretta nei caldi locali coi tavoli in legno. Dopotutto era ormai ora di pranzo, l'ora di ritemprare il corpo e lo spirito mettendo sotto i denti qualcosa di caldo. Ma il piatto di Frank, quello si sa, andava servito freddo, e con quel tempaccio, non vi era alcun rischio potesse riscaldarsi. La strada per arrivare alla White Corp. era lunga, lunga e ghiacciata: a piedi probabilmente non sarebbe neanche riuscito ad arrivare vivo fin lì. Ma se ricordava bene da quelle parti avrebbe proprio dovuto esserci una stazione dell'autobus.

Strano a dirsi, ma a Frank gli autobus non andavano proprio a genio. Poi da tre anni a quella parte, non ne aveva mai più preso uno, neanche per estrema necessità; avrebbe preferito frasi a piedi mezza città piuttosto che essere costretto a salire su uno di quei cosi. Ma questa volta, che altra scelta avrebbe avuto? Chiamare un taxi? Non ricordava neanche dove avesse messo il telefono cellulare. Forse lo aveva gettato via dalla finestra insieme al computer, in quel momento non ricordava bene. D'altronde, anche se avesse potuto chiamare non avrebbe avuto neanche quei pochi spiccioli che sarebbero serviti a pagarlo; li aveva riservati tutti al fortunato fioraio davanti al cimitero. Ma avrebbe sempre potuto chiedere un passaggio. Beh, se avete pensato a questa possibilità, è colpa mia: forse non sono stato abbastanza efficace nel descrivervi l'aspetto di Frank. Vedendo un uomo in quelle sembianze avvicinarsi alla propria automobile, anche il cittadino più onesto avrebbe probabilmente preferito investirlo, piuttosto che concedergli un passaggio. Frank non era un personaggio che in quel momento avrebbe potuto suscitare la fiducia di nessuno. Come al solito, avrebbe dovuto cavarsela da solo. Per una volta, avrebbe preso il maledetto autobus.

Lì vicino, lo ricordava, passavano due linee che fermavano nei pressi del suo luogo di lavoro: la linea 33 e la 76. Ancora poche centinaia di metri e avrebbe raggiunto la fermata. Per esserci tutta quella neve c'era molta gente per strada; Frank si destreggiava fra l'informe massa di corpi e ombrelli, di neve e di volti, senza mai distogliere lo sguardo dal suo cammino, col suo solito andamento macilento, ma senza mai rallentare un secondo. Poi si fermò. Era come se avesse sentito qualcosa. Qualcosa, come una voce. Si voltò di scatto, e andò immediatamente a sbattere contro un signore che andava più in fretta di lui.

"Ehi! Ma stia più attento lei! Mica si può bloccare così d'improvviso in mezzo la strada! E su, che modi!"

L'uomo in giacca e cravatta raccattò la borsa e il piccolo libro bianco che gli erano caduti dalla mani, diede un ultima occhiata indignata al nostro Frank, e poi si congedò alquanto indispettito. No, non era certo stato lui a emettere la voce che lo aveva fatto girare. Ma adesso poco importava. In quel momento non aveva certo tempo per mettersi a inseguire le voci della folla. Ricominciò a camminare, più veloce di prima, passando anche col rosso se avesse potuto evitare di essere colpito dalle auto. Svoltò un angolo, poi un altro; doveva essere ormai praticamente arrivato. Ma si voltò, d'improvviso, un'altra volta. Questa volta non era una voce; era una presenza. Era come se qualcuno lo stesse seguendo. Ma chi? C'era troppa gente, troppi volti rintanati sotto quegli ombrelli scuri, e la neve che scendeva sempre più fitta non avrebbe certo aiutato a individuare un eventuale pedinatore. Niente. Nessuno di sospetto. Probabilmente Frank stava solo cominciando a diventare paranoico. Sapeva bene cosa stava andando a fare; evitava anche di guardare in faccia i passanti, per timore che potessero decifrare le intenzioni omicide nei suoi occhi. Adesso si stava anche convincendo di essere seguito, di essere osservato in qualche modo. Ma non ce n'era alcun motivo. Doveva tranquillizzarsi, nessuno lo avrebbe scoperto fino a che lui non avrebbe voluto; nessuno lo avrebbe fermato, nessuno gli avrebbe impedito di portare a termine il suo progetto. Eccola, quella era finalmente la fermata.

Si introdusse educatamente fra le altre figure che stavano in piedi ad aspettare, tutte ricoperte di lunghi, impenetrabili cappotti e indumenti di lana pesante.

Controllò quasi furtivamente se per caso non stesse già arrivando un autobus. Vide solo una lunga strada innevata. Adesso ci mancava solo che chiudessero le strade per quanta neve stava cadendo. I nervi di Frank non versavano proprio nelle migliori condizioni possibili, e un'ulteriore attesa, non avrebbe fatto altro che tenderli più forte; ma doveva aspettare, non c'era altro da fare. Nell'attesa pensò sarebbe stata una buona idea controllare che le linee che passavano di lì fossero rimaste sempre le stesse. Sì, quelle che ricordava c'erano entrambe. Ma un momento: la linea 33 adesso aveva cambiato il suo percorso. Non fermava più tanto vicino alla White Corp., anzi, a dire il vero prendeva una strada del tutto differente. Dannazione. Ma vediamo la 76. Ecco, almeno la 76 era rimasta identica a come la ricordava: aveva mantenuto il medesimo itinerario, fermando nei pressi del parco vicino il suo posto di lavoro; avrebbe di certo dovuto prendere quella. C'era un uomo accanto a lui, con la testa tutta immersa nella lettura di un libro bianco. Forse, giusto per sicurezza, era meglio chiedere a lui.

"Mi scusi, la linea 76 ha mantenuto il suo vecchio percorso, vero? Perché ho visto che la 33 è cambiata". L'uomo non fece una piega. Frank non era certo tipo da insistere, ma in quel momento voleva solo sapere se prendendo quell'autobus sarebbe davvero arrivato a destinazione.
"Scusi... ha sentito quello che le ho chiesto?"

L'uomo si voltò lento verso di lui guardandolo attraverso un grosso paio di occhiali marroni.

"Ma mi scusi, non vede che sto leggendo? Chieda a qualcun altro, no?".

L'uomo sprofondò nuovamente fra le pagine del suo libro, mentre i suoi occhi tornarono a seguire fedelmente le righe veloci che correvano fra le pagine bianche. A Frank non restò altro che guardarsi un po' intorno alla ricerca di un volto più disponibile a cui poter rivolgere la medesima domanda. Notò in quel momento che un discreto numero di persone a quella stazione stava ingannando il tempo leggendo: con una mano reggevano l'ombrello che li avrebbe riparati dalla neve, e con l'altra il libro che avrebbe fatto smettere di nevicare. I loro occhi erano persi nella storia di qualcun altro, di qualcuno che non si trovava accanto a loro, a cui avrebbero certo concesso tutto il loro aiuto, se solo glielo avesse chiesto. Quelle persone non avrebbero certo potuto rispondere a Frank; lui era solo un uomo inquietante e fastidioso che faceva domande stupide nel bel mezzo di una fredda giornata di metà gennaio.

Frank stava ancora cercando di raccapezzarsi sugli itinerari di tutte le possibili linee stilizzate sui cartelli posti in cima ai lunghi pali verniciati di verde, quando, in lontananza, cominciò a intravedersi un autobus arrivare. L'uomo si sporse dal marciapiedi, poggiando un piede sull'asfalto innevato, arrivando quasi in mezzo alla strada. Numero... 33. Era naturalmente quello sbagliato. Tornò al suo posto, cercando di rintanarsi il più possibile all'interno del suo non troppo caldo cappotto scuro. L'autobus si fermò. Non scese nessuno. Vi salì soltanto una coppia di anziani signori che si andò a sedere ai primi posti del veicolo, e nessun altro. Le porte si richiusero gentilmente, e l'autobus ripartì verso la lunga strada piena di neve.

"Mi sembra logico. Su quell'autobus non è salito praticamente nessuno. Per quale razza di motivo hanno dovuto cambiargli percorso? Per fare piacere a quei due vecchietti lì? Ma per favore. Adesso dovrò fare a spinte con tutta questa gente per riuscire a salire sul 76".
Frank non era proprio soddisfatto delle scelte dell'assessore all'urbanistica e ai trasporti. Ma, anche di quello, si dovette fare una ragione. Per sua fortuna, la sua attesa non durò ancora molto. Dopo pochi minuti ancora si sentì il rumore di un altro autobus in avvicinamento. Frank sbirciò di nuovo da lontano, ma questa volta non riuscì a vedere bene. Lasciò che il mezzo si avvicinasse ancora un po'. Numero 79.

"Ma che?!"

"Scusi signora, ma perché il numero 79? Non passa mica da qui! Dov'è finito il numero 76?"
"Ah, non glielo hanno riferito? No, diversi autobus della linea 76 hanno avuto dei guasti dovuti al mal tempo di oggi. Così, almeno finché non li ripareranno,

gli autobus della linea 79 faranno il percorso che fanno normalmente quelli della linea 76. Ma in sostanza è cambiato solo il numero, non si preoccupi".

Sì. Non doveva mica preoccuparsi. In fondo quello era soltanto un numero. Un numero come un altro.

La neve si poggiava e si scioglieva sul vetro del finestrino accanto alla testa di Frank. Lui se ne stava seduto con la schiena ben aderente allo schienale del suo sedile, accucciato nel cappotto che stringeva a sé come fosse una tiepida coperta. Incredibile. Di tutta quella gente, su quell'autobus non era salito che lui. Il veicolo era ancora semivuoto, e c'erano molti posti a sedere liberi sparsi qua e là. Tutte quelle persone, in piedi sotto la neve ad aspettare che qualcuno li aiutasse a raggiungere le loro destinazioni, così diverse, così personali, erano rimaste tutte lì, immobili, mentre guardavano lui esitare e poi salire lentamente dalla porta centrale. Tutta quella gente non sembrava neanche sapere esattamente dove volesse andare, come se preferisse rimanere lì ad aspettare, ad immaginare soltanto di poter raggiungere la loro meta, piuttosto che arrivarci realmente. Si, perché forse spesso è meglio immaginare di arrivare, che arrivare per davvero.

Ma per Frank era diverso. Lui sapeva dove stava andando, e sapeva bene cosa doveva fare; anche troppo bene. Così bene, che anche avesse voluto cambiare idea, non avrebbe più potuto; non adesso che sedeva sullo stesso autobus che aveva distrutto la sua vita, che aveva sterminato la sua famiglia. Certo. Non avrebbe mai potuto essere lo stesso. Ma il numero che si stagliava luminoso al di sopra del parabrezza era proprio quello. La stessa maledetta linea che sembrava collegare tutte le diverse stazioni della sua vita alla disgrazia: il numero 79 fermava di fronte casa sua, di fronte il suo posto di lavoro, vicino la scuola di ballo della figlia. Quella linea aveva qualcosa di sinistro, e quel sedile era decisamente l'ultimo posto dove Frank avrebbe voluto trovarsi quel giorno. Forse. Forse in qualche modo tutte quelle persone lo avevano intuito; per questo nessuno era voluto salire insieme a lui. Ma no, che sciocchezze! Come se tutta quella gente sapesse qualcosa della vita di Frank, della sua storia, della sua condanna. E anche se in qualche modo qualcuno fosse venuto a sapere, cosa gli sarebbe potuto importare? Perché sarebbe dovuto rimanere ad aspettare sotto la neve per rispetto di una storia che non gli apparteneva, che non era la sua? Non ha proprio alcun senso.

L'autobus si ferma ad un'altra stazione. Salgono altre due o tre persone. Una di loro prende posto vicino a Frank. Il soggetto è seduto accanto a lui, dal lato del corridoio. Indossa un lungo cappotto nero, praticamente identico al suo, sulla testa porta un borsalino di feltro verde scuro e le sue gambe reggono una borsetta nera e quadrata. Frank guarda di fronte a sé, ma sarebbe proprio curioso di vederlo in volto. Si gira per un secondo, come a volersi accertare che nei posti dietro le cose procedessero per il meglio, ma la sua strategia non gli garantì il successo sperato. Il cappello di quell'uomo, tirato verso il basso, aveva delle falde abbastanza larghe da coprire tutta la parte superiore del suo viso. Così, di sfuggita, Frank fu in grado solamente di determinarne grossolanamente l'età: doveva essere un ragazzo abbastanza giovane, forse sulla trentina. Notò anche che gli somigliava parecchio: stesso cappotto, stessa borsetta, stesso aspetto sottilmente inquietante. Ma c'era anche qualcosa che in quel ragazzo lo ripugnava, che lo inquietava sin dentro le viscere, come se nel suo sguardo, celato sotto le ombre del suo cappello, si nascondesse qualcosa di malvagio. C'era qualcosa che in quel ragazzo gli ricordava profondamente l'uomo che sarebbe dovuto andare a uccidere.

Change Places

La stazione del parco. Frank era arrivato. Era stato un viaggio tranquillo, senza intoppi, o imprevisti di alcun genere. C'era da rimanerne impressionati in effetti, considerato il normale andamento della vita di Frank. Evidentemente quella era la cosa giusta da fare, e il fatto che procedesse tutto secondo i piani ne rappresentava soltanto l'ennesima conferma. Era buffo pensare che per una volta che Frank stava fedelmente assecondando le sue cattive intenzioni, la sua storia non stesse davvero facendo nulla per fermarlo, come invece aveva fatto continuamente fino a quel momento, fin quando si era ostinato a giocare nel ruolo della persona precisa e rispettabile. Gli tornarono alla mente le parole di Ray: forse, dopotutto, l'uomo che aveva odiato più di tutti, era stato l'unico ad avergli parlato sinceramente. Forse era proprio vero. Forse tutto quello che doveva fare era rassegnarsi a quell'unica triste verità: lui era un pezzo nero, oscuro, malvagio. Probabilmente, lui era veramente solo un killer, un uomo senza scrupoli, dannato per sempre, destinato a compiere il male su questa terra e a bruciare nell'inferno delle anime che non si redimeranno.

Quell'uomo invece non aveva fiatato: l'uomo col cappello e l'impermeabile scuro era soltanto rimasto in silenzio per tutto il tempo del viaggio, scendendo alla fermata appena prima della sua. Non avrebbe saputo spiegare il perché, ma Frank avrebbe davvero voluto che gli rivolgesse la parola. Forse per convincerlo a desistere dal quel suo progetto nefasto, da quell'azione che avrebbe finito col togliergli ogni rimasuglio della sua identità; forse solo per offrirgli il conforto di un amico. Una volta morto, Ray sarebbe diventato la sua vittima; lui, il suo carnefice. Lui sarebbe stato marchiato per la vita come uomo orribile, un assassino a sangue freddo pronto a uccidere un uomo innocente il cui unico peccato era stato averlo voluto tenere con sé, all'interno della sua impresa, nonostante le sue difficili condizioni gli impedissero di risultarne un valido elemento. Il mostro con l'anima nera come il suo cappotto sarebbe stato gettato sulle prime pagine di tutti i giornali locali, dato in pasto alle bocche salivose e ricolme di morale dei conduttori dei talk show pomeridiani, dileggiato, biasimato, e infine la sua memoria sarebbe stata maledetta e cancellata dalle menti di tutti i suoi amici; tutti davvero troppo sensibili per sopportare il ricordo di un volto simile. Quando Ray sarebbe morto, allora sì, egli sarebbe diventato il Re bianco.

Ma un momento. Era forse questo il suo progetto? Era forse questo che intendeva dire quella sera, quando il re dei bianchi rimase in trappola per un'ultima volta fatale fra le mani inermi e tremanti dell'incredulo Frank? Allora forse… era per questo che aveva voluto rovinare la sua vita in quel modo, senza alcun motivo apparente, portandolo sull'orlo della disperazione. Forse Ray voleva solo morire! O meglio, voleva che la sua giovane vita venisse violentemente spezzata per mano di un uomo senza macchia, di un uomo onesto e laborioso, che metteva il lavoro prima di ogni altra cosa, e i suoi affetti, prima ancora del suo lavoro; di un uomo che malgrado questo, nascondeva dietro i suoi occhi limpidi e severi il germe viscoso dell'oscurità. E il motivo? Beh, il motivo per uno come Ray sarebbe stata l'ultima cosa da chiedersi realmente. Per uno come Ray il raziocinio era solo l'ennesima faccia della convenzione: una serie di proposizioni logicamente volte a salvaguardare la propria vita, evitando in tutti i modi la morte, e il dolore. La ragione, la morale, entrambe figlie di un unico padre vizioso e assente che, impegnato fuori di casa a fare conquiste in un localetto dei bassi fondi, le utilizza come dolci parole nei suoi discorsi per impietosire le fanciulle; per conquistare i loro cuori, per poter carpire i loro seni. E se questi erano gli intenti della ragione, se questi gli ossimorici propositi della morale, allora che bisogno ci sarebbe stato di ispirare le proprie azioni a quei princìpi? La follia, è l'unica libertà dell'uomo, e, checché ne potesse dire, Ray sembrava averla abbracciata seguendo un preciso atto di volontà, piuttosto che soggiacendo a un curioso scherzo del destino.

Ma anche la libertà ha un prezzo da pagare, e se la follia ti risolve un problema, con buona approssimazione puoi star certo che te ne creerà degli altri. Ray indossa il suo cappello verde ogni mattina e si guarda allo specchio: forse perché pensa di essere particolarmente affascinante; o forse perché cerca di ricordarsi quanto pazzo dovrà essere oggi. Poi esce fuori dal suo ufficio agghindato come un posticcio casinò americano, e inizia a sputare ordini addosso ai suoi dipendenti più laboriosi, perché l'azienda di suo padre non può certo andare in malora per colpa della loro inefficienza. È un folle, isterico, istrionico, instabile e paranoico, eppure... eppure da quando c'è lui l'azienda sembra starsi riprendendo. Forse è un genio. Forse è solo un impostore. Qualunque sia la verità, Ray un errore lo ha commesso. Qualunque sia il suo potere, la sua ragione, la sua libertà, non sarà mai libero dalla sua follia. I suoi dipendenti lo ascoltano, ma soltanto perché hanno paura di lui, della sua posizione, del suo potere, e di quello che di male potrebbe fargli se non ubbidissero. Lo ascoltano, ma non lo seguono. Ascoltano la sua verità, ma non la condividono, né la apprezzano, per quanto vera essa sia. Il folle è condannato per sempre alla gogna della sua follia, e le sue parole, la sua verità, per quanto libera possa sgorgare dalle sue labbra, ricadrà poi sempre pesantemente per terra, nella polvere, nella più assoluta indifferenza; nella più impotente frustrazione.

Ray ha il successo. Ha il potere. La libertà, ogni tipo di libertà. Meno quella di dire la verità; la sua modesta verità. Infine il nostro Ray, prigioniero della sua libertà riacquisita, ha conosciuto il nostro Frank, libero nella prigionia della sua banalissima quotidianità. Non poteva sopportarlo: un uomo tanto piccolo, tanto noioso, tanto irriducibilmente banale nel suo amore per il lavoro e la famiglia, non poteva essere più felice di lui! Lui era un folle, perbacco! Era libero da ogni costrizione, da ogni stupida convenzione di quella vita borghese così falsa e ipocrita, libero della paura di dover continuamente affidare la propria vita nelle mani di qualcun altro. Lui era come un dio rispetto a quell'omuncolo con la valigetta nera stretta ai polsi come un paio di manette che arrivava in ufficio ogni santa mattina alle 7.58. La sua vita, la sua posizione, i suoi piaceri, valevano almeno cento volte i suoi. Eppure, si sa: per qualche strano motivo gli dei hanno sempre invidiato qualcosa a questi nostri piccoli esseri umani.

Il parco era ricoperto di neve. Gli alberi, i rami, la ghiaia sui viottoli, i vestiti pesanti dei passanti. Era tutto ricoperto di bianco. Sulla pista di ghiaccio i bambini giocavano coi loro genitori, qualcuno piangeva, perché, come la neve, era caduto giù, e nessuno aveva potuto far niente per impedirlo. Il vento aveva smesso di soffiare. L'aria era pungente, ma non si muoveva, se non per trasportare le voci della vita che continuava ad agitarsi fra gli alberi e le panchine vuote del parco innevato. Frank ne scelse una, e si sedette. Sentì un brivido freddo non appena toccò lo schienale con le spalle, così si sporse in avanti, al limite del sedile, con i gomiti poggiati sulle gambe infreddolite. Chissà se doveva davvero ucciderlo, oppure no. Notò che un uomo stava seduto sulla panchina di fronte a lui; leggeva, con le gambe accavallate e alcuni sacchetti di plastica appoggiati disordinatamente accanto a sé. Era probabilmente uno che come lui veniva al parco a rilassarsi durante la pausa pranzo; forse lavorava anche per la sua stessa azienda. Un rumore, improvviso, appena accanto l'orecchio destro. Frank si gira di scatto, un po' scansandosi. Un corvo nero si stagliava sullo schienale della panchina dov'era seduto, proprio a pochi centimetri dalla sua testa; gracchiava e se ne stava impettito, guardandolo con aria severa e gli artigli ben piantati sulle barre di legno. Frank dopotutto era abituato agli attacchi improvvisi dei volatili, ma in quel caso era stato colto di sorpresa. Rimase immobile, ricambiando il suo sguardo impassibile. Le due figure nere si studiarono per qualche secondo; poi una delle due si mosse e, in un secondo, volò via, librandosi fra i piccoli fiocchi bianchi che cadevano ancora leggeri fra le fronde innevate del parco. Frank lo guardò ancora per qualche secondo, poi lo perse di vista.

"Ehi! Vecchietto! Dimmi un po'… che cos'hanno in comune un corvo e uno scrittoio?"

Quella voce. Quella voce irruppe dalla sinistra. Frank si voltò ancora una volta di scatto dal lato opposto. Un uomo sedeva sulla panchina accanto a lui.

"Ma che cosa… Ray?"

Frank scattò in piedi.

"Sì Frank, sono io. Mi spiace non essere un uccellaccio nero, a quanto vedo intrattieni relazioni ben più cordiali con loro. E anche con gli scrittoi a quanto sembra". Ray scoppiò a ridere. Frank rimase immoto.
"Ah! Che noia vecchietto! Sempre così severo. Stavo solo scherzando! Dai che fai lì in piedi? Torna qui a sederti. Ti ho forse spaventato?"
"Che cosa ci fai qui, Ray?"
"Che cosa ci faccio io qui? Che domande, mi rilasso. Facevo solo una passeggiata con Cappello".

Frank notò il lungo cappello verde appoggiato sulla panchina al fianco di Ray.

"Ah già, il solito maleducato! Coraggio Cappello, saluta il nostro dipendente preferito…" – Ray prese il suo cappello, e con un elegante gesto di destrezza lo fece rotolare sul suo braccio, fino a riportarlo sopra la testa. "Cappello ti saluta, ed è molto contento di rivederti amico mio. A proposito… oggi non è forse mercoledì? Quindi la domanda giusta dovrebbe essere: che cosa ci fai tu qui Frank! Non riesci a stare lontano dal lavoro?"
"Non riesco a stare lontano da te Ray… a quanto pare".

Ray cercò di trattenersi. Ma scoppiò a ridere di nuovo.

"Non ci riesci eh? Frank, avevo dimenticato quanto tu fossi divertente. Cavolo, dovremmo vederci più spesso! Che ne dici di un bel tè oggi pomeriggio? Eh?". Frank non rispose.

"Hmmm… forse non apprezzi il mio buon tè. Allora, fammi pensare, che cos'è che ti piace fare… hmmm… ma certo! Trovato!" – Ray battè entusiasta il pugno desto sul suo palmo sinistro –

"Una bella partita a scacchi! Dai vecchietto, forse è venuto il momento che io ti conceda una rivincita dopo tanti anni, non credi? Questa volta però prendo io i bianchi".

Frank non disse una parola e con due dita aggiustò gli occhiali sul suo naso. L'uomo col cappello si lasciò andare all'indietro, allungò entrambe le braccia lungo lo schienale della panchina, e accavallò le gambe.

"Uffa Frank! Che noia. Ti ricordavo un po' più divertente a dir la verità. Sai che non rispondere è una cosa da maleducati. Cappello, mi raccomando, non prendere mai esempio da lui". E mentre Ray parlava, Frank sorrideva. E il suo sorriso si allargò, fino a divenire una risata. Una risata incontrollata. "Ehi vecchietto, che cosa ti prende adesso? Guarda che dovrei essere io quello che scoppia a ridere senza un motivo plausibile".

Frank smise di ridere. Ma continuò a sorridere.

"Adesso ti dà fastidio che io interpreti il tuo ruolo, non è vero, Ray?"

"Che cosa vuoi dire?"

"Eppure tu vuoi diventare me. E vuoi che io divenga te"

"Frank, non vorrei essere scortese. Ma credo proprio che il freddo abbia, come dire, ibernato quei pochi piccoli neuroni che ancora giravano felici per il tuo cervello"

"No Ray. Il mio cervello sta benissimo; anche se questo non può dirsi certo merito tuo"

"Cappello, tu hai per caso idea di cosa stia parlando?"

"Hai cercato di farmi impazzire in tutti i modi, non è forse vero Ray? Non ti piaceva che io vivessi una vita felice, tranquilla, normale, nella mia banalissima e ipocrita quotidianità. Credevi di sentirti libero, nella tua completa insensatezza, nei tuoi eccessi, nella tua autoreferenziale genialità; nella tua completa follia. Ma poi… poi hai cominciato a renderti conto di quanto quel tuo cappello suscitasse più ilarità che rispetto; di quando i tuoi ridicoli comportamenti instillassero più diffidenza, che fiducia. E questo lo hai notato perché non è affatto vero che sei pazzo. Mio caro Ray, mio eccentrico direttore, tu la tua follia l'hai acquistata allo stesso prezzo di quel cappello da quattro soldi che ti porti dietro. Dici di non averne bisogno, eppure quel gingillo e l'unico costante ricordo di un personaggio che non sei, l'unico vero seme di follia che germoglia nella tua testa. Lo hai fatto solo per sentirti libero non è vero? Per poter guardare continuamente dall'alto in basso gli esseri piccoli e scontati come noi, poveri dipendenti senza pretese che trovano la loro gioia più grande nelle catene delle nostra misera esistenza. Volevi essere come il Re bianco della tua scacchiera, ad un tempo temuto e rispettato da tutti, e nello stesso momento libero di muoverti in qualsiasi direzione tu preferisca. Ma sei riuscito ad ottenere solo una delle due cose. E per ottenere l'altra, per ottenere l'ammirazione e il rispetto di tutti, oltre che la tua solitaria libertà, non ti restava che una cosa da fare: trasformare qualcun altro in un pezzo nero, per divenire tu quello bianco".

La neve continuava a cadere leggera, e non si sentiva più niente. Né voci. Né rumori.

"Hai ragione Frank. Sono io la causa di tutti i tuoi mali. E allora perché non prendi una pistola e mi fai fuori una volta per tutte?"

Ray sorrideva, con le gambe a cavallo e la testa reclinata verso il basso.

"Mi hai preso forse per uno scemo Ray? Non hai ancora capito che il tuo piano ormai è evidente? Hai distrutto la mia vita e la mia famiglia, solo per fare in modo di portarmi sull'orlo della disperazione. Hai fatto di tutto perché io ti odiassi, aspettando solo il momento in cui avrei finalmente deciso di ucciderti. Non mi hai neanche licenziato, nonostante io non sia più utile a nulla nella tua impresa. Da un insensibile maniaco dell'efficienza economica come te, questo non me lo sarei certo aspettato. Ma adesso è chiaro il motivo: il magnanimo direttore della White Corp. ucciso da un dei suoi dipendenti più anziani, dopo averlo generosamente aiutato in un momento di grave crisi psicologica ed economica. Povero direttore. E che persona orribile quel dipendente! Certo il direttore era un po' singolare, ma in fin dei conti era proprio una brava persona; e ha pagato la sua bontà con una morte atroce. Frank il folle. Ray il giusto. Frank il nero. Ray il bianco. È stato solo questo, fin dall'inizio. Sin da quella maledetta partita".

Ray si fece serio. Il suo volto appariva adesso profondamente turbato.

"Che diamine Vecchietto! Non ti facevo così intelligente. Mi hai proprio... colto in castagna. Hai disvelato in soli cinque minuti un piano che ha richiesto anni di elaborazione e attento monitoraggio, e adesso... adesso... io..." – Ray non riusciva più a parlare. Prima iniziò a sorridere, poi non ce la fece più. Ray esplose in una fragorosa risata, e mentre rideva cercava di parlare. "Ahahahah... e adesso a me... chi mi uccide... se non mi uccidi tu... direi che sono proprio spacciato!"

Ormai le risate avevano fatto distendere Ray sulla panchina. Frank lo guardò quasi con compassione, poi si voltò per andar via.

"Addio Ray. Ti auguro una buona fortuna"

Ray continuava a ridere.

"Ahahahah, io devo... morire! Chissà poi come avrebbe fatto a uccidermi se in questo momento sono rinchiuso nella sua cucina a bere latte!".

Frank aveva fatto solo due passi. Si bloccò.

"Che cosa hai detto?"

Ray smise di ridere e si rimise seduto. Il suo cappello adesso giaceva disteso sul manto di neve.

"Ray! Parla! Che cos'è questa storia?"
"Quale storia? Credevo la conoscessi".
"Tu... tu hai letto la mia storia! Come diavolo hai fatto?"
"Hmmm... errore. Io non ho letto la tua storia. Io ho scritto la tua storia".

Frank sorrise.

"Mi hai preso tutto. Non mi sorprendo che adesso tu voglia prendermi anche quella. Mi chiedo solo come tu abbia fatto a rubare il mio quaderno senza che io mi accorgessi di nulla. Credevo di essere stato attento".
"Non lo si è mai abbastanza. Ad ogni modo, credo che tu mi abbai frainteso mio caro Frank. Io non parlavo

della storia contenuta nel tuo quaderno nero. Io parlavo della tua storia".

Ray si alzò in piedi e raccolse il suo cappello verde dalla neve. Se lo rimise in testa, è un po' di neve gli ricadde sul viso.

"Frank, io sono il tuo autore".

Il vento prese a soffiare leggero, e Frank sentiva il rumore del sangue pulsare nel suo corpo.

"Tu sei il mio autore? Certo che lo sei. Con quel cappello in testa puoi essere qualsiasi cosa, non è vero Ray?"
"È vero Frank. Ma questo vale anche per te..." – Ray si avvicinò all'uomo col cappotto nero. I due si guardarono negli occhi per pochi secondi; poi Ray si tolse il cappello, e lo poggiò lentamente con entrambe le mani sul capo di Frank. "Visto? Adesso anche tu puoi essere qualunque cosa. E nello specifico, adesso sei il mio bel personaggio. Contento Frank?".

Frank sorrise, col cappello verde sulla testa.

"Ray. Forse in fondo è vero che sei pazzo"
"Oh, sì, io sono pazzo. O forse dico solo la verità e tu non vuoi credermi"
"Lo so Ray. L'ho capito che questo è il tarlo che ti assilla. Ma se vuoi che la gente ti creda, se vuoi che gli

altri ti rispettino e ti ammirino, fidati: brucia questo cappello e comincia a vestirti come una persona normale. Forse gli altri cominceranno a prenderti sul serio"

"Oh! Ma guarda quanti saggi consigli sgorgare dalla bocca dell'uomo che gira per la città vestito come un serial killer. Tu non sai proprio come fare a sfuggire al delirio della folla. Non è vero Frank? Eppure dovrai abituartici presto… stai diventando famoso!"

"Sono stufo dei tuoi deliri senza senso Ray. Riprenditi pure questo ridicolo cappello. Io me ne vado".

"No, no Frank, tienilo pure. Ne hai più bisogno tu! Forse con Cappello in testa nessuno ti riconoscerà. Sei il personaggio del mio libro, e il mio libro sai, sta andando a ruba! Ad esempio. Vedi quel signore che se ne sta seduto lì sulla panchina da quando siamo arrivati? Ecco, lui sta leggendo il mio libro".

Il signore sulla panchina leggeva un libro. Un libro bianco come la neve che si librava nel cielo.

"Il tuo libro? Non sarà per caso la storia che io ho scritto e che tu mi hai rubato?"

"Beh sì certo, c'è anche quella. Ma non ti preoccupare, occupa solo la prima parte! Poi c'è anche la tua storia! Sai quella in cui tu perdi tua moglie e tua figlia e vuoi vendicarti del direttore pazzo causa di tutti i tuoi mali".

Frank spinse con forza entrambe le mani sulla giacca di Ray.

"Non dirmi che tu… tu hai preso la mia storia, e ne hai fatto un libro!"

"Non è esatto Frank! È il mio libro che ha fatto la tua storia, non viceversa"

"Razza di bastardo…"

Frank spinse violentemente a terra il suo direttore. Poi si voltò verso l'uomo seduto sulla panchina e si tolse il cappello che gli era stato messo sulla testa lasciandolo ricadere sulla neve. L'uomo sulla panchina leggeva e mangiava un panino.

"Ehi tu!" – Frank procedeva minacciosamente, un passo dopo l'altro. "Dammelo!"

"Scusi?"

"Me lo consegni immediatamente!"

L'uomo si alzò in piedi terrorizzato, con un grosso boccone a gonfiargli la guancia sinistra.

"Ma signore, io ho fame!"

Frank gli strappò di mano il libro che teneva con la mano destra, e lo spinse a terra con un calcio.

"Ingozzati allora".

L'uomo lo guardò per qualche secondo terrorizzato. Poi si rialzò e scappò via.

Ray era ancora per terra in mezzo alla neve, e rideva come un ragazzino.

"Si così mi piaci Frank! Come un vero gangster!"

Frank teneva il libro bianco con entrambe le mani. Ne guardò prima la copertina. "Change Places", di Ray White. Poi cominciò a sfogliarlo nervosamente, come in cerca di qualcosa. La prima pagina.

"Tempo fa mi capitò di trovarmi a camminare per una strada poco trafficata, di quelle con l'illuminazione che va e che viene, coi marciapiedi un po' rotti ai lati".

Una pagina casuale al centro del romanzo.

"Disse così e portò la mano alla tasca sinistra dell'impermeabile. Voleva prendere qualcosa. Ma cosa? Doveva essere il coltello, era l'unico oggetto che gli avevo visto addosso. Porre fine alla storia come promesso. Voleva uccidermi il bastardo!".

Un'altra pagina ancora, verso la fine.

"Era il sette settembre, e, sì, erano le sette. Un ragazzo di poco più di vent'anni faceva jogging per le strade verdi e immerse nella luce del sole che muore alla sera. Faceva jogging, ed era vestito di tutto punto: una giacca scura, una cravatta dello stesso colore, la camicia bianca, le scarpe appuntite di pelle nera, e dei pantaloni eleganti tenuti su da una cintura di buona marca".

Le mani di Frank cominciarono a tremare, e quelle pagine con loro.

"Come? Come puoi sapere anche questo?!" Frank urlò, con gli occhi iniettati di rancore.

Ray si stava rialzando da terra

"Cosa Frank? Dimmi, che cosa ti turba questa volta?".
Si ripulì i vestiti dalla neve che li ricopriva.
"Hai copiato il mio racconto parola per parola, questo è evidente. Ma come facevi a sapere anche di quell'episodio? Quello non era incluso nel quaderno. Parla!"
"Parli del tuo passato vero? Mi sembra di essere stato abbastanza chiaro... – Ray recuperò il suo cappello da terra e se lo rimise in testa. "Sono il tuo autore Frank, il tuo unico amico. L'unico che ancora cerca di dirti la verità, senza un sorriso ipocrita a dilaniarmi il volto. Eppure tu mi sei così ostile. Perché non vuoi credermi mio caro?"

Frank ha la testa bassa, e le braccia stese verso il basso.

"Tu non sei il mio autore. Tu sei un mostro..."
"... di bravura?"

"Tu sapevi tutto di me, anche prima di adesso. Avevi scavato nel mio passato, avevi scoperto del gioco d'azzardo e dei miei errori giovanili. Non so di che razza di investigatori ti avvali, ma devo ammettere che sono molto bravi. A questo punto non vedo perché tu non possa essere a conoscenza anche di altri particolari come questo".

"Sì... può anche essere".

"Hai preso la mia famiglia, la mia vita, la mia storia. Poi hai preso la mia sofferenza e ne hai fatto un prodotto commerciale".

"Già, già. Potrei aver fatto anche questo".

Frank si avvicinava a Ray, passo dopo passo, facendo dondolare avanti e indietro quel libro bianco trattenuto a stento dalla sua mano destra.

"Perché? Perché mi hai fatto tutto questo? Per umiliarmi? Perché non ti stavo simpatico? O perché ti annoiavi?"

Ray lo guardava avvicinarsi, e i suoi occhi divennero acuti e divertiti.

"Che cosa importa ormai Frank? La storia è finita. E io non sono uno di quei cattivi che ama spiegare al protagonista i suoi diabolici piani per filo e per segno. D'altronde, ricordo male o eri stato proprio tu a fornirmi una brillante spiegazione del mio operato fino a qualche minuto fa. Com'era? Ah sì! Io sarei dovuto essere ucciso da te in modo da redimere il mio personaggio dalla follia che mi aveva intrappolato, così da poter finalmente diventare una persona ammirata e rispettata da tutti. Beh, devo dire che mi hai convinto. Non c'è proprio niente di meglio che essere morto per godersi la vita. Non trovi?"

Frank rimase in silenzio.

"Frank, dimmi una cosa: non trovi che la tasca sinistra del tuo bel cappotto sia più pesante del solito?".

Frank rialzò la testa improvvisamente. In effetti. Mise la sua mano in tasca e toccò qualcosa di freddo, freddo e pesante. Non poteva certo essere la penna che portava sempre con sé proprio in quella tasca. Estrasse l'oggetto.

"Uh! Frank! Non sapevo andassi in giro armato. Attento con quell'aggeggio… non vorrei facessi male a qualcuno…"

Frank guardava la 9mm nella sua mano e la sua mano tremava, come se quell'arma fosse puntata contro di lui.

"Cosa?...Ma come?..."
"E dai Frank! Non è che ti puoi sorprendere sempre per tutto! È solo la tua pistola dopotutto. Non l'avevi portata qui per uccidermi? O credevi che sarebbe bastata una penna nera a farmi fuori?"

"Questa non è mia! Io non ho mai posseduto un'arma…"

"Ah no, Frank? Sei proprio sicuro? Mi sembrava fossi venuto qui per uccidermi…"

"Io questo non l'ho mai detto…"

"Certo che non l'hai detto. Ma io non ho certo bisogno che tu mi dica le cose… dato che sono io ad aver scritto le tue battute. E di certo non ho grandi difficoltà a farti apparire una arma dentro la tasca del tuo cappotto. È tutto scritto nel tuo romanzo".

"Adesso basta! Basta con i tuoi giochetti, le tue battute da pagliaccio, e le frasi sibilline che non vogliono dire un accidenti!"

Frank alzò il braccio sinistro con la pistola che adesso puntava contro la faccia di Ray.

"Accidenti Frank! Di nuovo il tuo lato gangster che mi esce fuori, così all'improvviso. Ma dubito che tu riesca a centrarmi sparando con la sinistra; non sei mica mancino come me!"

"No infatti. Sono ambidestro".

"Hmmm… questo nel rapporto non era proprio scritto. Poco male. Tanto non puoi uccidermi lo stesso mio caro innocuo vecchietto!"

"Ne sei proprio sicuro Ray. Sei sicuro che io non possa farlo?"

Frank tirò indietro il cane della pistola, e il rumore metallico dell'arma raggiunse violento anche l'orecchio della sua vittima.

"E va bene! Va bene. Dato che non mi vuoi proprio credere, leggi pure le ultime righe del libro che tieni fra le mani. Così vedrai coi tuoi occhi che la storia non finisce affatto come pensi tu!"

Frank sollevò il libro bianco che ancora reggeva con la meno destra. Poi lo lanciò contro Ray, facendolo arrivare ai suoi piedi.

"Quella non è la mia storia. Non mi interessa come va a finire".

Ray raccolse il libro da terra.

"E va bene pigrone! Vorrà dire che ti leggerò io le ultime righe della tua storia. Allora vediamo un po'. Oh ecco qui! Stammi bene a sentire, ti leggo giusto questo passo:

"Frank (che saresti tu mio caro), reggeva la pistola con la sua mano destra, e quell'arma pesava più nella sua testa che nel suo braccio. L'uomo in bianco davanti a lui non si muoveva, non emetteva un fiato. Intorno non c'era nessuno e si sarebbero potute sentire solo le voci lontane delle persone sulla pista di ghiaccio. Nessuno; nessuno ad aiutarlo, nessuno ad ostacolarlo. La vendetta finale, adesso, era soltanto a un grilletto di distanza fra la canna di Frank e il volto immobile di Ray. Prese bene la mira, con entrambe le mani, poi chiuse gli occhi. Era finita.

Clic. Non sembrava il fragore di uno sparo. Clic, clic. Frank riaprì gli occhi. Non sentiva più alcun peso fra le sue mani.

'Cosa c'è Frank, ti si è inceppata la pistola?'

L'uomo in bianco sogghignava.
Frank guardò l'oggetto fra le sue mani. Era una penna. Niente più che la sua penna a scatto nera. Clic, clic.

'Frank mi dispiace. Ma non puoi uccidermi due volte con la stessa arma. Forse quella poteva andare bene nella tua storia; ma nella mia avresti avuto quanto meno bisogno di una pistola vera. D'altronde mi sembrava di avertelo già spiegato: un personaggio non può uccidere l'autore del suo racconto. Neanche un testardo come te con una bomba a mano'.

Frank ricadde al suolo, fra la neve e il gelo dell'inverno. Tutto era bianco, e il bianco cominciò a sbiadirgli i vestiti. Frank guardava e non parlava, mentre i suoi occhi pian piano morivano sotto le palpebre sempre più pesanti. Ray si avvicinò, reggendo il suo libro fra le mani. Si accovacciò sulle ginocchia fino a raggiungere il volto dell'uomo senz'anima. Lo guardò fisso negli occhi, e i suoi occhi non vedevano più nulla. Aprì il libro, all'ultima pagina, e scrisse qualcosa con una penna bianca in madre perla. Mise un punto alla fine.

'Addio Frank. Mi dispiace. La tua storia finisce qui'.

Il corpo dell'uomo in nero cominciò a sparire, piano, come evaporasse nell'aria densa di ghiaccio e fogli di carta. Uno stormo di corvi si levò dagli alberi intorno a loro, per poi perdersi veloce nel grigio del cielo. Ray si rialzò in piedi.

'Beh, Cappello, che ne dici? Infine il bianco ha trionfato sul nero. Non c'è niente di meglio che un succoso lieto fine a conclusione di una bella storia, non trovi? Come dici? Adesso che Frank è andato via, hai di nuovo sete? E va bene, ti darò un po' del cognac che ti piace tanto. Ma poi prometti di lasciarmi in pace per un po', va bene?'

Ray si aggiustò i vestiti, si guardò per un attimo intorno. Era solo, solo in un'enorme distesa di bianco. Cominciò a incamminarsi.

'Beh forse... un po' di nero in tutto questo non ci sarebbe stato male'.

E forse, in fondo alla fine, il mondo è solo una questione cromatica".

Ray richiuse il suo libro.

"Hai capito adesso, caro amico mio? Hai sentito come finisce la tua storia? Rassegnati, non puoi farci niente! Ormai è tutto scritto qui, nero su bianco, e tu non puoi fare altro che fare il bravo personaggio e..."

Un rumore violento squarciò l'aria e le orecchie dell'uomo col cappello. Il sangue gli schizzò in faccia e la spalla uscì fuori dalla sua sede spezzandosi in diversi punti. Ray barcollò per due passi indietro, poi si inginocchiò tenendosi stretto la parte ferita con la mano.

"Complimenti Ray. Davvero un bel finale...".

Ray guardava sgomento il calore emesso dalla canna della pistola di Frank sollevarsi piano nell'aria sotto forma di vapore.

"Diamine Frank! Devi assolutamente dirmi dove compri le tue penne". Ray rise da solo.
"Non dovresti essere tu a dirmelo Ray? Non sei stato tu a farla apparire dentro la mia tasca? Spero tu te ne stia pentendo".

Ray si rimise in piedi a fatica, mentre il sangue continuava a scendergli giù per il braccio.

"Tsk! Vuoi proprio fare l'eroe Frank? Non hai capito che tu non puoi uccidermi, maledetto ottuso?! Tu sei una mia creazione! Un prodotto della mia mente, soltanto un modo per distrarmi un po'! Tu esisti solamente per merito mio, e io non ti permetto di..."

Un altro scoppio assordante. L'uomo in bianco cadde a terra, con un grosso buco nella gamba. Urlò dal dolore.

"Cominci a capire adesso Ray? Cominci a capire che è per te che la fine sta arrivando? Riesci già a sentire la pietre livide dei sepolcri pesare sul tuo petto, fino a toglierti il respiro?".

Ray, urlava dal dolore, e nel dolore rideva.

"Quante sciocchezze Frank! Io non posso morire per mano tua"
"Già. Perché tu sei il mio autore, giusto?"

Ray appoggiò la schiena al tronco di un albero. Sentiva i corvi neri gridare sopra di lui.

"Eh va bene Frank. Forse sono stato io a perseguitarti sin dall'inizio, questo solo perché mi dava fastidio la tua perfezione, la tua prevedibilità, la tua insulsa vita felice nel calore della tua famiglia! Forse avrei preferito essere un po' più come te, avere quello che avevi tu. E forse questo non faceva altro che peggiorare la mia condizione psicologica, forse non facevo altro che bere, finché non ho realizzato che probabilmente c'era un modo più salutare per tenere a bada la mia follia: se io non potevo essere più normale, allora dovevi essere tu a diventare più... pazzo. Bisognava solo darti la spinta giusta, e renderti la vita impossibile è stato oltremodo divertente mio caro. Fin quando non ti ho sfidato a quella partita. Volevo toglierti il tuo ufficio, vederti più lontano dalla tua famiglia, ma i tragici eventi che ne sono susseguiti potrebbero in effetti essere sfuggiti alle mie capacità di previsione. La verità è che per un momento ho pensato di aver esagerato e mi hai fatto un po' pena Frank, per questo non ti ho licenziato quando ne avrei avuto l'occasione. Ma di certo non per questo ho smesso di farti tenere d'occhio, e quando mi hanno riferito che ogni giorno in ufficio non facevi altro che scrivere su un piccolo quaderno nero, non ti nascondo che mi sono parecchio incuriosito.

Ho fatto fotocopiare quel quaderno, mentre tu eri talmente occupato a rimuginare sul passato che non ti saresti neanche accorto di una palla da demolizione che penzolava sulla tua testa; l'ho letto con attenzione. Ho capito a cosa ti riferivi, per uno come me, capire uno come te non è poi tanto difficile. Credevi davvero che trasformarmi in un ragazzo senza nome, in una storia senza trama, ti avrebbe restituito qualcosa? Sapermi rinchiuso in una stanza senza tempo ti aiutava a dormire meglio la notte? Ti confesso che da un lato ci sono rimasto un po' male Frank. Non mi meritavo tutto quel rancore, dopotutto non ero poi io ubriaco alla guida di quell'autobus; perché non te la sei presa con l'autista? Perché soltanto con me? Ma dall'altro... ho trovato la tua idea di diventare l'autore di qualcun altro assolutamente entusiasmate. Un tale potere di controllo sulla vita e la morte di una persona, sarebbe stata degna soltanto... di un dio. E così mi sono chiesto: perché limitarsi a un mondo di carta? Perché limitarsi a creare un personaggio, quando puoi creare una persona. Perché non fare a te nella realtà quello che tu hai fatto a me nella finzione? Perché non invertire i ruoli? Perché non diventare io il tuo autore Frank? Il tuo vero autore.

Forse sono stato proprio io a farti pedinare, a sapere in ogni momento dov'eri e cosa facevi, a scoprire i più arcani meandri del tuo passato, a sapere talmente tante cose su di te da poterti ragionevolmente trasformare in un mio personaggio. Ti sorprendi per la precisione di alcuni particolari, ma non hai idea di quante informazioni possano reperirsi anche solo sui social network. Il resto è un processo di ragionevole deduzione. Forse sono stato io a metterti la pistola in tasca mentre tu parlavi con i corvi. Ma perché lo avrei fatto? Per farmi uccidere? Allora forse in fondo avevi ragione tu Frank! Forse voglio solo morire per mano tua, perché non sopporto più di essere trattato come un pazzo psicopatico da tutti. Probabilmente se tu mi uccidessi, il processo sarebbe finalmente compiuto, e tu diventeresti il folle, e io il savio. Oppure forse non è così... magari l'ho fatto per dimostrarti che tu non puoi realmente uccidermi, e adesso io mi rimetterò in piedi ridendo di fronte la tua faccia deformata dallo sgomento".

"Non credevo che un uomo nelle tue condizioni potesse parlare ancora tanto".

Frank era ormai a un passo da Ray.

"Ma spiegami Frank... spiegami che cosa importa adesso tutto questo? Che cosa cambia? Che cosa cambia se sono stato io a crearti dal nulla, o se ho semplicemente usato la tua storia per farne un romanzo? Che cosa pensi possa cambiare? Tu sei un mio personaggio Frank. La gente ti conosce per quello che io ho scritto su di te, non per quello che sei realmente. Per tutti tu sei soltanto quello che è scaturito dalla mia mente, che io l'abbia creato dal nulla, o che io abbia preso ispirazione da fatti realmente accaduti. Tu non puoi uccidermi, perché senza di me non esisteresti nemmeno. Non esisteresti per nessuno, tranne che per te stesso! Non capisci Frank? Io sono l'unico amico che ti rimane. Io ti ho reso immortale, e rendendo te immortale, ho reso immortale me stesso. Io sono il tuo autore".

Frank rimase in silenzio, mentre il vento che muoveva leggero il suo lungo capotto nero era l'unico suono che sarebbe potuto udirsi nel raggio di diverse miglia. Erano scappati tutti per il rumore di quegli spari. Erano rimasti soli. Solo loro due, in un'enorme distesa di alberi spogli. L'uomo in nero si chinò sull'uomo in bianco, allungò le braccia e lo abbracciò forte, facendogli sentire il calore del suo corpo. A Ray scese qualche lacrima.

"Grazie Frank".

Tre spari. Tre colpi letali allo stomaco.

"Grazie Ray".

Frank si rialzò in piedi. Si guardò intorno. La neve aveva ricominciato a cadere, e non faceva alcun rumore. Niente faceva rumore. Niente voci, né risate, né urla. Nessuna sirena della polizia. C'erano stati 5 colpi d'arma da fuoco e nessuno sembrava volersi curare di nulla. L'uomo fece qualche passo, fino alla panchina dove era seduto. Prese la sua valigetta e la aprì. Il suo quaderno nero era ancora lì. Lo recuperò, poi tornò indietro. Ray era rimasto appoggiato al tronco di quell'albero con la testa reclinata, con il suo libro bianco ancora nella mano destra. Frank gettò il suo quaderno nero accanto al corpo; a lui non sarebbe servito più a nulla. Si voltò, e fece qualche passo. Non sapeva dove sarebbe andato adesso. A casa? A mangiare qualcosa al ristorante? Forse da amici? Non sapeva. Ci avrebbe pensato.

Un fragore improvviso. I corvi volarono via dai rami degli alberi e il sangue cominciò a scorrere dalla schiena e dal ventre di Frank. Un proiettile lo aveva trapassato alle spalle, da parte a parte. Si fermò. Sorrise per un attimo.

"Ray..."

Si girò. Ray era morto, con la schiena appoggiata all'albero, con la testa reclinata in una pozza di sangue. Accanto a lui, in piedi, appoggiato al medesimo albero c'era un uomo con una pistola di grosso calibro puntata contro di lui. Era alto, e indossava un lungo cappotto nero. Sulla testa un borsalino di feltro verde scuro lo riparava dalla neve che cadeva leggera.

"E tu... io ti ho già visto... mi spieghi chi diavolo dovresti essere..."

Il fuoco esplose un'altra volta negli occhi di Frank. Una nuova violentissima esplosione lo colpì questa volta a sinistra del petto. Frank ricadde a terra, sbalzato all'indietro dalla violenza del colpo. Il sangue bagnò la neve, i suoni si fecero più ovattati e il freddo pervase il suo corpo fino in fondo ai suoi nervi. Guardò il cielo, e il cielo era grigio. Non c'era più niente da fare, nessuno di cui vendicarsi, nessuno che lo avrebbe aspettato, per cui ancora sarebbe valsa la pena vivere. Nessuno in questo mondo; più nessuno, in questo racconto. Probabilmente era meglio così. Frank richiuse gli occhi, per un'ultima volta, e per la prima volta, dopo tanti anni, fu felice di riascoltare la voce della sua bambina.

L'uomo col cappello verde e il cappotto nero si scostò dall'albero su cui era poggiato. Fece roteare la pistola intorno all'indice della mano destra, e la rimise nella fondina coperta dal lungo cappotto scuro. Superò i corpi dei due uomini, stesi sulla neve a poca distanza l'uno dall'altro e si andò a sedere sulla medesima panchina dove sedeva Frank fino a poco tempo prima. Si piegò leggermente in avanti, con i gomiti appoggiati sulle ginocchia, e per un po' stette a guardare. Adesso cominciava a sentirsi qualcosa. Le voci dei bambini che giocavano alla pista di ghiaccio sembravano stare ritornando. Il libro bianco nella mano di Ray e il quaderno nero di Frank giacevano l'uno accanto all'altro, immoti e ricoperti di sangue. Due storie. Due colori. Un unico triste racconto scarlatto.

Non capisco davvero come riesca a farmi uccidere anche quando la storia la scrivo io.

L'uomo si tolse il cappello. Il suo volto, era quello di Ray.

Stelle di Carta

Non c'è che dire, davvero curioso. Sembra proprio non me ne voglia fare andar bene una. No tranquilli. Non sono Ray. O meglio, lo sono, ma non quello che avete conosciuto.

Io mi chiamo Ray Reale, ho ventotto anni, e al momento non ho proprio niente da fare. Me ne sto seduto sulla panchina del parco a guardare la vita che scorre, dato che non so esattamente come far scorrere la mia. No, non sono un fannullone seriale. Fino a pochi mesi fa avevo un buon lavoro all'interno di un'importante impresa che opera nel settore delle costruzioni, la Autor S.p.a., una delle più grandi del settore. Quando sono stato assunto confesso di essere stato veramente contento: finalmente gli anni di studio impiegati alla facoltà di economia a imparare come gestire il bilancio di un'azienda erano serviti a qualcosa, e, più importante, avrei finalmente potuto mantenermi senza gravare ulteriormente sulle spalle di mio padre.

Persa mia madre quando ero ancora piccolo, la tragica morte di mia sorella a seguito di un assurdo incidente d'auto ha gettato me e mio padre in una lunga fase di nera depressione e logorante sensazione di precarietà. Dopo tre anni in cui la consolante prospettiva di un'elegante uscita di scena da questa mia incomprensibile vita ha accarezzato più volte i miei pensieri, l'improvvisa notizia dell'assunzione aveva assunto l'aspetto di un che di provvidenziale, dando l'impressione che un nuovo inizio fosse possibile. Per un anno le cose andarono bene: l'impiego era buono, e il compenso più che adeguato a permettermi di vivere in un'altra città. Poi, indovinate un po'. Sì, io facevo parte di quel lavoratore su tre che è stato risucchiato nei tagli del personale voluti dal direttore generale della società proprio per gravar meno su quel bilancio che io passavo 12 ore al giorno a cercare di salvaguardare. Infine sono risultato utile suppongo, anche se non certo nel modo in cui avrei voluto.

Frank. Il mio caro Frank. Frank Autor, di lontane origini ispaniche, non è altro che il mio ex direttore. Aveva sempre speso parole di grande ammirazione per me. Quando ci incontrammo, l'ultima volta prima del licenziamento mi incoraggiò a continuare come stavo facendo. Ero un ragazzo in gamba, estremamente importante per la società, e lui era sicuro che avrei potuto avere una brillante carriera al suo interno. Una volta fece persino mostra di sapere della mia situazione familiare, della mia vita difficile, e di volermi offrire una cena qualche volta. Eravamo amici. Poi capì che essere amico dei dipendenti non era altro che uno degli espedienti più efficaci ed economici per incrementare l'efficienza aziendale. Tanto chi si sarebbe mai accorto dell'incoerenza successiva? Chi avrebbe mai potuto dire niente, se poi avesse eliminato quelle stesse persone sulle quali qualche giorno prima aveva speso parole di sincera ammirazione? Vi dico io chi: proprio nessuno.

La ragazza con i capelli biondi e i guanti bianchi che accompagna sempre quei due bambini a pattinare sul ghiaccio di questo parco è davvero bellissima sapete? Mi capita spesso di venire qui, e rimanere seduto sulle panchine vicino al bordo della pista a guardarla. Ma non ho nessuna intenzione di chiederle di uscire; la vera bellezza va ammirata da lontano, senza respirare troppo, stando attenti a non farsi notare perché la bellezza, se si accorgesse di essere osservata, correrebbe a nascondersi. Forse è per questo che la guardo scivolare sul ghiaccio da lontano; forse è per questo che lei non ha mai notato la mia presenza; oppure forse, è solo che ho una dannatissima paura che anche lei possa andare via per sempre.

Forse in fondo sono solo un vigliacco. Per questo ho scritto questo racconto nelle mie notti senza sonno. Per questo ho inteso vendicarmi dell'offesa subita da quel cialtrone di Frank rendendolo il protagonista di una storia in cui non avrebbe fatto altro che soffrire. Forse è stata vendetta. Forse avevo solo bisogno di qualcuno con cui condividere il mio dolore. Qualcuno che mi capisse, perché in fondo stava provando quel che ho provato io. Frank Autor, con un nome così, costruire un gioco di parole non sarebbe decisamente stata la cosa più difficile del mondo. L'autore franco, l'autore che per vendicarsi o per dispetto dice la verità ai suoi personaggi condannandoli per sempre a un abisso di follia. Forse avrei dovuto far finire così il mio racconto, con Ray che ripaga Frank con la stessa moneta con cui lui credeva di essersi fatto giustizia.

E Ray. Quel pazzo di Ray, che porta il mio stesso nome e il mio stesso volto, ma con cui non condivido altro che un cappello verde. Ray non è altri che quel lato della coscienza di noi stessi che vorremmo venisse fuori una volta ogni tanto, quella libertà di agire senza far fronte alle conseguenze, quel volto inquietante che non teme il confronto; il genio assoluto, al servizio del nulla più vuoto. Una persona così non potrebbe fare altro che spingersi fino all'autodistruzione; una persona così resterebbe ben presto sola. Triste, e sola, con la sua trasognata libertà. Sempre più spesso in questi anni ho pensato che impazzire fosse l'unica strada per sfuggire alla mia sofferenza. Se fossi come Ray smetterei di soffrire, sarei padrone della mia storia. Ma quando arrivi a un passo dal confine per poi tornare indietro, capisci che la follia è una catena, almeno quanto lo è la ragione. E forse Ray, come il Cappellaio Matto, vuole cambiare posto solo per poter essere qualcun altro.

Mi sarebbe piaciuto dire al mio direttore quello che pensavo veramente di lui, di che persona orribile egli fosse e di quanto la sua condotta mi desse il voltastomaco. Tralasciando le indagini in corso sul suo conto per la sospetta gestione di alcuni affari, per cui è innocente certo, fino a prova contraria, il modo in cui trattava i suoi dipendenti sarebbe bastato a gettare una luce sinistra sulla sua etica professionale. Per lui non erano altro che ripide funzioni di costo che sarebbero potute esser tollerate fintantoché sarebbero rimaste più basse della letale curva tagliagole dei ricavi marginali. Una volta superata, il direttore avrebbe spezzato l'incantesimo, sbiadito l'illusione, strappato con violenza la tela di ipocrisia che fino a quel momento aveva tessuto sapientemente davanti ai tuoi occhi; la stessa che ti aveva permesso di essere uno dei suoi migliori amici, uno dei suoi elementi migliori. Solo quando per lui saresti diventato un peso, solo quando avrebbe voluto toglierti di mezzo per sempre... solo allora il direttore avrebbe detto la verità. Solo allora lui avrebbe pronunciato quelle fatidiche parole. "Ray, sarò franco con te...".

Mi sarebbe piaciuto potergli dire anche che no, quell'assurdo quadro col Minotauro che teneva orgogliosamente appeso alla parete centrale del suo ufficio, non era proprio un "raffinatissimo oggetto d'arte", quale lui amava definirlo; tuttalpiù sarebbe potuto essere considerato soltanto l'ennesima epifania della sua essenza ferina... ferina e cornuta: sì, per altro girava anche questa voce sulla moglie che lo avrebbe ripetutamente tradito col proprietario del ristorante dove amava portarla a cena. Ma adesso basta prendersela coi ristoratori. Sì, mi sarebbe proprio piaciuto dirgli in faccia quello che pensavo. Peccato che io non sia il Ray del racconto. Peccato che io non sia neanche in grado di avvicinarmi a una ragazza gentile e dai lunghi capelli biondi.

La vendetta. La vendetta è un sinonimo di giustizia, o non è altro che la sua negazione? E chi si vendica soltanto in un mondo di carta, si è poi realmente vendicato? A me questo personalmente non interessa più. Questo racconto è diventato qualcosa di più di un'ingenua rappresaglia. È stato un viaggio, e, alla fine del viaggio, ho preferito fare fuoco. Avrei potuto continuare a far soffrire Frank in eterno, lasciandolo tornare nella sua casa piena di ghiaccio, o in quel ristorante colmo di amici. Avrei potuto addirittura svelargli la mia vera identità, come aveva cercato di fare l'altro Ray, inconsapevole del fatto che anche lui, come gli altri, in realtà non era altri che un altro personaggio del racconto che ha cercato di rendersi autore. Ma ho preferito sparare; perché un vero autore, piuttosto che rivelare ai suoi personaggi la loro vera natura, preferirebbe ucciderli.

Spesso poi viene da chiedermi che razza di differenza ci sia esattamente fra la carta e la realtà. Se Ray di carta si è illuso di essere l'autore di Frank di carta, allora perché Ray reale non si potrebbe star illudendo di essere l'autore di Frank reale? La risposta non può essere soltanto "Beh certo, perché Ray reale, contrariamente al Ray di carta, non è ancora impazzito". Ma c'è dell'altro. È vero: io non credo certo di essere l'autore del mio direttore generale soltanto perché ho scritto una storia di cui lui è il protagonista; ma chi potrebbe mai garantirmi che a sua volta la mia storia, la mia intera vita reale, non sia poi altro che il racconto di qualcun altro? Un'altra persona. Un emerito sconosciuto, che prima ha creato Ray Reale, e poi la sua nemesi, Frank Autor, al solo scopo di rovinarmi la vita, al solo scopo di spingermi a scrivere questa storia. Un dannatissimo pazzo maniaco insomma! Forse avrei dovuto scrivere qualcosa per vendicarmi di lui, piuttosto che del povero Frank. Perché a questo punto lui non sarebbe altro che una vittima della sua storia, non diversamente da me.

Solo un sacco di "se". Un sacco di "forse". Nessuno di noi può veramente sapere se è davvero l'autore della sua storia o meno. Il nostro autore non disvelerebbe mai la sua identità; non verrebbe mai da noi a dirci che in realtà non siamo altro che personaggi di una storia dove non esiste il bene, e il male non è altro che una comoda convenzione sociale. Dove il libero arbitrio è un illusione dei sensi e la nostra vita viene vissuta solo se letta da qualcun altro. Lui... lui preferirebbe farci morire, nei modi più disparati, per i motivi più futili. Ma sempre meglio che farci vivere in eterno, rinchiusi in una stanza buia a bere del latte congelato. Se un autore esiste, allora lui è veramente un autore, perché non mette il suo nome alla sua opera. Crea ma non esiste. Dà la vita, e non vive in nessun altro posto, se non nella stessa carta di chi scrive di lui. Eppure, il mio autore non è Dio, perché Dio è buono, perché Dio è perfetto. Il nostro autore ha creato per capriccio, per soddisfare un suo impulso creativo, per placare la sua fame infinita di parole senza senso: e noi, siamo solo i figli di un fluido pensiero superfluo.

La creazione non ha alcun altro senso al di fuori di sé, perché tutto ciò che non è stato creato, necessariamente non esiste: e allora noi siamo i personaggi, e siamo i lettori, creati solo perché ammirassimo la creazione in se stessa. D'altronde, se così non fosse, saremmo soltanto stati forniti della capacità di nutrirci, riposare e moltiplicarci. Cosa potrebbe mai servire al creato un essere in grado di osservare le nuvole e trasporle in leggerissimi versi? Un essere che, osservato il corpo del mare in movimento, sia poi in grado di riprodurlo in musica, o di uno che trasformi una tela in venti d'autunno? A cosa potrebbe mai servire al perpetuarsi del ciclo naturale delle cose un essere in grado di trasformare il soffio vitale del suo respiro in una dolce melodia, quando esistono già tante altre forme di vita ben più utili alla preservazione della natura in cui viviamo? Noi esistiamo perché riflettiamo: riflettiamo il creato nella nostra capacità di ammirarlo, nella nostra meraviglia nel scoprirne giorno dopo giorno la sua incredibile grandezza. Dio non è uno scrittore semplicemente perché non sarebbe certo un così inguaribile vanesio.

Adesso la neve ha ricominciato a cadere, bianca e soffice, mentre io sono rimasto qui seduto con in mano il disegno di un cielo stellato. È il mio unico ricordo di quando, da piccoli, mia madre raccontava a me e mia sorella che le stelle erano i sogni dell'umanità incastonati per sempre come gemme nel cielo. Perché un sogno, è troppo grande per nascondersi. Un sogno è troppo bello per morire. Porto questo foglio con me, e ogni tanto…

Un violento impatto. Una palla colorata mi colpisce in pieno petto facendomi cadere tutto quel che reggevo in mano. Vedo un bambino correre. Ora è vicino.

"Signore, signore! Scusi! La palla è mia! Ho… ho sbagliato mira. Aspetti, la aiuto a raccogliere le cose che le sono cadute.
"Ehm sì… grazie… non ti preoccupare".
Raccolgo il quaderno e la penna. Lui mi porge la carpetta e il disegno.
"Mi scusi ancora!"
"Non ti preoccupare, sono cose che sono capitate anche a me sai?"
"Quindi non eri bravo a calcio…"
"No, direi proprio di no"
"Bello il tuo disegno"
"Ti ringrazio molto. Pensa che risale a quando avevo più o meno la tua età"
"Wow. Se ti do la palla, me lo regaleresti?"

"Beh, se tu mi dessi in cambio la tua palla non sarebbe più un regalo. Sarebbe uno scambio. Uno scambio che non posso accettare purtroppo. Tengo molto a questo disegno. Tu non tieni alla tua palla?"

"Non è mia. È di quella scema di mia sorella. Non vedi che è rosa!"

"Ehi!"

Vedo una ragazza avvicinarsi con una bambina per la mano. Ma aspetta… lei è… lei…

"Non mi posso voltare un momento che ne combini una"

"Non ho combinato niente. Sono cadute le cose al signore ma io l'ho aiutato!"

"Ah quindi saresti un benefattore. Ci scusi, non volevamo disturbarla"

"Ma… no, figuratevi… anzi io… ecco la palla!". Ecco la palla. Frase brillante.

"Su Vincent, ringrazia il signore".

"Grazie signore. Ma quindi dici che lo scambio non si può proprio fare?"

"Quale scambio, cosa hai detto al signore?"

"Gli ho proposto se voleva la palla in cambio del suo disegno"

"Ehi! Ma la palla è mia!"

"Zitta tu, io la volevo di Batman, tu ce l'hai fatta comprare rosa! Mi prendono tutti in giro quando ci gioco"

"Ehi, ehi, calma voi due! Non vorrete fare una delle vostre scenate qui davanti a tutti! Adesso lasciamo in pace il povero signore che ha avuto già abbastanza pazienza. Grazie davvero, e ci scusi ancora!"

"G... grazie a voi..."

Stanno già andando via. Vincent si lamenta ancora della palla rosa. La sorella lo redarguisce per aver cercato di darla via. E lei... lei è la mediatrice. Mi ricorda di quando...

"Ehi scusate!"

Gli corro dietro.

"Scusate se vi disturbo ancora. Ehi piccolo, sembra che lo scambio che proponevi non si possa proprio fare. Ma se tu non mi dessi in cambio nulla, allora questo scambio sarebbe un regalo, come dicevi tu. E quando puoi fare un regalo a qualcuno, secondo me bisogna sempre farlo. Credo proprio che questo sia meglio lo abbia tu"

"Grazie signore! Grazie! Lo sapevo che eri un tipo apposto"

Sorrido. Lei ride. Mi saluta ancora.

"Allora grazie ancora gentile signore! E a presto!"

"A presto"

Saluto con la mano. Stanno andando. Torno a sedere.

... Ogni tanto, dicevo, mi trovo a pensare sia meglio liberarmi di quel disegno. È stata una curiosa coincidenza? Ho forse assistito a un segno del cielo? Non fai in tempo a giocare a fare l'autore della tua storia, che la tua storia si prende gioco di te. A volte le ragioni sono superflue.

A volte la ricerca della verità accieca di fronte alla delicata bellezza dell'inspiegabile. Tutto quel che posso fare è riflettere sul fatto che è venuto il momento di lasciare scivolare il passato nelle mani di qualcun altro. Nelle mani di qualcuno per cui quel passato non esiste, e riesce a vedere in esso quella bellezza che io non vedo più. E in fin dei conti, adesso lei conosce i miei occhi. E io conosco i suoi.

Qual è dunque la ragione che io conservi questo racconto? I miei personaggi sono già diventati una parte di me. L'uomo col lungo cappotto nero sarebbe dovuto essere soltanto un personaggio di cui sarei dovuto vendicarmi; invece lui non è altro che quello che sono. L'uomo col lungo cappello verde sulla testa sarebbe dovuto essere solo il malvagio della storia; invece non è altro che l'uomo che forse avrei preferito essere, se non altro, per scordarmi di me stesso. Penso proprio lo lascerò qui, su questa panchina. Non l'ho neanche firmato, nessuno saprà chi l'ha scritto; probabilmente nessuno vorrà saperlo. Ma se quel signore che viene ogni giorno a dar da mangiare agli uccelli, quel ragazzo che sta aiutando il suo fratellino a rialzarsi, o ancora quella donna che sta porgendo a un'anziana signora una sciarpa per coprirsi dal freddo... se qualcuno di loro in questo parco avrà la curiosità e la pazienza di dargli un'occhiata, sono sicuro che i miei personaggi saranno contenti di parlargli di sé, e di continuare a vivere, almeno per un poco, nei loro cuori gentili.

Per quanto riguarda me, ricomincerò da capo. Ricomincerò a cercarmi un altro lavoro, farò altri colloqui, tanti altri colloqui, affitterò una nuova casa, mi troverò dei nuovi amici. Starò accanto a mio padre. Non dico sia proprio la cosa più facile del mondo, ma vi garantisco che ci proverò. Per adesso credo comincerò col tornare a casa. A piedi preferibilmente; non so perché, ma inizio a credere anche io che gli autobus portino sfortuna. Vi lascio il mio racconto allora. Lo metto proprio qui, al centro della panchina non dovrebbe passare inosservato. Non aspettatevi troppo però. Al suo interno non troverete molto più che una manciata d'inchiostro nero steso a coprire fogli bianchi e leggeri, perché io dopotutto, non ho fatto altro che raccontarvi una fantasia: una piccola fantasia notturna senza significato. Il senso che tutto quel bianco e quel nero uniti insieme poi possa realmente avere, spetta solo a voi trovarlo.

A voi, cari lettori, che scrivete le vostre vite sui sorrisi commossi dei volti altrui. A voi che leggete la stessa opera che vivete, perché l'opera è la vostra vita, e la vita è la vostra opera; a voi che siete lo specchio del mondo, le lacrime di un abbraccio lungo una vita, a voi che sentite e a voi che non vi arrendete. A voi che quando la notte scende buia come l'abisso, insegnate ai vostri figli a disegnare le stelle su un foglio di carta, a farne un aeroplano, e a lanciarlo dritto contro gli occhi tristi del cielo. Perché se le stelle prima o poi si spegneranno, quelle sul foglio rimarranno, non plasma incandescente, ma sostanza di un sogno ormai lontano. In qualche modo, più vere di quelle nel cielo. Stelle di carta, ma più vere del vero.

A voi tutti, un grazie sincero.

Appendice – Quelli che aspettano

"C'è chi parte. C'è chi aspetta. Per le strade infreddolite della città che corre e va di fretta il passante non vuol certo fermarsi ad osservare. Le scarpe nere sfrecciano veloci sui marciapiedi un po' ghiacciati, fra i negozi decorati e per le lunghe vie del parco. Un cadavere bianco e un cadavere nero. Chi li notasse sarebbe solo un viandante allucinato; chi si fermasse, soltanto un pazzo scriteriato. Loro sono rimasti lì, e il loro sangue scorre di fronte agli occhi di chi non può vedere; le loro lacrime fanno rumore, accanto alle orecchie di chi non può sentire. Eppure, anche loro sono rimasti lì. Anche loro sono rimasti ad aspettare: un altro autobus è passato e loro non si sono mossi. Le persone ferme alla stazione si guardano l'un l'altra mentre la neve continua a cadere, le loro mani a tremare. Non parlano, rimangono in silenzio. Qualcuno di loro fa un passo, sembra voler salire. Poi torna indietro. Forse non è ancora la linea giusta. Beh, si spera la mettano. Ma per quante infinite linee possano passare per un unico punto, per quanti numeri esse rappresentino, tutte loro non saranno ancora in grado di esaurire le piccole illusioni di quelli che aspettano".

"Il silenzio ristagna e si fa più sottile della neve che cade fra i corridoi deserti del castello di fiaba. E la desolazione aiuta, se non c'è nessuno che ascolta; la solitudine consola nel dipinto mellifluo di una vita sognata. Lontano, lontano da qui. Io lo so che esiste. Qualcosa di bello; qualcosa di dolce. E sento ancora il tuo respiro caldo sul mio collo quando mi dicevi che non mi sarebbe mai accaduto nulla finché saresti rimasto al mio fianco; sento il tuo abbraccio forte, quando fuori faceva freddo e non c'eri nient'altro che tu a cullare il mio sonno assopito fra i lunghi capelli dorati. Io sento e non ascolto. Ascolto e non respiro. Perché se lo faccio, mi accorgo di stare vivendo; mi accorgo di stare vivendo senza di te".

"Una locanda senza clienti è un po' come un piatto senza ingredienti. Chi potrebbe dire che esiste davvero? E io esisto davvero tra questi tavoli e queste sedie, con il vento che fuori sbatte forte, e nessuno che ascoltando mi conforti? L'orologio che ticchetta sopra il muro mi ricorda che il mio tempo sta scorrendo, anche se in fondo io non vivo, non trascorro che quel tempo. E che cosa mi rimane del mio cuore che batte ancora e non vi sente, dei miei gesti un po' imbranati che ormai servono chi è assente, dei miei occhi così stanchi nella luce della sera, di una cameriera, che non accoglie i suoi clienti? Questa notte la luna riposa nel cielo e illumina la stanza col suo fascio trasparente. Mi manchi amore mio, e io ti aspetterò, nel freddo della notte che sta per arrivare. Avvicinati, lenta. Ma ti prego. Non bussare. Soltanto. Entra".

"Amore. Non so come spiegarlo. Non è quello che tutti dicono. Tutto il mio amore mi è stato strappato via mentre cercavo di tenerlo stretto fra le braccia, mentre lo proteggevo, mentre le lacrime si perdevano nella luce e nella pioggia. Dicono che l'amore viaggi attraverso lo spazio e il tempo, che possa sconfiggere la morte, che sia la forza più grande dell'universo. Forse non sanno che l'amore è soltanto un sentimento. Per quanto forte sia, non può sopravvivere alla sua fine. Eppure io ti sento ancora piccola mia. Ti sento vivere dentro di me che non vivo più, dentro i ricordi che non conservo e nelle immagini che non rammento. Se ci sei ancora, mandami la tua voce con la brezza. Perché una madre non può dimenticare. Una madre non può lasciare andare. Ma tesoro mio, non t'ingannare. Questo non è amore. Questa è bellezza".

La televisione accesa non fa alcun rumore. Il salone è immerso nella luce tenue e verdastra di un tempo senza inizio, mentre il nero vi si allunga, fra i contorni un po' sbiaditi delle ombre senza fine.

"Chi è che mi ricorda, se nessuno mi ha conosciuto?"

Una voce canticchia. Nel luogo perduto, un uomo si specchia.

"Nell'oscuro di questa cucina si trova un ragazzo, che beve il suo latte gelato dal lungo cappello di un pazzo"

E non c'è nessun altro se non lui, perché lui è l'unico rimasto. Siede di fronte al tavolo bianco, col suo latte nel cappello. Prende un altro sorso, un'altra carta; ma un solitario non lo aggrada. Lui continua il suo castello.

"Quattro assi in questa storia, e tutti quanti di un colore; o forse dell'altro, non saprei dire. In fondo non son mica un pittore? E tu Cappello, non contraddire! Un asso di picche contro il cuore degli assi, e un asso di quadri con un quadro al suo interno: due chimere e due cavalli che si scontrano da sempre fra gli eterni ghiacci dell'inverno".

Il ragazzo adesso si alza in piedi e aggiunge un altro piano al suo castello. Mette una carta da parte e ne pesca altre due: due nove di seme diverso, che aggiunge con cura al suo ultimo livello.

"Nove fiori per nove cuori infranti in questo racconto: uno per l'oste che non dorme, uno per suo figlio, e uno per sua moglie; un bellissimo fiore per la principessa che vive del suo canto, uno per il dragone, per i suoi occhi tristi e il loro pianto. Un fiore per la madre di cui l'amore fu stroncato, uno fiore per la fine di un futuro appena nato e un bacio un po' commosso a chi vede i loro spettri e, in silenzio, vorrà unirsi al mio commiato. Gli ultimi due fiori vanno agli eroi della nostra storia, al loro coraggio e alla loro memoria. Che il loro sangue non sia scorso poi del tutto invano e che anche loro, presto o tardi, possan stringersi la mano".

E il castello adesso era finito e il ragazzo col cappello lo stava a rimirare con una certa malcelata soddisfazione.

"Quel bifolco del mio autore! Lascia il libro sulla panchina, e se ne va! Che classe. Che nobiltà d'animo. Poi lascia a me l'incombenza di fare le dovute scuse a tutti quei personaggi che in questa storia hanno perso qualcosa. Giusto a me poi, a cui proprio nessuno ha chiesto niente!".

Il ragazzo si volta leggermente, e accende il fornello della cucina alle sue spalle. Il cerchio di ferro si avvampa in un istante facendo ondulare l'aria di calore. Porta una mano alla testa, prende il suo capello, poi stende il braccio destro ben dritto fino a portare il copricapo sopra la fiamma bluastra. Il lungo accessorio verde prende fuoco in un istante: divampa nella sua mano come fosse una torcia, e lui non sente calore, finché quell'oggetto non è ridotto in cenere. Rimane immobile per un attimo. Stende il braccio sinistro, e il cappello riappare in un secondo nell'altra mano, riassumendo le medesime sembianze che possedeva appena prima che le fiamme lo carbonizzassero. Il ragazzo lo ripone sul bordo del tavolo. Poi spegne il fuoco.

"Non è certo la prima volta che provo a bruciarlo. Ormai so come funziona. Lui torna sempre. Mi sono rassegnato a usarlo come trucchetto di magia per stupire i gentili ospiti che vengono a trovarmi"

Quella stanza non era mai stata così vuota. Ma almeno il castello di carte adesso era finito.

"Uh! Guarda che cosa dimenticavo di aver messo da parte!"

Una carta ancora giaceva sul ripiano.

"L'ultimo asso! L'asso di fiori. Questo lo tengo per me. Credo che un fiore lo meriti anche io dopotutto. Ma dove posso inserirlo se adesso il castello è finito?"

Dà un'occhiata alla malferma costruzione a forma di piramide.

"Uhm... Beh, non c'è altra scelta. Per forza in cima!"

Prende la carta con entrambe le mani e poggia il ginocchio destro sulla sedia per ottenere una maggiore stabilità. Non muove un muscolo, neanche muove le palpebre. È un'operazione molto delicata. La carta dovrà restare in perfetto equilibrio orizzontale sulla punta della grande costruzione verticale. Forse è un'impresa eccessiva. Ma d'altronde, cos'altro aveva da fare? Le braccia tremano un po', ma non eccessivamente. Qualche altro piccolo aggiustamento e...

"Ecco! Ci siamo!"

La carta era stata poggiata. Incredibilmente in equilibrio.

Porta piano il ginocchio giù dalla sedia e si allontana di un passo dalla sua opera. La rimira, poi torna a sedere. Il ragazzo siede di fronte al suo alto e geometrico castello di carte, con l'asso di fiori che si staglia immoto in cima come una piccola bandiera. C'è silenzio. Non si sente un suono provenire neanche da fuori. C'è solo un ticchettio, lento, costante. L'orologio attaccato alla parete della cucina è bianco, non ha neppure un numero, eppure continua ottusamente a contare i secondi che passano. Quell'aggeggio prima o poi lo farà impazzire realmente. Che cosa diavolo sta contando? In quella stanza non esiste il tempo. In quella stanza non esiste lo spazio. In quella stanza non esiste l'attesa e, per davvero… in quella stanza non esiste nessuno. Nessuno che osservi. Nessuno che viva.

Il ragazzo tocca il castello.

Le carte cadono giù, una dopo l'altra. E i fiori con loro.

Lui sta a guardare. Lui vi guarda negli occhi.

"Io sono il guardiano di questo racconto. Io non vivo e poi non muoio. Soltanto un po' mi annoio a star sempre ad aspettare chicchessia che voglia entrare. Sono solo un personaggio, eppure io non sono come gli altri. Io non voglio la vostra memoria. Io esisto a prescindere dal mio autore e, seppure in trappola, questo è il mio orgoglio, e la mia prigione.

Non cerco onori. Non mi aspetto la gloria. Vi chiedo solo una cosa. Adesso ditemi..."

Il ragazzo indossa il cappello sotterrato dalle carte che gli ricadono in viso.

"Qual è la vostra storia?".

L'AUTORE

Nato a Messina il 30/10/1992, consegue la maturità classica presso il Liceo "F. Maurolico" di Messina e si laurea in Relazioni Internazionali all'Università LUISS Guido Carli. Approfondisce i suoi interessi negli Stati Uniti e in Cina, specializzandosi in studi diplomatici e Diritto Internazionale Umanitario. Oggi collabora con Oxfam. Ha da sempre mostrato una grande passione per la scrittura, ottenendo diversi riconoscimenti nazionali per prosa e poesia. "Stelle di Carta", pubblicato da Lupi editore, è il suo primo romanzo.

Sinossi

Nelle notti senza stelle, quando il vento soffia più forte dei pensieri, accadono spesso più cose di quante non dovrebbero. Frank ha una penna nera sporca di sangue e di pioggia nella tasca del suo impermeabile. È un assassino senza scrupoli e un romantico senza versi, che rincorre le sue notti. Fino a che punto è disposto a spingersi per vendetta? Fino a che punto la ragione umana può spiegare l'indifferenza della neve che cade, ricoprendo il bene, ignorando il male? Nelle notti senza stelle, nessuno dovrebbe rimanere da solo.